누가 부르는 소리에
뒤를 돌아보니

이용우 에세이

누가 부르는 소리에 뒤를 돌아보니

이용우 지음

발 행 처 · 도서출판 청어
발 행 인 · 이영철
영　　업 · 이동호
홍　　보 · 천성래
기　　획 · 남기환
편　　집 · 방세화
디 자 인 · 이수빈 | 김영은
제작이사 · 공병한
인　　쇄 · 두리터

등　　록 · 1999년 5월 3일
(제321-3210000251001999000063호)

1판 1쇄 발행 · 2020년 5월 10일

주　　소 · 서울특별시 서초구 남부순환로 364길 8-15 동일빌딩 2층
대표전화 · 02-586-0477
팩시밀리 · 0303-0942-0478

홈페이지 · www.chungeobook.com
E-mail · ppi20@hanmail.net
I S B N · 979-11-5860-844-6(03810)

이 도서의 국립중앙도서관 출판시도서목록(CIP)은 서지정보유통지원시스템 홈페이지
(http://seoji.nl.go.kr)와 국가자료공동목록시스템(http://www.nl.go.kr/kolisnet)에서 이용
하실 수 있습니다.(CIP제어번호: CIP2020015997)

누가 부르는 소리에
뒤를 돌아보니

이용우 에세이

도서출판
청어

만필漫筆의 길이란 ──────
어떤 길일까

　한 가지 길만은 아니란 말을 듣고 호기심으로 무작정 걸은 길이 무려 마흔한 갈래나 되었다. 이 길을 모두 걸어가면서 알든 모르든 사람들을 무수히 만나 가지고 있던 모든 것을 하나하나 나누어 주었다. 팔, 다리, 손가락, 눈, 머리카락 등 모든 것을 아낌없이 주고선 잠자리에 들었다.

　누가 꿈을 주기에 머리맡에 두었더니 꿈은 비가 온다며 나를 데리고 지붕 없는 이상한 산장으로 피했다. 내리는 비는 나에게 돌아가라는 신호인지 오라는 신호인지 알 수 없으나 축축함이 없는 마른 비의 냄새를 맡으며 들어선 산장 양쪽 벽면과 바닥엔 알 수 없는 글이 적힌 쪽지들이 군데군데 널려있었다.

　그중에 몇 장을 주워 집으로 돌아와 벽에다 붙었더니 갑자기 침대가 벌떡 일어나 춤을 추고, 책 속의 글자들이 개미처럼 새까맣게 기어 나와 책상을 맴돌며 춤을 추다가 얼크러진 내 얼굴을 들여다보고선 창턱으로 슬그머니 사라졌다.

이윽고 하늘에서 초록별들이 방 안으로 쏟아져 방은 온통 꿈의 궁전이 되자 언젠가부터 가슴을 열고 죽어라 통곡했던 추억의 질감들이 피어오르고 아련히 들리는 북소리는 아무도 없는 마흔한 갈래 만필漫筆의 길에서 삶의 가치를 되질하며 몇 말이나 될까 하고 세는 가슴에 황홀한 향기가 퍼진다.

　빗소리가 그치고 잠에서 깨어나 사방을 둘러보니 방은 온데간데없고 허공을 쳐다보니 거기에는 환상이라고 적힌 마차 한 대가 하늘을 오르며 손짓하였다.

　지금까지의 내 인생은 꿈이었을까? 아님 환상이었을까?
　꿈이라면 다시 한번 꾸면 될 것이고, 환상이라면 마차를 따라 하늘을 올라 내려다보면 마음이 고픈 식당에서 덜 익은 에세이를 먹는 내 모습이 보이겠지.

| 차례 |

걸어서 ———————————

영하 15도의 매서운 칼바람이 갈대숲에서 밤새도록 웅크리고 있다가 내가 다가서자 와락 달려들어 얼굴을 날카롭게 베고 달아난다. 차가운 전율이 온몸을 휘감으며 베인 아픔은 장갑 속의 손가락 마디마디까지 얼음으로 절단낸다. 깡 추위는 내가 따스한 방에서 자고 나온 이유로 심술을 부리는 모양이다. 아침햇살도 냉골에서 잤는지 덜 익은 시간에 서둘러 나오고, 비둘기들도 냉기가 맴도는 교각 밑에서 얼어붙은 뻣뻣한 회색 운동화처럼 줄지어 널렸다.

오늘의 행보는 홍제천을 지나 안산 자락길을 돌아 봉수대까지 걸어간다. 하루에 거의 왕복 4시간을 매일매일 걷는다. 걷는 장소는 집(마포구청역)을 기점으로 서쪽으로는 한강 변을 따라 가양대교나 방화대교 심지어 행주대교까지 걷고 동쪽으로는 원효대교나 동작대교까지 걸으며 중심부로는 불광천과 홍제천이 있다. 그날그날 옆에선 바람의 기분에 맞춰 걷는다. 아차! 억새가 집으로 돌아간 쓸쓸한 하늘공원과 노을공원이 빠졌네.

홍제천 바람은 날마다 한강에서 올라와 안산을 잠시 둘러보고 홍지문 빗장을 열고 북한산으로 넘어가 대남문을 닫는다. 불어오는 찬 바람은 심통이 나서 손으로 개울을 휘젓고 발로 교각을 걷어차면서 차가운 얼음을 만들어낸다. 냇물 가장자리에 얼린 얼음은 추위에 하얀 이빨을 들먹이며 언 손으로 제방을 잡고 땅으로 오르려고 기를 쓰면서 마른 풀을 당기다가 재수 없이 발목 잡힌 억새는 어젯밤 꿈자리가 안 좋았다며 연신 서걱거리는 울음으로 온몸을 비튼다.

물가 바위 위에는 백로 두 마리가 등을 돌린 체 화석처럼 고개를 외면하고 있다. 꿈꾸던 세월이 너무 길어 이 도랑에서 모든 망각을 버리고 각자 바람을 타고 새로운 하늘을 오를 생각인가, 아니면 어젯밤 집사람과 말다툼 끝에 등을 돌리고 잤다는 사실을 어떻게 알고 귀신같은 흉내로 나를 희롱할까 하는 생각에 이왕에 나도 백로처럼 화석이 되어 무념으로 살고 싶은 생각이 든다.

실은 우리 부부도 손을 잡고 속삭이거나 어깨를 기댄 채 다정한 행동으로 애정 표시를 하면서 걷는 것이 아니라 백로처럼 서로가 모른 척 묵묵히 걷기만 한다. 옆으로 나란히 걷기보다는 앞뒤로 걷는 편이 훨씬 더 많다. 나누는 얘깃거리는 거의 없다. 서로가 자신의 영역에서 소주잔을 기울이며 독립된 침묵을 간직한 채 타인이 되어 걷기가 일쑤다.

불이 덜 지펴진 해 때문에 데워질 기미는 보이지 않고, 앞서가는 집사람의 발걸음은 점점 더 빨라져 어느덧 서대문구청 뒤 안산을 오르는 길목으로 접어들었다. 징검다리를 건너면 정선이 고향이라고 자랑하던 물레방아 근처에서 집사람은 갑자기 하늘로 올라 파란 융단을 밟으며 자박자박 구름 속으로 사라졌다.

해가 익기 시작하자 새파랗게 얼어붙은 하늘은 갑자기 우지직 소리와 함께 두 쪽으로 갈라지자 사라졌던 집사람은 9년 전 푸른 환자복을 입고 송도병원 소화기내과에서 진료를 받은 후 조마조마하게 접었던 마지막 절망적 울음을 크게 터뜨리면서 내 가슴에 파묻혔다.

"나 이제 어떻게 해. 평생 고치지 못하는 신종 급성 대장염이래. 대장 전체가 다 곪아가는 염증이야. 이미 절반이나 감염되었대."

복도에는 수많은 사람이 지나가건만 내 눈에는 한 사람도 보이지 않고 하얀 벽만 남았다. 머릿속이 텅 비어 길게 울리는 징 소리는 가슴벽을 후리며 겨우 사십여 년 써먹은 심장을 쥐어짜낸다. 죄 없는 입술은 시퍼렇게 피멍이 들도록 깨물리고 손등의 낡은 동맥의 피는 거꾸로 쏟아져 온몸이 하얀 보자기를 뒤집어쓴 채 식어가는 대낮 유령이 된다.

담당의는 선진국에서도 못 고치는 희귀병이라며 지금부터 평생 이 녀석과 함께 가야 할 운명이므로 마음 편히 먹고 첫째로 운동을, 둘째로 식단과 약 처방의 중요성을 강조한다.

하늘에 고개를 숙인다. 웃으며 걸어왔던 어제의 길로 다시 돌아가라는 건가, 단 한 번만이라도 집사람을 한정될 운명에서 자유롭게 하거나 다른 운명을 선택할 수 있게만 해준다면 작지만 남은 나의 몫을 모두 거두어 조건 없이 원하는 시간에 조물주에게 반납하겠다는 약정을 계속 입으로 써 내려간다.

급기야 급성 대장염 증세는 하루에 약 10~15회의 혈변이며, 불면증과 함께 음식을 섭취 못 해 체중은 계속 줄어들고 현기증으로 인한 빈사 상태도 반복적이다. 죽는 것은 두려운 것이고 산다는 것은 희열인가. 깊어 가는 가을밤 도시의 초라한 구석에서 채 반 달도 되지 못한 겨울 짐승이 온달의 모습을 그린다면 건방진 그림이 될까?

둥근 달의 건방진 모습을 찾기 위해 내가 할 일은 한강 변에서 식단을 챙기는 일이며, 집사람은 운동을 위해 우리의 평소 권리는 버렸다. 나는 병원에서 권하는 최선의 식단을 찾고, 집사람은 화장실이 많은 한강 변, 홍제천, 불광천, 안산을 걷기로 작정했다. 하지만 나의 식단은 서툴렀고 집사람은 화장실이 급해서 저지른 곤욕과 말 못 할 수치심으로 울 때도 많았다. 이렇듯 질병은 비웃으며 세상에서 가장 몹쓸 고뇌의 살을 점점 더 베려고 하는데 우리는 정말로 무릎을 꺾어 꿇어야만 속이 후련할까.

3년을 노력했으나 별 효과가 없다. 걷기에도 지쳤다. 수없이 많은 혈변에서 헤어나지 못해 도전과 상반되는 현실의 싸움터는 언제나 패배만 존재하여 미미한 인간 의지는 혼돈이며 모두가 모순이라는 사실이 증명되는 분명한 시점이다. 실 같은 희망은 비굴하게 절망을 앞세워 밤마다 집요하게 의지 포기의 각서를 권유한다.

추위가 다가오는 어느 날 집사람은 마루에서 맥없이 쓰러졌다. 혼수상태에서 깨어난 집사람은 환상 속에서 다섯 살 때 돌아가신 얼굴도 모르는 그리운 엄마가 나타나서 "내 딸아! 걸어라, 더 걸어라."라는 목소리에 눈을 떴단다. 그래서 생전 처음으로 모습을 나타낸 엄마가 주는 마지막 사랑이라 생각하면서 묶였던 두 발을 풀고 다시 걷기로 결심한다. 자신의 운명은 내 안에 있는 모든 행위의 주체이고 절망을 잠재울 수 있는 가장 화려한 의지의 소산이기에 기적보다 인간 의지는 닿지 않는 만 갈래로 살아나는 화려한 이상이다.

사실 죽음이 부른다면 나도 두렵다. 허나 두렵다는 것은 최선을 다하지 않은 방관과 포기의 벌이다. 두렵지 않으려면 최선을 다한 후에 스스로 손을 내밀면 두려움도 반길 것이다. 응접실 어항 속에 작은 돌은 젖은 채로 점점 자라고 우리 부부는 굳센 마음으로 주어진 운명을 감내하기로 결심했기에 찾아온 저승사자도 웃으며 악수를 청할 것이다.

집사람은 걷는다. 무조건 걷는다. 외롭지만 혼자다. 아침저녁으로 두 시간씩 비가 오나 눈이 오나 걸었다. 세상이 세 번 넘어지는 삼 년 사계절을 거의 하루도 빠짐없이 걸었다. 아파도 걸었고, 울어도 걸었고, 쓰러져도 걸었다. 발바닥에 물집이 수없이 터지고, 발톱도 빠지고, 몸도 말랐으며, 앙상한 얼굴은 계절 따라 햇볕에 타고 얼어붙어 작은 거울조차 필요 없다. 내장과 육신은 완전히 바닥으로 추락했으며, 밑바닥에서 새로운 태동의 싹을 틔울 때까지 계속 걸었다.

나 자신도 그 걸음걸이를 속으로 응원하면서 때로는 빌면서 움직이는 몸에 감사를 드리며 기도하면서 뒤따랐다. 비틀거릴 때는 가슴이 찢어진다. 가끔은 왜 그렇게 빨리 걷느냐 못 따라가겠으니 천천히 가자고 용기를 주면서 뒤에서 울어야 하는 안타까운 채찍을 휘두르기도 한다.

그러기를 6년이 지나면서 몸의 변화가 오기 시작했다. 화장실은 하루에 서너 번 갈 정도로 좋아졌고 혈변도 많이 줄었다. 식욕도 점차 왕성해지고 덩달아 체중도 35kg에서 39kg으로 올랐다. 체질의 변화를 가져오면서 새로운 형태의 희망의 몸이 만들어지면서 절망은 분명히 고난을 담은 의지의 불빛이며 닿지 않던 하늘은 햇살을 앞세워 눈앞에 다가왔다.

인고의 세월을 지나 9년이 된 요즘 지독히도 무서웠던 식욕부진의 증상은 사라졌고 잦은 화장실의 혈변도 2~3회로 줄었고 체중도 51kg으로 정상을 향한다. 허나 식단과 운동은 항상 날카롭게 경계하면서 최선의 방어를 하고 병원은 매달이 아닌 석 달에 한 번씩 검진이다. 씨를 뿌리고 말라 가는 논에 적절한 물을 공급하면 풍요한 수확이 있는 힘의 결실이 있다는 현실도 알았다. 그래서 인생이란 걸음으로서 긍정을 배우고 긍정은 마음의 생각을 열어 막힌 터널을 뚫는 요술의 열쇠라 하겠다.

"빨리 안 오고 뭐 해요?"

하늘로 사라졌다가 나타난 집사람은 쌀 한 톨 못 빻고 빈 방아만 돌리다가 얼어 멈춘 물레방앗간 옆에 서서 핀잔이다. 정말로 이제는 내가 못 따라갈 만큼 빨라졌다. 10년이란 과거 시간 속에 묶였지만 지금은 현실의 시간도 따라오지 못할 만큼 집사람의 걸음은 멈추지 않는다. 긍정의 욕망은 강인하고 야만스러울 정도로 집착할 수만 있다면 자신을 제어하고 꿈꾸는 이상의 진정한 주인공이 된다는 사실은 진짜임이 틀림없다.

따뜻한 봄날이 오면 고향 홍천에 잠들어계시는 엄마를 찾아뵈려고 한다. 그런데 집사람은 생각조차 없던 말을 한다. 엄마가 보고파 마음이 너무 아팠던 어린 시절을 회상하며 홍천까지 걸어가 볼 생각이란다. 청천벽력이다. 1박 2일이나 걸리는 길을 과연 내가 따라갈 수 있을까?

하지만 인생은 앉아서 꿈꾸는 것이 아니라 앞을 보면서 무조건 걷다 보면 멀리 있는 미래는 열리고 현재는 아름답게 고이는 과거가 될 것이다, 이제는 자유로운 의지로 나팔을 불면서 죽기 전까지 걷는 걸음을 멈출 이유가 하나도 없다. 걷고 또 걷고 계속 걸을 것이다. 멀리 보이는 하늘 끝자락이 맞닿을 때까지……

발바닥 ————————————

　저녁 아홉 시가 되면 나는 손을 씻고 소파에 똑바로 앉는다. 집사람은 손이 아닌 발을 씻고 잠옷을 입은 후 소파에 길게 누운 와불臥佛 보살이 된다. 뉴스가 시작되면 약속이나 한 듯 사계절 내내 이런 자세를 취한다. 우리가 쓰는 시간은 아홉 시의 TV프로와 알맞은 연동성이 있기 때문이다.

　뻐꾸기가 튀어나오는 벽시계는 35년이나 원만 그리는 숫자를 데리고 다녔고 우리 부부는 45년 동안이나 수상한 자세로 밤의 역사를 펼쳐왔다.

　TV를 보면서 집사람은 먼저 왼쪽 다리를 자연스럽게 내 허벅지 위로 올린다. 나는 기다렸다는 듯 능숙한 솜씨로 다리를 잡고 알맞은 자세로 몸을 한 번 더 추스른 다음 발바닥을 주무르기 시작한다.

　주무르는 시간은 발바닥 한쪽이 25분, 발가락 하나에 2분 도합 10분, 뒤꿈치와 발등이 5분. 그래서 한쪽 발이 40분, 두 발을 합치면 모두 80분의 수상한 행동이 끝나면 스포츠뉴스는 나가고 날씨가 들어오면서 나가도 좋다는 신호를 보내면 우리 부부는 각자 갈 길을 간다.

　전쟁터에는 최신예 무기가 승패의 관건이듯 발바닥을 주무르는 데는 손톱 관리가 절대적 관건이다. 너무 바짝 깎으면 감각이 무디고 너무 길면 발바닥이 아프다. 그래서 손톱은 발을 주무르기에 알맞도록 잘 깎아야 한다.

　깊숙이 누를 때는 엄지 위에다 다른 쪽 엄지를 포개서 누르는 힘의 강약조절과 상대방의 심신 상태에 따라 속도 조절도 매우 중요하여 어깨와 팔의 힘을 잘 조화해야 한다.

　이상은 현실과 사실의 방에서 오랫동안 고난의 체험으로 발굴한 부장품이며 최대 장점은 20분만 도래하면 마음의 흉터 하나 기억 못 하는 단

잠에 빠져 천일야화를 덮는 알라딘의 요술램프를 켠다는 사실이다. 이렇게 잠드는 것은 한쪽만 밝은 외등이 아니라 시렸던 별꽃까지 환하게 피워내는 시간이다.

TV를 보는 눈동자와 발바닥을 주무르는 손가락은 언제나 서로 상관치 않고 제 역할에 충실하다. 미래를 못 보는 망막은 따분한 철학이란 굴레를 벗어난 구속력 없는 자유로 현재만 눈여겨보고 열 손가락은 집사람 발바닥에 복종토록 주어진 대뇌의 숙달된 작전명령에 따라 반항 없이 임무를 수행하지만 가끔씩 말하고 싶은 게 있을 때는 조용히 신발을 끄집어낸다.

그래서 조물주는 인간은 태어나면서부터 혹자는 사용자 권력을, 혹자는 복종의 의무를 가지도록 숙명적으로 결정되어 있으므로 이 땅에서 별탈 없으면 그냥 살 게 내버려 두는 모양이다. 그래서 우리는 머릿속에 물혹이 하나 자라도 모르고 그냥 지나치면 조물주도 특별히 알려주지 않는단다.

운명의 순간은 30대 중반 어느 늦가을 저녁 소나기가 천둥 번개를 동반하고 쏟아지면서부터 시작되었다. 퇴근 시간에 비를 흠뻑 맞고 집으로 돌아왔다. 우산을 들고 버스정류장까지 마중 나오지 않는 것을 따지려고 했는데 한 번도 그런 적이 없는 집사람은 몹시 피곤한 모양인지 잠들어 있다.

내가 들어온 줄도 모르고 한 평도 안 되는 자리에 옆으로 웅크려 잠든 모습을 볼 때 불현듯 가슴을 저미도록 측은한 생각이 엄습한다. 밑 빠진 자루에 빗물의 무게를 달 듯 아내란 존재를 그냥 내버려 둔 자신이 부끄러워지는 순간이다.

돈 많은 인간과 눈이 맞았더라면 생활의 반란을 모르는 꿈의 궁전에서 편히 쉴 텐데 아깝게도 콩깍지가 끼어 주머니가 텅 빈 껍데기 인간임을 알아보지 못한 채 구석방을 택한 이유는 돌이킬 수 없는 실수였다. 허나 돈보다 나를 더 사랑했기에 쪽방으로 기울어졌고, 고통을 감내하는 결심이 있었기에 쭉정이 인간을 따라나섰다면 더 이상 할 말이 없다.

후회는 절호의 기회가 지나간 다음 공허할 때 찾아오는 법. 거짓도 참인 줄 알았던 사랑에 후회하고 구석방을 비켜서는 세월도 이제는 너무 지겹다. 무성의한 남편은 물론 아이들조차 머리가 굵어져 엄마에게 멀어지고 미를 상실시키는 나이조차 아름다움이 아닌 주름만 늘리는 삶의 무게를 어디다 재면 정확히 알 수 있을까.

이불깃에 삐죽이 나온 발이 눈에 띈다. 마르고 핏기없이 아무렇게나 던져진 장작 쪼가리다. 무심코 어루만져본다. 뜨거운 온기가 사라진 식은 곰국처럼 미지근하다. 그 발을 계속 쓰다듬는다. 내 어깨는 알 수 없는 서러움이 앉아 울고 창밖에 비는 수직으로 쏟아지는데 가슴이 몰랐던 의식적 사고는 뭉클거리는 설움 반, 미안함 반으로 허공으로 솟는다.

얼마를 지났을까 자리에서 일어난 집사람은 코스모스가 만발한 시골길을 걷는 황홀한 감정이었다며 간이역에서 내려 진심으로 고맙다 한다. 기껏 발바닥 한번 주물러 줬을 뿐인데. 그래서 여자는 존경보다는 약간의 기쁨만 안겨줘도 하늘만큼이나 행복해하는 비 오는 날에 소란스러운 청개구리다.

따라서 완성된 아내의 가슴은 미완성의 작은 작품들로부터 온 세계를 지배하는 거룩한 어머니로 변한다. 하지만 집사람은 옷이 계절을 수도 없이 바꿔나도 그 흔한 조각 한 점 못 챙겼다.

이것이 발바닥을 주무르는 최초의 계기다. 처음에는 양귀비를 몰랐고 둘째는 초선은 기억에도 없었다. 그러나 시간은 인간을 지배하고 발바닥은 손가락을 길들였을 때 헌신의 봉사는 자의가 아닌 의무로 바뀌었다. 따라서 지배자는 노예의 목을 옭아매고 노예는 타의로 선택된 복종의 길을 걷는다.

발바닥 주무르기는 내가 개발한 가장 현명한 봉사였지만 시간이 갈수록 차츰차츰 낯선 의무로 변한다. 주무르다가 손가락이 저릴 때와 졸기라도 하는 날에는 성의가 없다는 둥 오만가지 핀잔이다. 그래서 여자는 남의 자리를 차지하고도 잔뜩 웅크리고 앉아있는 뒷집에서 온 살쾡이이며 깊이를 모르는 우리 집 마당의 샘물이다.

허나 정렬되지 않는 순간적 감정은 이성적 감정에 지배를 받고, 무의식 속에서 일어난 충동적 행위는 규정된 사고가 다독일 때 긍정은 부정을 잡아먹는다.

남편 명령에 따라 평등을 반납한 여인들의 복종 세월은 누가 말했는지 "여자 팔자 두레박 팔자"라는 말이 나왔다. 남자 하나 잘못 만난 죄로 일생을 허비하는 일은 허다하다. 잃어버린 꿈, 되돌아갈 수 없는 청춘, 아이들까지 품을 떠난 공터에서 쳐다보는 하늘의 에메랄드빛은 난전에서 팔다 남아 식어버린 오뎅 국물이다.

여자를 잃어가는 겨울 아줌마로 만들어 놓은 사기꾼을 어떻게 해야 할 것이며 아내들의 마지막 소망은 무엇일까. 남편 때문에 모든 희망을 상실한 원죄를 범인에게 돌리는 것은 당연한 이치이며, 여자로 남기 위해서는 더 늦기 전에 지금부터라도 서방을 쥐고 흔드는 권리라도 주어져야만 가정과 사회생활에서 잃었던 희열로 새로운 삶을 되찾게 될지도 모른다.

오랫동안 잘못 학습된 입이 말하고 싶은 게 없을지는 몰라도 늦었지만 나는 결심을 말해야 한다. 20대 젊은 여인이 스스로 목을 읽아 나를 선택했듯이 이제는 집사람을 위해 내가 손가락을 읽아매야 한다. 이것이 권력과 능력, 행위도 없는 강제노역이라면 고난의 길이 되겠지만 스스로 노역을 자처한다면 관념의 목적이 있기에 들길에 지천으로 널려 밟히는 가을꽃도 너무 예뻐할 것이다.

최상의 마사지로 집사람의 만족을 위해 지압전문가를 찾아 배웠고 발클리닉 전문점에서 마사지를 받으며 주무르는 요령도 알았다. 한의원장인 친구는 몸속 전체 장기는 발바닥에 모두 축소되어 있으므로 장기에 질병이 있으면 발바닥 그 부위를 주무르면 효과가 있다는 것도 알려줬다.

손가락 대신 검은 돌, 상아, 나무봉 등 지압기구도 수없이 구입했다.

그러나 인간은 금방 싫증내고 가장 게으른 짐승이 되기에 충분한 기질을 가지고 있다. 말로만 세상을 떠안으려는 야망은 슬그머니 꼬리를 감추고 물 타기가 일쑤다. 그래서 인간은 때때로 묘한 웃음만 짓는 괴상한 동물이 되고 조물주는 당초에 없었던 지옥을 만들어 타계에서 겹겹의 겁怯의 선물을 주기도 한다.

주무르기가 귀찮은 날은 식은 달과 놀고 낭만이 찾아오면 소주잔과 춤을 추며 친구가 찾아오면 더 놀다 가라는 등 오만가지 핑계를 대지만 뱁새눈으로 쏘아볼 때는 등골이 오싹하고 다음 날 식탁은 한가로운 갈매기만 끼룩거린다. 그래서 문풍지에서 높새바람이 불면 눈동자는 계곡을 넘어 맞바람을 일으키고 벌린 목구멍은 거친 숨을 토하며 지혜의 유비보다 진노하는 장비가 된다. 어떨 때는 무겁게 닫힌 머리뚜껑이 심각한 수준까지 열리지만, 전문의의 소견은 아니라도 전반적으로 생명에는 지장이 없단다.

따라서 천국에 이르는 길은 고뇌로 가득 차 있고 지옥으로 가는 길에는 언제나 쾌락이 널렸다. 허나 천국이 없는 줄 뻔히 알지만 이제 나는 천국으로 가야만 한다. 거기에는 아무래도 싫든 좋든 나만이 주물러야 하는 발바닥이 있을 것이란 생각이 들기 때문이다.

지금도 나의 실체는 노예이지만 정신착란으로 아무도 없는 빈집에 잠깐 앉았다 왔을 뿐 집사람의 발바닥을 들고 영원히 천국으로 향하는 충실한 노예다. 앞으로는 운명도 아닌 감성적 지각으로부터 독립된 선천적 인식을 잘 다독거려 후회나 반항 있는 얄궂은 역모는 꾸미지 않겠다.

인간은 태어나면서부터 불평등하다. 따라서 부부간에도 완전 평등은 없다. 모순의 억지 평등은 언젠가는 반드시 불평등의 부메랑이 된다. 건전한 사고력과 평정된 정신력이 낳은 아름다운 사랑으로 부족한 불평등을 채워주는 평등의 지혜만이 우리에게 필요하다.

자격증 없는 사이비 마사지의 손길이 부드럽게 움직이자 집사람은 소록소록 잠이 들었다. 평온한 얼굴의 미소가 말한다. "이름이 무엇이에요? 내게는 정말 고마운 분"이란 말에 흐뭇해하면 "똑바로 주물러!"라는 벼락의 소름이다.

앞으로 살아가는 날에 행복 하나 없더라도 우리는 그냥 부부이기로 하자.

산사로 오르는 길

헉헉거리며 토하는 숨소리는 한동안 집에서 잠잤던 심장을 두들기고 등줄기에 맺힌 땀은 기어이 두꺼운 등산복을 벗게 만든다. 햇살은 기슭에 양지를 만들어 누구나 쉬어가게 하는데 감사를 모르는 나는 털썩 주저앉아 가쁜 숨을 몰아쉬고 이마에 흐르는 땀방울을 닦는다. 버릇없는 행동에 짜증 내지 않는 엄마 같은 대자연은 잘 익은 햇살을 데리고 조용히 관조만 할 따름이다.

아침 6시 30분에 집을 나섰다. 친구와 함께 운길산 수종사로 산행을 약속했다. 전철에서 오랜만에 마음 편한 잡담을 나눈다. 재미난 인생살이를 엿듣던 바보 같은 시간은 얼떨결에 철길을 건너뛰다가 거리를 잘못 계산해서 우리를 훨씬 더 빨리 역으로 데려오자 코스모스는 연신 허리를 잡고 웃는다.

수종사는 작년 가을에 한 번 다녀왔던 곳이다. 자연은 원을 그리고 우리는 원을 따라간다. 가을을 보내고 겨울을 돌아 또다시 여기에 온 것을 보면 알 수 있다. 그래서 자연은 인간을 원을 따라 둥글게 돌리지만 막바지에는 세월을 숨기고 영원한 순환이 아닌 부활 없는 원점으로 되돌려 보낸다는 소리에 기분이 좀 상한다.

작년 가을에는 들꽃의 유혹이 최고급 수준이어서 현혹된 마음은 비겁하게도 감정마저 배반하는 손가락으로 꽃술 깊숙이 찌르는 야만의 관대함에 정신없이 흥분하고 있는데, 보다 못해 화가 난 흰옷을 걸치고 세월을 비껴가는 구름이 자기를 따라오면 더 예쁜 꽃을 많이 준다는 말에 속아 운길산 정상까지 갔다가 불 없는 기슭에서 비를 흠뻑 뒤집어쓰고 말았다.

오늘은 눈 돌리지 않고 속살이 훤히 보이는 파리한 산만 조용히 따라가는데 내가 온 것을 주지스님이 아시면 진짜로 목화솜으로 누빈 두툼한 겨울옷 한 벌쯤은 주실까, 그런데 산길은 내가 반가운 손님이 아니라서 마중 없는 가파른 고개만 내주고 또 다른 고개가 말없이 기다린다.

몇 겹의 고개를 올라서야 마음을 통하는 다 함을 이룰까. 겹겹이 쌓인 알 수 없는 비밀은 자연의 몫이고 그것을 알아야 하는 야심은 인간의 욕망이라면 나는 영원히 알 수 없는 비밀을 찾기 위해 끓어오르는 격정은 쓸데없이 춤만 추게 하는 허수아비일 뿐이다.

두 다리로 걷는데 게으른 몸통은 힘들지 않을 테고 숨결은 혼자서 가쁜 척하고 약삭빠른 머리는 연신 땀방울을 흘리며 다리의 눈치를 살핀다. 그래서 우리는 진실하지는 않지만, 남들이 모르게 약간씩은 배반하면서 진실한 척 살아간다. 들키지만 않으면 아무래도 괜찮다. 그러나 몸통이나 머리처럼 앙큼스런 배반을 할 때는 무자비한 관대함을 떨쳐도 괜찮으니 이제부터 몸통과 머리는 여기에 두고 가자.

두 발로 오른다. 몸통을 떼어놓으니 숨 가쁜 줄 모르고 머리까지 버리니 이제야 하늘에 하얀 구름도 보인다. 속을 훤히 드러낸 산은 진작부터 모든 것을 아낌없이 주려고 했지만, 이전에는 받을 줄 몰랐고 지금은 가지라 해도 무엇 하나 내 것으로 소유할 이유가 하나도 없어졌다.

그래서 산속을 깊이 파헤쳐 무엇이 들었는지 꼭 알아야 하는 일은 나와는 아무래도 상관없다. 탐욕과 야욕으로 만들어진 화려한 불꽃이 담긴 천상의 화로를 거저 준다 해도 사양할 것이며, 혼돈으로 빠져드는 야비한 욕망을 벗기 위해 차라리 악과 선도 구별할 줄 모르는 지독한 치매 몇 마리 데려다가 머릿속에서 잘 놀게 했으면 참 좋겠다.

계곡으로 들어서면 늙은 소나무는 임종이 가까워졌는지 눈에 띄게 많은 솔방울을 꽉 껴안고 온몸을 쓰다듬으며 후손을 위해 하나씩 떠나보내야 하는 애달픈 울음소리는 칼바람에 베어 허공으로 날린다. 나의 조상들도 대대로 심혈을 기울여 만들어낸 영천 이씨 27세 솔방울들, 그중에 특별히 생각나는 진주 솔방울은 먼 이국에서 어떻게 살고 있는지 오늘따라 불현듯 보고파진다.

밤이면 가끔 딸애가 기거하던 이층에 올라가면 남긴 옷가지 몇 벌과 침묵이 들어있는 책들이 불 꺼진 빈 방을 지키면서 7월이면 인천공항으로 들어오는 네 식구의 재잘대는 소리가 듣고 싶어 볼을 맞대고 잠들어있는 모습에 시간은 하루를 조금씩 거둬간다.

깊은 산중에서 폐부 깊숙이 울리며 가슴 가득한 나의 애틋한 부성애를 말없이 서 있는 늙은 소나무는 다 알고 있다. 발밑으로 떨어진 어린 솔방울이 추울까 봐 솔잎으로 덮어주는 애처로운 감정과 나의 아린 감정은 남의 둥지에 알만 낳고 달아나는 못된 뻐꾸기는 이런 사연을 아는지 모르는지 봄날에 만나서 한 번쯤은 조용히 물어봐야겠다.

골짜기에 햇살이 안 보는 틈을 노린 찬 바람은 규정을 무시한 채 과속으로 온 산으로 밀쳐낸다. 그 틈을 타서 샛길로 들어서자 갈참나무도 몇 개 남지 않는 낙엽을 움켜쥐고 다람쥐는 잔가지에 앉은 하루의 임대료를 주머니에든 도토리로 계산한다.

발길은 묵묵히 걷기만 하는데 대자연은 의식적 사고를 전혀 필요치 않는 자에게만 열어주는 비밀의 문인가 기슭을 넘는 순간 수종사의 웅장하면서도 잔잔한 모습이 소리 없이 눈부시다. 아무렇게나 간섭받지 않고 살아온 가랑잎 같은 미물 하나가 용하게도 들어선 숙연한 이 길은 암만 생각해도 내가 걸을 길은 아닌 것 같다.

무엇으로부터도 방해받지 않은 조용한 불법의 숨소리가 땅을 움직이며 앞으로 다가온다. 순간 미물에게도 경건과 정숙의 호흡이 흐른다. 의식은 무의식을 강탈하고 본능에 의한 육신은 환호하는 이상으로 가슴을 열어젖혀 깨달음과 진리보다는 새로운 욕망을 위해 엎드려 내 안에 가득히 채우려는 도적의 심보가 깨어나자 가슴은 말문이 막혀 주지스님이 불러서 왔다고 둘러댄다.

마음을 법당에 들이는 순간 불안佛顏으로부터 흐르는 향기를 어깨 위로 가만히 내려주시며 만사를 자유롭게 하시나, 지천으로 흩어진 양심은 본디 선악과 탐욕 정도에 따라 정밀하게 제작되어 가슴 깊숙이 숨어있는 고성능의 영혼이란 사실도 모른 채 짐승처럼 밥만 먹고 살아왔느냐고 옆에서 염주 알을 굴리는 바람의 핀잔이다.

몸은 엎드리고 머리는 숙이고 눈은 감은 채 두 손을 모아 합장하지만 가슴은 여기까지 오기가 힘이 드니 많은 복을 한꺼번에 달라고 소리치자 부처님은 말없이 달그락거리는 내 눈동자의 박힌 부끄러운 오욕을 하나씩 끄집어내시어 지천으로 널린 들꽃으로 남겨두신다.

어릴 적 할머니를 따라 고향에 있는 파계사에 종종 간 적이 있다. 공양을 마치고 스님께서 나누어주시는 사과를 받으면서 언제나 생각을 한다. 나에게는 굵고 탐스런 사과가 주어지길 원했다. 그러나 내게 주어지는 사과는 다른 사람보다 아주 작고 보잘것없는 것만 주어진다. 자리를 바꾸어도 언제나 내가 받는 사과는 여전히 볼품이 없다. 사과는 똑같은데 내 눈과 마음에는 날마다 보잘것없는 사과였다.

만물을 적시며 조용히 내리는 불법은 시간과 공간을 비켜 공생이라는 연못에 하얀 연꽃을 띄어 고즈넉한 목탁이 울릴 때 나도 언젠가는 물속을 배회하며 아미타불을 입질하는 물고기가 된다면 참 좋겠다는 생각이 든다.

불전함 앞에서 마음속으로는 물욕에 어두운 배신자이듯 초라한 시줏돈만 얼른 넣고 돈 안 드는 절만 수없이 한다. 아라한의 성음까지 주머니에 퍼 담는 머리에 꼬리가 달린 짐승인지 인간인지 구별 안 되는 미물에게 본성을 깨닫게 하려고 불국토가 펼치는 피안의 언덕으로 데려가는 자비를 어리석은 인간은 언제쯤 알아차릴까. 좀처럼 나서지 않으시는 부처님도 대웅전 문 앞에 나오셔서 까불대는 바람을 불러놓고 마냥 엎드리고만 있는 저런 인간이 되지 말라며 신신당부를 드린다.

오백 년 묵은 은행나무는 계절에 반항 없이 보든 안 보든 새벽마다 일어나 범종 소리에 맞춰 물지게를 지고 양수리로 내려와 초록 물길을 져

올려 경자년 봄날의 태동을 준비한다. 쌀쌀한 바람도 법당 문고리를 매만지며 부처님의 훈훈한 향기를 얻어 뒷산 토담집에서 자유로운 봄바람이 되고자 백일기도를 올리고 매양 자유롭지만 않은 흰 구름도 혹여나 집착이 묻었을까 고개 숙여 법당을 향해 엎드리는 한나절이다.

모든 것은 나를 위한 것인데 멍청하게 태어나서 선을 몰라서 악도 모른다고 잡아떼면, 너그러운 웃음으로 인연 따라 살며 집착에 매이지 말라고 말씀하던 젊은 스님은 해우소解憂所에 들어서자마자 벽을 치며 영악한 놈! 미친놈이라고 나에게 울분을 토하시겠지.

세속에서는 악법도 법이다. 불계에서도 선이 불법佛法이면 악 또한 불법佛法이라 할 수 있을까. 오갈 데 없는 악마의 유전을 가진 어설프게 생긴 악의 새끼 한 마리가 아비지옥인지 불계인지를 몰라 멍청하게 법당 주변만 배회한다.

아무것도 모른다. 깨달음을 모른다기보다는 내겐 필요치 않다. 몇 초의 숨만 참으면 모든 것이 끊어져 도를 통하지 않아도 영원으로 통하는 무위의 길인데 무엇을 더 바랄 것인가.

이제 내 영혼은 여기에서 스님들이 입다 남은 솜 누빈 잿빛 장삼 한 벌 얻어 입고 마냥 주저앉아 뒤뜰에서 선악과 함께 뛰어놀고 싶다면 젊은 스님은 또 허망한 소리만 내뱉는 괴상한 놈이라고 내 가슴을 발길로 걷어차겠지.

해 질 무렵에 또다시 달콤한 만족을 주겠다며 아침부터 따라다니던 속세의 영혼에 이끌려 마지못해 산길을 내려온다. 헛되이 죽지 않고 선악과 놀고 싶다거나 진실로 모든 만물을 사랑하는 마음이 있다면 도시고 산이고 아무 데도 상관없다는 소리가 머릿속으로 들려오지만 젊은 스님은 내려가는 내 모습을 보고 정말로 속이 시원하다고 말씀하시겠지.

가파른 오르막길에도 숨찬 모습이 전혀 보이지 않는 마주친 노승에게 깊숙한 합장을 드리자 산길은 내려갈수록 좁아지고 하늘은 쳐다볼수록 텅 비었네 라는 성음이 숲을 휘감아 오른다.

상엿소리 ─────────────

"간다, 간다, 나는 간다. 북망산천, 어디 메냐~"
"어허, 어허, 어 허야, 어허~"
사람이 죽어서 장례식을 치르고 장지로 향할 때 상여를 메고 가는 상여
꾼들이 부르는 소리다. 메기는 방법은 살아생전 고생했지만, 극락으로 잘
가라는 회심곡을 부른다. 이는 학예적인 면에서는 서사민요 즉, 지역적으
로는 이야기식의 민요로서 다소 긴 노랫말로 되어있으나 슬픈 가락이 되
풀이된다고 했다.
어릴 때 친구들과 함께 상여를 뒤따라가면서 상두꾼들이 부르는 노래
에 맞춰 신명 나게 따라 부르던 노래다. 상주는 구슬픈 가락에 꺼이꺼이
가슴 찢는 쉰 목소리를 토하고 문상객은 망자의 마지막 길을 슬픔과 한숨
으로 배웅하지만 우리는 산과 들을 뛰어다니며 토기가 된다.
물론 어렸어도 죽음이 무섭다는 것은 다 안다. 그러나 오늘은 맘껏 뛰
어놀면서 시루떡과 국밥을 실컷 얻어먹고 집으로 돌아오면 내일은 또 다
른 상여를 따라가는 희망에 부푼 멋진 꿈을 꾸면서 깊은 잠으로 빠진다.
꿈자리가 뒤숭숭하더니 대구에 계시는 삼촌께서 돌아가셨다는 기별이
왔다.
창문을 여니 삼촌과 애틋한 과거의 추억이 허허한 가슴속으로 들어온
다. 그중에도 삼촌이 읍내 갔다가 사다 준 껌 하나를 씹다가 단물이 다 빠
져도 아까워서 벽에다 붙여놓고 다음 날도 그다음 날도 씹고 씹었던 기억
들…….
죽지 않는 생명은 가장 죄질이 나쁜 인간에게 주는 조물주의 지독한 형
벌이라고 했지만, 일흔둘에 불귀의 객이 된 영혼에게 죽음이란 영원히 존

재하는 곳으로 향하는 화려한 비상이라고 한다면 한평생 가난하게 살아 꽃 한번 못 피운 불쌍한 인생의 가슴 아픈 사연은 어떻게 하나.

밤과 낮의 이치를 모르듯이 알 수 없는 생과 사의 관계를 간섭한다는 것은 주제넘은 일이지만 그래도 눈물이 흐르는 슬픈 심정과 공허한 마음이 왜 드는지를 물어본다면 이별을 맞이할 때는 세포가 슬픔이란 눈물조절장치를 작동시켰기 때문이라 하겠지.

살아생전 조카에 대한 즐거운 추억보다 가슴 깊이 상처만 주고 그 상처를 끝내 해결해 주지 않은 섭섭한 심정을 토하는 것 같아 마음이 매우 참참하다. 노애怒哀만 남고 희락喜樂이 사라지는 이 세상에서 인생의 참뜻을 찾는 일은 의미 없다고들 하지만 지금 당장이라도 삼촌이 삼베옷을 벗고 돌아와 준다면 내 인생을 몽땅 노애에 저당 잡혀서라도 삼촌 마음에 패인 흠집을 속 시원히 메워드릴 생각이건만……

창밖에서 기다리던 팔공산 '파계골'의 낯익은 바람을 타고 고향집 대문으로 들어선다. 증조모, 조모님, 그리고 엄마가 반갑게 맞이한다. 언제나 마음속에 그리운 얼굴이다. 조부님이 일찍 돌아가셨기에 이십 대 후반의 아버지는 증조부모님과 조모님, 고모 셋과 다섯 살짜리 삼촌을 위해서 살아야 했다. 먹여 살릴 식구는 나와 엄마, 그리고 아랫집에 살고 있는 술 잘 마시는 증조부의 애첩할머니를 더하면 모두 열 명이다. 애첩할머니는 가끔 꿀밤을 주시기에 큰할머니보다 싫어했다.

어려운 형편에도 불구하고 아버지는 고모 셋을 훌륭하게 시집보냈고, 할머니와 조상님 세 분을 지극정성을 들여 극락으로 배웅해드렸다. 공부가 가장 하기 싫다는 삼촌은 중학교를 중퇴시켜 억지로 운전기술을 배우게 하여 아버지 회사에서 운전을 하게 했다. 삼촌과 나이도 비슷하고 가장 친한 오촌도 아버지가 관계하는 회사에 입사시켜 자립을 시키셨다.

보릿고개도 세월과 함께 지나가고 모든 사람들이 먹고 살기 좋은 세상이 찾아왔다. 생각이 배부를 때는 육체가 게으른 이유다. 육체가 피곤하면 욕망이란 원인보다 단순한 갈망이 앞선 동인이 되어 욕망을 잠재우지만 육체가 게을러지면 갈망을 잠재우고 욕망이 눈을 뜬다. 해서 우리 가족들도 입술이 떨리도록 배고파했던 그 시절이 더 행복한 나날이었는지도 모른다.

문제가 터졌다. 어느 날 삼촌과 오촌이 술 한 잔씩 걸치고 뽈록한 올챙이배를 안고 와서 조상님이 계신 종중산을 왜 형님 혼자의 소유냐고 내놓으라는 생트집이다. 사실 지금까지 집안일을 처리하시는 아버님이 모두의 우상이셨다. 동네 사람들까지 칭송이 대단한 분이셨는데 그런데 20년 이상이나 차이 나는 동생들이 술을 마시고 와서 맞담배질을 하면서 형님에게 대드는 모습을 보시고 너무나 어처구니없어 한숨만 쉬고 계셨다.

우리 집안은 너무 가난하여 조상님 묘를 쓸 산 한 평이 없어 종중산에 신세를 지고 있었다. 그래서 아버님은 선대 산소만큼은 우리 산에 모셔야 한다며 힘겹게 현재의 산을 매입해서 분산되어 있던 윗대 조상님들의 묘를 모두 한 곳으로 안장하여 관리해온 사실상의 개인 산이다.

그런데 두 사람은 조상님들의 묘가 있으므로 해서 윗대로부터 물려받은 선산이라고 주장하며 분할을 요구한다. 당시 상황의 내용을 전혀 모르는 열 살 미만의 코흘리개 아이들이 자라서, 선산일 것이라는 야릇한 만족을 채우기 위해 커다란 돌연변이가 되어 가족의 틈을 가르는 악랄한 불행을 저지른 것이다. 배고픈 늑대가 되어 돌아온 두 사람은 내일을 향하는 가족의 꿈을 깨트려버린 것이다.

가족단위는 긍정과 사랑의 공존의 조화가 아니라 지극히 어려운 상반된 흐름으로 돌변되어 깨물고 피 흘리는 싸움터다. 결국 하나가 아닌 다양으로 변해 탐내지 않아야 할 것을 무조건 탐내므로 서로가 외면하고 입 다물고 아프게 흘러온 30년 세월이다.

어릴 때 나는 삼촌을 무척 좋아했다. 세상에서 제일 좋았다. 삼촌이 군대에서 휴가를 나와 귀대할 때, 자신도 가진 돈이 없는데도 네게만은 꼭 몇 푼의 돈을 쥐어주고 가신다. 이런 순박한 감정을 욕망이란 이름으로 가족 간의 내적 분열을 앞세워 아름다운 과거를 내려야만 했던 모순의 세월은 결국 서로 간의 쓰라진 상처만 남았던 것이다.

아버지와 삼촌 사이의 감정을 내가 해결하려 했지만 신은 당초에 인간들에게 화해를 해결하는 작은 구멍만 주었을 뿐 방법과 원칙은 정해주지 않았다. 조물주는 인간들이 마냥 행복하기만 하면 죄를 줄만 한 이유와 권리가 없어지기 때문에 서로가 피나게 싸워서 찾는 불행을 맛보이려는 심보 때문인 것 같다.

세월이 흘러 삼촌과의 틈을 좁히지 못한 아버님과 어머님은 조상님 곁으로 가셨고 아버지 덕분에 살 기회를 잡은 오촌도 한창 나이에 갑자기 죽었다. 삼 년 전 겨울 고향에 들러 조상님 묘소를 둘러보고 오는 길에 삼촌께 식사를 모시려고 전화를 드렸다. 그동안 불행이 만든 분란의 유효기간도 지났고 고뇌에서 평온을 찾는 화합만 탄생시키면 만사가 평화로울 것이라는 생각이었다.

금호강 아양교 근처 고급 한정식으로 모시려 했으나 한사코 사양하시는 바람에 평소 잘 가신다는 영양탕 집으로 따라갔다. 유치원 미니버스를 운전하는 삼촌의 고단한 얼굴을 보는 순간 마음은 울컥하고, 낡은 창호지 같은 가슴팍에서는 나마저 대화를 끊어버려 많은 외로움의 그림자를 달고 계셨던 느낌이 원망으로 다가온다.

손을 잡는 순간 눈물이 흐른다. 서로가 운다. 콧물과 눈물이 범벅되어 감정으로 묶였던 30년 세월의 침묵을 녹인다. 단 한 방울의 눈물도 때늦은 후회와 참회의 눈물이 아닐 수 없다. 화합은 서로가 마주보기만 하면 바로 해결되는데, 침묵은 고집과 오만한 망상으로 끼워 맞춘 모자이크이며 자신과 가족에게 무가치할 뿐이라는 것을 이제야 알아보는 미물이다.

서러운 감정을 한바탕 터뜨리고 식사를 하며 단절된 집안 식구들의 부끄러운 안부를 묻기도 한다. 시간이 되어 서울로 오는 길에 지금 내가 할 수 있는 일은 지갑에서 차비만 남기고 몽땅 드리는 일밖에 없다. 20여 만

원은 어릴 때 내가 받았던 용돈에 비하면 아무것도 아니다. 끝까지 거절하시며 그래도 너만은 잊지 않고 항상 마음속에 있었다는 말씀에 미련한 후회는 다시 한번 폐부 깊숙이 찌른다.

그 후에 한 번만이라도 더 찾아뵙고 했었어야 했는데 돌아가신 오늘에서야 고개를 숙이며 또 다른 죄인이 된다. 자유로울 수 없는 세계는 죽음의 세계다. 나는 지금 살아있는 현실 자체가 죽음의 세계이며, 싫든 좋든 우리는 고뇌만 존재하는 이 세계에서 충분한 죽음을 맛보는 실체의 한 조각으로 매일매일 후회하며 죽으며 빌면서 살아간다.

아버지가 다녀가셨고 어머니가 다녀가셨던 화려한 불꽃놀이마당으로 힘들었던 육신을 깨끗이 정화하고 존재하기 시작하는 영원한 안식처로 향하신다. 숨을 잠시만 꾹 참으면 왔던 길을 되돌아가는 법. 이 쉬운 길을 모르고 무작정 끌려온 우리들의 살아있는 육신들은 참으로 행복할까 불행한 걸까.

불귀의 객을 위해 상복을 입고 밤새운 새벽산은 옆으로 길게 엎드리고, 향기 없는 안개꽃을 피워 힘들게 살아온 영혼 하나 데려 가려고 팔공산 파계골이 조용히 저승 문을 열어 맞이한다.

나는 저승사자에게 몇 개의 이유를 들이대며 칠순만을 떨쳐달라고 안간힘을 쓰며 매달렸지만 삼촌이 가지고 온 생명은 여기까지라며 한 많은 이야기가 묻은 옷을 벗기고 칠성판에 뉘어 슬픈 영전을 뒤로 하고 조용히 저승으로 안내한다. 가슴 후비는 진혼곡 소리는 영원한 이별의 노래로 태우며 기어이 영혼은 하늘로 오르고, 닫히는 저승 문 앞에 대나무 지팡이에 온몸을 떨며 오열하는 가슴 한 조각 찢어 보내는 곡소리만 애달프다.

연초록잎이 피는 파계사 극락전에서 들려오는 소리는 바로 골 너머 있는 고향 산에서 울려 퍼지는 어릴 때 듣던 상엿소리가 산기슭을 피어오른다.

"간다, 간다, 나는 간다. 북망산천, 어디 메냐~"
"어허, 어허, 어 허야, 어허~"

올가미 ————————————

"한마음선원에 계시는 대행스님께서 몸이 많이 편찮으시대……"

휴일이면 인적 없는 심산유곡에서 신령의 부름에 따라 심蔘을 찾으려는 오묘한 현실에서 신들린 낭만을 펼친다. 우리 일행은 뜨거운 해를 하루 종일 서쪽으로 밀어 보내고 노을이 쉬는 아담한 산골식당에서 피곤한 몸으로 저녁 식사를 한다. 그런데 바로 등 뒤에서 소근소근 들려오는 중년 여인들의 목소리, 들리는 사연인즉 불자들이 자기네 절에 계시는 스님 한 분이 여러 신도에게 기氣를 많이 넣어 주셔서 몸이 아주 편찮으시다는 말이다.

대부분의 사람은 자신의 의지와 상관없이 종교만 믿으면 무엇이든지 해결해 주리라 믿는 그 무엇에만 매달리며 손만 내미는 파렴치한이다. 불법 또한 믿음에 대한 간단한 얼음이 아니라 고난의 수렁에서 빠져나와 생멸의 경계를 넘어서는 삶의 무한한 방도를 가르쳐주는 물처럼 부드러운 종교라 한다.

나 역시 불법의 진리도 모르는 보잘것없는 인간으로 태어나 부처님 교법教法을 가슴에 담을 줄도 모르는 미약한 축생이며 법당에 엎드려 무조건 절만 해도 그냥 복이 온다는 사실을 알았더라면 죽기 살기로 했을 것이다. 하지만 지금도 세상과 나의 경계를 긍정도 부정도 할 줄 모르며 딱히 잘 살게 해달라는 기도는 별로 부탁해본 적도 없어 누가 내 것이라고 준 삶만 갉아먹으며 그렇게 저렇게 사는 짐승 닮은 편에 선 사람일 뿐이다.

"저런! 몸이 편찮으시다면 산삼 한 뿌리 드시면 괜찮아지실 텐데……."

꾀가 많은 자는 공짜 생각이 입력 안 된 초정밀 계산기며, 경제적 생각이 모자라는 자는 작은 이득의 앞부분과 커다란 손실의 뒤쪽을 잴 줄 모르고, 머리가 비어 헐거운 자는 생각을 하루 종일 구멍 뚫린 주머니에 주워 담는다.

값비싼 산삼 한 뿌리를 전혀 알지도 못하는 어떤 스님에게 무덤덤하게 드려야겠다는 무無의 만용과 맹목적 생각을 갖는 마음에게 욕심 많은 배고픈 밥숟가락이 화가 나서 머저리 같은 머리통을 힘껏 갈긴다.

순간적 미묘한 감정은 강렬한 직접적 감정으로 표출되다가 시간이 지나면서 슬그머니 사그라진다. 이 역시 당사자 계약 없는 누구도 모르게 마음속으로 혼자만 약속했기에 민·형사적 책임이 전혀 없다.

불자들이 자리에서 일어서고 우리도 자리를 털고 밖으로 나오면서 식당이 다 들었던 산삼 드리겠다는 약속을 슬그머니 식탁 위에 두고 그냥 나왔다. 세상만물은 모두 각기 다른 형태의 약속에서 생명과 부활을 얻는다는 것을 아직은 모르는 나는 복잡한 세월에 막 살아온 배부른 집짐승이다.

그래서 약속이행은 모든 만물에게 아름다운 평행을 지탱해주며 나아가 우주 전체의 비밀을 풀 수 있도록 특별히 제작하여 조물주가 인간에게만 준 희귀한 열쇠다. 그래서 약속은 태어나면서부터 누구나 사용할 수 있지만 그 이행은 손익욕망의 계산단위가 들어있기에 알게 모르게 매우 신중을 기해야 한다. 허나 약속은 깨지라고 있는 것이라고 말장난치는 너는 도대체 누구냐?

나의 의욕은 매주 산을 오르는 일이다. 산을 모르는 사람은 내 삶의 방식이 단순한 물욕보다 커다란 전반적 오욕으로 꽉 찼다는 사실도 모를 게다. 평생을 벗지 못하는 남의 가면을 쓰고 가짜별을 달고 살아야 하는 내가 도시를 떠나 산으로 도망치는 행위는 자기 탈출이 아닌 현실도피의 커다란 범죄행위다.

그래서 산을 위해 내 생명까지 담보도 흔쾌히 해드리겠다고 하면 신중한 산은 저 녀석이 그 무엇을 찾아내기 위한 얄팍한 수작이란 사실을 잘 알고 있지만 그래도 나를 내팽개칠 생각이 없는 이유는 어리숙한 인간의 간 떨리는 욕심을 일부러 희롱하기 위해서일 거야.

봄부터 늦가을까지 온 산을 헤매며 심蔘을 뜯어먹는 산짐승은 겨울이 다가오면 인간으로 환생하여 다시 도시로 내려온다. 까맣게 잊었던 한마음 선원의 스님과의 맹목적 약속은 문득문득 쇠젓가락으로 화롯불 잿더미를 뒤질 때 피어나는 빨간 불처럼 집요한 감정으로 되살아나다가도 쌍방의 약속이 아니므로 아무래도 상관없다며 기다란 꼬리를 슬그머니 감춘다.

그러나 심산深山은 알고 있다. 멀찌감치 서서 부처님 손바닥 위에서 오공처럼 까부는 모습을 넌지시 보시면서 마냥 기다리기만 하신다. 그래서 자연은 평등주의자인 것 같지만 사람에 따라 치장을 달리해주며 성격과 이름은 물론 임무까지 얹어주는데 이러한 본질의 사실을 인간은 알아챌 수 없으며 오직 가려진 양심만이 언뜻언뜻 알 뿐이다.

대행스님과의 마음계약을 지켜야 한다는 생각이 불현듯 들다가도 막상 심을 캐면 바람난 주모의 치마폭이 아른거리자 스님 주기에 아까운 욕심이 더 앞장서서 이를 외면하기가 3년째로 이른다. 하지만 해가 갈수록 마음속 올가미는 점점 더 모가지를 옭죄어 들고, 심을 빼앗기지 않으려고 강하게 거부하는 나의 결심은 또 다른 부메랑이 되어 밤낮으로 무서운 고립의 나락으로 떨어뜨린다.

인간의 총체적 삶은 약속이다. 어떤 형태의 약속이라도 솔선이행으로부터 완성된다면 세계는 무엇보다도 무한하다. 메슬로우의 욕구 5단계설만 없었다면 모든 인간은 구분 없이 잘 살 수 있을 텐데 사람 되는 방법을 구분하는 바람에 불행히도 나는 자아세계가 아닌 생리적 욕구단계에 머무는 미완성 인간의 어설픈 불구자로 낙인찍혔다.

새벽부터 폭우가 줄기차게 쏟아지지만 강원도 철원 고대산을 향한다. 날씨에 관계없이 산은 항상 거기에 말없이 기다리고 있다. 신기 있는 박수무당이 대나무를 흔들 듯 나는 대문을 훌훌 털고 열었다. 도시의 문을 닫고 산속의 문을 열었다 해서 모두 신선이 되는 것은 아니고 숲속으로 들어갔다 해서 뛰노는 산짐승이 되는 것도 아니다.

하지만 나는 무엇을 원하는지 우의도 없이 막비를 맞으며 산을 오른다. 땀과 빗물이 뒤엉켜 옷은 무거워지고 입술은 힘겨운 김을 토한다. 팔뚝만 한 독사도 걸을 수 없는 자신의 실상을 자각하지만 육체와 정신은 나와 동등하다는 생각에 함께 비를 맞는다. 나는 걷고 너는 기는 것이 서로에게 주어진 지극한 운명이라면 나는 뱀과 인간의 구분을 몰라야 하는 산객이다.

험준한 돌산을 지나 7부 능선을 향하는 동북쪽 평지에서 전율이 감돌며 눈에는 순간 불기둥이 솟는다. 내가 원했던 것을 내가 찾았는가, 아니면 누군가의 심부름꾼이 되라고 신령님이 보내셨나, 쏟아지는 소낙비에 갈참나무 뒤에서 희뿌연 빗물에 흔들리는 잎사귀 위에 너그러움으로 솟아오른 육구만달의 딸(산삼 열매)! 빙그레 웃으시는 보살님의 영원한 빛이 온 산을 관조다.

"심 봤다!"

털썩 주저앉아 가슴 떨리는 통곡의 눈물이다. 몹쓸 죄를 사하는 고통으로부터 탈피하는 환한 울음일까. 눈물이 된 빗물을 삼키며 수도 없는 절을 하며 정직하지 못한 내 안으로 정중히 모신다. 소낙비는 무조건 쏟아지고 나는 3년 만에 말할 것도 없이 얼굴 모르는 한마음선원 대행스님에게 올가미를 벗겨 달라고 발걸음 향했다.

집사람에게 아들딸이 잘되게 잘 아는 스님에게 산삼을 기부하겠노라고 뻥을 치니 공양을 하려면 아들딸을 위해서가 아니라 지극정성으로 하라는 물처럼 맑은 꾸중을 시원한 빗소리에 섞으며 한마음선원이 있는 안양으로 향한다. 죽어서 극락에 살고 싶은 것도 아니며, 많은 죄를 용서해 달라고 비는 것은 더욱 아니다. 다만 이 올가미에서 자유롭게 풀려나고만 싶을 따름이다.

해거름 녘에 한마음선원 정문에 도착하니 무슨 행사였는지 수 대의 버스가 빗속으로 떠난다. 죄지은 마음인양 조용히 경내로 들어선다. 당직스님의 안내로 회의실에서 수명의 스님들이 함께한 자리에서 가지고 온 산삼을 내놓았다. 모두 호기심으로 바라본다.

"저는 이 절에 신도도 아닙니다. 대행스님께서 편찮으시다는 소리를 수년 전에 우연히 듣고 맘속으로 산삼을 드리겠다고 약속했으나 물욕에 어두워 미루기만 하다가 오늘에서야 왔습니다. 늦게 와서 죄송합니다."라고 말했다.

총무스님은 합장하시면서 "대행스님께서 뜻이 통하시면 찾아 가실 것입니다."라고 말씀하셨다. 이 말 한마디 듣기 위해 얼마나 많은 날을 고통 속에서 방황했던가. 이제야 올가미를 활짝 벗어버렸다 세차게 내리는 빗속에 몇 년간 묶였던 고뇌는 안양천으로 시원하게 흘러갔다. 비는 계속 내리고 또 내리는데 기어코 절 뒤편에 있는 보리밥집으로 안내하며 식사를 권한다.

비구니스님들과 세상 사는 이야기를 나누다 보니 나는 운수 좋은 사미승이 된다. 총무스님께서 "처사님께선 모든 것이 앞에 놓여 있는데 손을 내밀 생각을 않습니다"라는 뜻 모를 말을 하지만, 나는 여기에 잠시 앉아 있을 뿐이지 욕심 많은 바탕으로 꽉 찬 한 마리의 악한 짐승일 뿐이다.

상쾌한 마음을 앞세워 집으로 왔다. 뉴스데스크가 시작되는 저녁 아홉 시다. 후련한 자세로 자리에 털썩 앉는데 갑자기 가슴이 북받치며 눈물이 흐르기 시작한다. 모든 것이 서러워지는 순간이다. 눈물이 아니라 콧물을 동반한 울음까지 들먹인다. 커다랗게 엉엉 소리 내어 운다. 실컷 울었다. 왜 우는지 나도 모른다.

한참을 울고 나니 몸은 하얀 나비가 되어 하늘을 오르고 마음속에는 세상에서 어떤 바람보다도 시원한 바람이 나온다. 부끄럽게도 "뜻이 있으면 대행스님께서 찾아 가실 것입니다"라는 말이 떠오른다. 자신만 알고 남을 전혀 배려할 줄 모르는 불쌍한 인간에게까지 텔레파시를 주셨을까. 창밖에는 계속 장대비가 내린다. 왜 하루 종일 소낙비가 내릴까…….

말과 생각에 집착하지 말자. 내가 바라보는 눈이 바로 내 세상이다.

언제나 "충성!"

　네모난 국방색 딸딸이 전화 소리가 쉴 새 없이 '따르르 따르르' 다급하게 울린다. 여기는 하루도 빠짐없이 지구의 지축을 뒤흔드는 전투비행단! 대한민국이란 조국의 영공을 지키기 위해 날마다 치열한 전투를 벌이는 웅대한 싸움의 전쟁터다.

　전쟁과 평화는 매우 위험한 관계와 매우 현실적 관계의 접경이다. 그 접경에 서면 전쟁은 대결의 힘이고 평화는 성장의 광장이다. 대결과 성장은 의무와 책임 고통의 상징인 절대적 노련미라 하겠다.

　적진을 향해 출격하려는 팬텀 전투기는 계기판 점검 완료! 미사일 장착 완료! 기총 장착 완료! 발진 완료! 하늘 높이 띄우고 한숨을 쉬는가 하면, 숨 쉴 틈도 없이 임무를 마치고 돌아오는 전투기의 계기판 점검! 보아사이트 실시! 실탄 보급! 미사일 장착! 등의 다음 출격을 위해 빈틈없는 무장 점검이다. 따라서 작전상황을 진두지휘하는 작전상황실의 대대장님 전화는 수도 없이 울린다.

　"충성! 1중대 이일병입니다! 통신보안!"

　"대대장인데 중대장 바꿔!"

　"넷! 알겠습니다! 충성!"

　부리나케 자리에서 일어서면 가끔은 수화기 속에서 깔깔대는 웃음소리에 만사가 허탈하다. 레이더Radar기지에서 근무하는 김일병의 장난전화다. 처음에는 간담이 써늘했으나 장난칠수록 감내할 수 없는 쾌감과 흥분은 괴로운 졸병생활을 조금이나마 털어내기에 안성맞춤이다. 치열한 전투 중에 총성이 멎은 순간 잠시나마 기타 줄을 튕기고 하모니카를 불면서 낭만을 펼친다면 싸움은 완급을 까먹는 바보들의 놀이터가 될지도 모른다.

김일병은 훈련소에서 교육 훈련 그리고 기압을 함께 받은 동기생이다. 힘든 고통이오면 서로가 위로하는 아픈 전우가 된다. 저녁 먹은 밥알은 흔적도 없이 사라지고 취침나팔소리가 끝난 뒤에 이불을 뒤집어쓰고 바스락거리며 깨무는 라면생쥐의 우정도 함께 쌓았다.

훈련 중 생일을 맞는 아침식사에 꽁치튀김 한 마리가 나왔다. 이런 기적이 있을 줄이야! 군대에서 생일상을 차려주다니……. 그러나 눈에 다래끼가 나서 꽁치를 먹을 수가 없다. 다래끼가 났을 때 생선을 먹으면 안 된다는 할머니 말씀이 떠올랐기 때문이다.

아깝지만 허겁지겁 밥을 먹는 김일병에게 건네줬다. 영문도 모르고 털 세운 북극곰이 되어 연어 두 마리를 순식간에 해치웠다. 저녁때가 돼서야 생선을 준 이유를 안 김일병은 야식으로 받아 숨겨둔 곰보빵을 이불속으로 몰래 건네주었다. 입 안에서 뭉클거리는 감정은 목을 타고 가슴을 저리게 만들고 눈물은 밖으로 나와 양 볼로 흐른다. 점점 더 굳어지는 사랑과 우정으로 뭉친 우리는 모든 훈련을 훌륭히 마쳤다.

김일병은 높은 산에 흰 구름이 걸린 레이더기지로 올라갔고, 나는 뙤약볕에 타는 활주로가 끝도 보이지 않는 웅장한 전투비행단으로 내려왔다.

군인에게 부여된 주요한 과업을 수행할 때는 생명을 바치는 혼신의 힘으로 이행해야 한다. 입대할 때 엄마가 검정 손수건으로 눈물을 훔친 이유는 살아서 돌아오지 말고 죽어서 거룩하게 조국의 품에 안기라는 지독히도 아름답고 숭고한 인간 이상의 어머니만의 모진 사랑이 숨어있었을 게다.

전투비행단은 잠시도 쉬지 않고 폭음과 굉음을 동반한 팬텀 전투기의 발진과 랜딩landing이 지축을 흔들어댄다. 몸은 공중에 뜨고 귀에는 고막이 떨어졌는지 맨날 앵앵거리는 말매미 한 마리가 논다. 그 이후 지금까지 귓속에는 계절 모르는 매미 소리의 이명증으로 밤낮으로 고통의 연속이지만 건강보험공단에 매달리면 산업재해로 매미를 잡아줄 수 있을까…….

비행단은 하루도 조용할 날이 없다. 만약에 비행단장이 "너는 왜 이런 지독한 곳에 왔는지 확실하게 대답하라."고 묻는다면 "누가 여기에 가라 했기 때문에 왔습니다."라고 대답할 것이다. 6개월도 안 된 어린 군인이 당돌하게 난생처음 보는 폭탄 실은 전투기를 띄우며 나라를 지키고 국민을 보호하는 투철한 정신력을 가졌다고 말하기보다는 나는 지금 거울에 비친 아무것도 보이지 않는 빛없는 허상이며 고향을 떠나 푸른 강가를 배회하며 향수를 그리는 이방인에 불과한 것이라고 말하겠다.

아무리 큰 나무도 옮겨 심으면 앓음을 하고, 고도로 훈련된 명견도 주인이 바뀌면 옛 주인을 못 잊는다. 점진적 규율된 조직에서 피 나는 훈련과 엄격한 교육, 강인성으로 향하는 필벌백계로 성장시켰을 때만이, 비로소 향수에 젖은 이방인은 국가와 가족을 위해 과감히 자신을 던져 희생을 원하는 시대가 요구하는 강자의 군신軍神이 될 것이다.

시간은 달을 바꾸고 생각은 성장을 거듭하며 거대한 전투기의 동력을 돌리는 작은 기능의 한 분야에서 정확성은 실수에서 배웠고 악덕惡德에서 투쟁을 알았으며 준엄한 폭력에서 강력한 조직 질서의 면모를 보았다.

그래서 군대는 최상의 투쟁 장소이고 최고의 군인은 전쟁을 다스리는 웅대한 힘의 수호신이다. 새끼 사자가 시간이 지나면서 용맹스러운 사자가 되듯이 대한민국의 모든 어린 군인들은 장차 용덕勇德을 갖춘 큰 사자가 된다는 사실은 조금도 믿어 의심치 않는다.

오늘은 비행이 없는 한적한 날이다. 날씨도 청명하다. 점심을 혼자서 먹었다고 성질난 식곤증이 발로 툭툭 건드리면서 피곤한 몸은 그냥 두고 마음만 몰래 데리고 하늘로 올라 꿈의 피리를 불면서 한복 입은 주모가 손짓하는 막걸리 주점으로 향한다.

갑자기 네모난 국방색 전화기에서 "따르르 따르르" 벨이 울린다. 하늘을 날며 신명 나게 꿈을 꾸다가 받는 무의식의 전화는 혼돈의 색깔로 퍼진다. 혼돈은 의지가 앞장서서 당기는 것 같지만 사실상은 의식의 하수인이다.

"충성! 1중대 이일병입니다. 통신보안!"

"나 대대장인데, 중대장 바꿔!"

매일 듣는 분명한 귀에 익은 목소리다. 피리를 불며 몽롱한 상태에서 받는 전화는 무슨 말을 해도 정신적 구속력이 없다. 이 전화는 분명 높은 산에서 어리숙하게 장난치는 김일병의 목소리다.

"짜샤! 네가 대대장이면 난 비행단장이다. 인마!"

그동안 수많은 장난전화에 속아왔지만 오늘만큼은 속지 않겠다고 눈을 지그시 감고 점잖은 자세다. 그러나 수화기에는 평소와는 달리 짤막하고 차가운 침묵이 흐른다. 이윽고 선뜻 소름 끼치는 확실한 목소리가 들린다.

"너 누구야? 중대장 바꿔!"

천국에서 지옥으로 떨어지는 깊은 나락이다. 또 다른 별천지에서 벌어지는 무서운 고통과 힘의 폭풍을 합리화해야 하는 조화로운 환경을 만드는데 도저히 친절할 수 없는 엄청난 자극이 기다린다.

전화를 받은 중대장님은 굳어진 음성으로 전 중대장을 대대장실로 집합을 명하고 지프Jeep를 타고 급히 내려가셨다. 위임받은 위대한 고급 기합氣合은 군인에게 가장 좋은 대접이며 따라서 모든 중대장은 대대장으로부터 부러진 봉걸레 막대기 선물을 달갑게 받았고 늦게 도착한 2중대장은 영문도 모른 채 세대나 더 맞았다고 한다. 모두 우리 중대로 다 모였다. 미안해진 우리 중대장은 씩씩거리며 두 눈을 부릅뜨고,

"이일병, 몽둥이 가져와!"

다가올 엄청난 사건을 예견했지만 슬기롭게 해결할 수 있는 해답은 아무리 뒤져봐도 없다. 더구나 제갈공명은 휴가를 가버려 더욱 난감하다. 그런데 갑자기 대대장실에 늦게 도착하여 이유도 모르고 세대나 더 맞은 2중대장은 아직도 맞은 부위가 아픈지 허벅지를 만지면서 이상하다는 듯이 말했다.

"그런데 중대장님들, 오늘 우리가 왜 맞았습니까?"

그러자 키 큰 미사일 중대장이 딸딸이 전화기를 집어 들면서 커다란 소리로 외친다.

"짜샤! 네가 대대장이면 이 몸은 비행단장이다. 인마! 으하하하!"

샵Shop 안에는 갑자기 폭소가 진동하며 전투기의 굉음도 덩달아 땅을 들썩인다. 모든 중대장이 배를 움켜쥐고 허리를 굽히며 연신 웃는다. 인간의 가장 좋은 점은 아니 군인의 가장 위대함은 관용과 용서이며 이것이 바로 부하들로 하여금 열정으로 내몰아 희생과 연결시키는 가장 짜릿하고 강인한 채찍이다. 2중대장님은 나에게 경례를 하면서,

"이 비행단장님, 휴게실에 가서서 라면 다섯 개를 끓여 오십시오! 충성!"

군대는 너무 착해서도 안 되지만 멋모르고 매 맞았던 키 작은 2중대장의 웃음기와 너그러움에 찬 목소리다. 여러분들은 진정한 대한민국 공군 대위입니다.

땅을 흔들고 바람을 가르며 팬텀기 한 대가 활주로를 박차고 초계哨戒 비행을 위해 저녁 해를 따라 하늘 높이 솟아오른다. 내 마음도 어느덧 성장기를 지나 균형 잡힌 군인으로서 숭고한 사명감이 가슴속에서 고개를 드는 세월이다.

그 세월은 흐르고 내가 알던 사람들도 모두 흘러갔다. 며칠 전 종로3가 전철역에서 친구와 약속을 했다. 때마침 정복을 입은 공군대위 3명이 걸어온다. 나는 발걸음을 멈추고 충성! 하고 맘속으로 경례를 한다.

대한민국 공군장교 여러분들은 자유민주주의 수호의 기틀을 다진 멋진 군인들입니다. 지금 우리나라는 불순세력 등에 의한 전체적 국론분열에 당면하여 따라서 정치적 좌표도 흔들리고 있습니다. 대한민국을 당당히 지켜내는 과감한 독수리의 날갯짓이 더욱 절실한 순간입니다.

내 나이 반세기를 훨씬 넘어도 날마다 공군 일등병이며 당신들은 영원

히 내 가슴속 깊이 살아 숨 쉬고 있는 대한민국의 가장 위대한 공군대위
입니다.

"충성!"

걸어가는 발걸음 뒤로 네모난 국방색 딸딸이의 그리운 벨소리가 들려
온다.

"따르르 따르르……"

심 봤다!

　새벽 산을 오르는 산객은 아무도 깨지 않은 이른 시간에 어둑한 숲을 조심스럽게 헤치며 험준한 기슭을 오르는 산짐승이 된다. 무엇을 찾으려고 새벽같이 산을 오를까. 힘이 들면 오르다 말고 중간쯤에서 기슭을 똑바로 뚫으면 맞은편 기슭에 무엇이 있는지 쉽게 보이겠지만 뚫을 수 있는 눈이 없기에 오르고 올라야만 한다.

　끝을 모르는 깊은 골짜기만큼이나 높이 치솟은 봉우리 어디쯤엔가 새벽이슬을 머금은 백년 묵은 대나무열매가 아니면 아무리 배가 고파도 먹지 않는다는 전설의 봉황이 살고 있다는 영산을 찾기 위함이다.

　산객은 어두운 숲을 헤매다가 희미하게 안개 모이는 계곡에서 간밤에 하늘에서 내려온 작은 초록별 하나가 밤새도록 놀다가 길을 잃어 바위 옆에 작은 꽃으로 변한 야생화더러 신선이 살고 있는 고개티 너머 구름대문으로 가려면 어디로 가는지 말해준다면 하늘로 보내주겠다고 장담한다.

　매일매일 정직하게 살지 않는 산객은 영산에 오르기 위해 적어도 오늘 하루쯤은 착한 척하고 속였다. 세상에서 가장 비겁한 거짓말쟁이임을 눈치챈 야생화는 새벽이슬을 모은 물방울로 세수를 하다 말고 얄미운 산객 바짓가랑이에 와락 쏟아붓고 엉뚱한 곳으로 길을 가르쳐주고선 깔깔거리며 웃는다.

　잘못 들어선 발걸음은 미끄러지고 숲을 휘어 제치는 손은 갈참나무가지를 잡다가 긁히고 산등성이로 오르는 몸에는 온통 땀투성이다. 시원한 바람은 불어오다가 갑자기 사라지고 동쪽 기슭에 오르는 햇살더러 젖은 옷을 말리라고 하면 긍정으로 위장한 인간임을 눈치채고 못 들은 척 외면하지만, 너희들이 암만 그래 봤자 대자연은 요만한 일로 절대 내치지 않는다는 것쯤은 산객은 훨씬 더 잘 알고 있다.

보편적으로 믿지 않는 문제아의 순간적 반항은 억압상태로부터 헤어나고 언제나 아름다운 영혼이 되어 엄마 품으로 되돌아올 것을 믿으며 또한 무엇인지 알 수 없는 가장 아름답고 가장 중요한 것을 찾아낼 수 있다는 확신이 들기 때문에 산객은 그래도 앙탈을 부리는 햇살과 아침이슬을 좋아한다.

인간은 한정된 욕망을 먹고 살다가 서서히 끝없는 욕망을 찾으며 결국은 욕망과 함께 죽도록 만들어졌다. 그런데 모든 욕망을 버리고 무無로 돌아간다면 묘하게 계약된 선과 악은 물거품처럼 사라질 것이고 균형을 이루는 대칭과 질서는 나락으로 떨어져 당초에 조물주가 제정했던 초정밀우주법칙은 폐기되고 새로운 법칙을 제정하려는 신진 사기꾼 조물주들이 부산히 여의도 국회의사당으로 모여들 것이다.

그래서 산객은 법칙이 정한 대로 욕심을 과감히 드러내고 본질과 학습으로 일군 가슴을 앞세워 세상에서 더 많은 물욕을 횡령하기보다는 차라리 빛과 향기로 경계된 고개 너머 구름집에 사는 신선이 가꾼 영초를 훔치며 삶의 해답을 엿듣는 멋진 도둑의 근성을 보인다.

우리가 살아가는 데 사회적 구성요건은 정직만이 아니라, 때에 따라 부정직이 더 필요할 때도 있다. 그래야만 정직은 항상 우상이고, 부정직은 우상의 밑거름이 되는 것이다. 모두가 정직이면, 정직은 하나도 없는 것이나 마찬가지다.

말 없는 신뢰를 우선으로 하고 순수함을 창조하는 산골에는 인위적 지식과 창조적 예술은 별로 중요치 않다. 고무신이 닳은 맨발이라도 자연을 수용하려는 비밀의 감상자들만이 보태지 않는 숨결로 충분한 표현을 그려낼 수 있으며 맑은 물이 흐르는 냇가에 쌓인 고운 모래로 손가락 칫솔질하는 쿰쿰한 입 냄새가 바로 흠결 없는 사랑이라 하겠다.

골 깊은 계곡을 혼자서 묵묵히 걷노라면 텅 빈 뇌리에는 초록 공간이 펼쳐진 필드에서 하얀 바지를 입고 딱딱한 공을 날리던 힘찬 스윙이 끈질기게 따라와 숨겨놓은 과거를 폭로하겠다는 협박으로 유혹의 발길을 돌리게 하고 알싸한 커피향이 진동하는 사랑을 마음껏 쏟겠다는 아름다운 여인이 웃음을 날리며 자꾸만 카드 비밀번호에 관심을 기울이던 것들도 이제는 진한 그리움으로 남는다.

높은 바위에 앉아 과거를 한 폭의 초상화로 그려서 건너편 절벽에 걸어놓으면 그것이 바로 내가 살아왔던 본질이었을지도 모르지만 지금은 정리해놓은 빛바랜 추억의 사진 한 장으로 가슴에 간직할 따름이다.

해는 산등성이를 지나 서쪽을 내려다보면서 비스듬히 기울기 시작하면 너무 늦기 전에 할 말을 다 해야 하는 산새는 온통 산골을 휘젓고 신선이 가꾼 금단의 열매를 훔치려는 산객은 발길이 닿는 곳으로 걷지만 오늘 중에 구름대문을 여는 열쇠를 찾기 위해 이산 저산을 조심스럽게 기웃거린다.

인간은 자연과 초점을 맞춘 단 한 가지 대답을 얻기 위한 동등한 간극을 벌이는 것보다 자연의 가치와 전망을 존중하게 되는 여러 가지 해답을 동시에 발견할 때 비로소 산객은 자연의 본질 속을 흠뻑 경험할 수 있는 강렬한 빛을 발견하게 될 것이다.

따라서 인간은 먼지에 불과하다는 자연적 측면의 관찰보다 강한 욕망 조절로 탄생되는 원대한 꿈이 솟구칠 때 자연은 내 안에 존재한다는 인간적 측면에서 자연을 그려내는 것도 누구도 꾸중하지는 않을 게다.

인간의 고통스러운 마음의 안과 밖의 정체를 밝혀낼 수만 있다면 산 밑에서 떠들어대는 보수냐 진보냐는 물을 필요도 없고, 직관과 직감은 말할 대상도 아니고, 천재냐 바보냐는 질문자의 수준을 고려해 봄직한 일도 전혀 낯선 일이 아닐 것이다.

그래서 인간의 사명은 허무를 뒤집어쓴 낭만과 실패한 꿈의 현실도피가 아닌 자신의 물욕을 비판하고 아무리 작은 일에도 크다는 관념을 찾아내어 텅 빈 두뇌를 아름다움으로 조각하는 만물의 거울로 비춰보는 일이겠지.

오르는 산객은 산이 저만치 있으면 마음도 저만치 존재하고 물소리가 들리면 가슴에도 콸콸거리는 물줄기를 발견한다. 등산복을 벗고 진초록의 옷을 걸친 만고의 산이 된 객은 깊은 골짜기를 더 높게 끌어올려 바람이 지키는 구름대문을 열면 찾던 영산에는 수천 년 전부터 하늘에서 떨어진 빨간 씨앗 한 톨이 귀잠(아주 깊이 든 잠)에 빠졌다가 눈을 번쩍 뜬다.

신선주 한 잔으로 붉은 햇살을 우려먹고 보름달 정기로 담뿍 치장한 보살님 같은 육구만달로 태어나면 전설을 먹고 사는 봉황새는 그제야 하늘 높이 오르고 스치는 향기에 평생을 게으름과 곡차에만 살아 깨달음을 모르던 돌중도 눈을 번쩍 뜬다.

천석꾼 만석꾼이 되기보다는 보편도 조화롭지 않을 만큼 어리석은 불완전을 선택한 산객에게 태곳적부터 해를 쪼아먹던 눈 없는 불새가 손짓하면 산객은 개인의 능력과 의지와 전혀 상관없이 그 무엇을 의미하는지 몰랐던 사실들을 이제야 눈감아도 훤히 보이는 모습을 사심 없이 그려낼 수 있다.

동풍이 불어오고 햇살이 그친 동북 방향으로 숲을 헤치고 들어서면 신선이 살고 있다는 칠 부 능선을 타고 영산으로 오르는 길목이 보인다. 우람한 나무들이 숲을 지키는 구름대문을 들어서면 나를 버리고 침묵하면서 심지어 몸에 붙은 살점조차도 모두 허공으로 날려버려야 비로소 사방으로 광채가 울려 퍼지면서 오묘한 빛이 피어오르는 명당에 꿇어앉아 엄숙히 절을 올리고 고개를 들면 목구멍을 뚫고 피를 토하는 함성은 푸른 하늘을 산산조각으로 깨트린다.

"심 봤다!"

심산계곡에서 가슴을 쥐어짜는 소리에 조용하던 산골은 갑자기 웅성거리기 시작한다. 날던 산새들은 날개를 접으며 내려앉아 침묵하고 길 가던 짐승들도 가슴을 쓸어내리며 발길을 멈추고 고개를 숙인다. 햇살도 계곡 뒤로 저만치 비켜서고 높은 산은 말없이 엎드려 그림자를 길게 드리우며 신선은 그제야 산객의 어깨를 두드리며 빙그레 웃으신다.

대자연에서 커다란 사건의 연속은 회귀하는 우주 현상의 일부이며 이 일부의 성립이야말로 떠들지 않는 가장 중요한 일이다. 자연이 보편적 탄생으로 만든 어떤 생명체는 인간에게 신비의 생명력으로 선사되어 무한한 물질적 기반이 되기도 하지만 또한 엄청난 불행과 무서운 파괴를 경고하기도 한다.

그래서 인간은 인간의 힘으로 불가능의 사랑을 구름대문 안에서 찾으려고 노력하지만 신은 인간을 과욕과 물욕을 버리기 어렵도록 만들어 능력과 자력으로는 해당되지 않는 종종 신의 부름으로 선택되기도 한다.

신과 자연과 인간은 삼위의 동등이 아닌 종속대칭관계에서 형성된 독특한 개별관계로 봐야 한다. 생명체는 인간만이 갖고 있는 것이 아니라 신의 세계도 사후세계가 존재할 것이며 대자연도 생명체를 갖고 있을지도 모른다.

새벽부터 눈을 뜨고 산을 오른 인간은 보잘것없는 미물이 아니라 오직 자신의 실제를 위해 자연과 접목시켜 망막 없는 눈동자를 그려낼 때야 비로소 조물주와 함께하는 육구만달의 숨결을 느낄 것이다.

육체가 내 것이 아니고 마음도 내 것이 아닐 때야 비로소 눈 없는 눈물을 훔치는 산객은 온갖 희열과 고뇌를 마음으로 울컥울컥 쏟아낸다. 우리는 현실의 사물을 악착같이 쥐어 잡는 살찐 손과 연초록잎사귀의 노래를 듣는 얇은 귀조차 필요치 않다. 확실히 선택받도록 매달린 인간은 남다르게 명확한 노력도 있어야 비로소 독특한 형태의 개별개체로 탄생하려는 자연의 충실한 일꾼이 될 것이다.

내 몸이 없는데 내 마음이 어디에 있을까. 이 산골에서 자비도 현몽도 아닌 한 발자국만 더 가도 볼 수 없을 때야 비로소 보인다는 외로운 인내를 사랑하는 산객의 배낭 속에는 아직도 남에게 줄 것이 들어있는 아름다운 죄를 안고 해지는 산길을 뒤로하며 걷는다.

교각橋脚 ————————

구정을 쇠려고 고향에 내려왔다. 해마다 오는 고향이지만 올 때마다 감회가 남다르다. 젊은 시절에는 어깨에 힘이 실렸고 지금은 묶인 생활에 지쳐 발걸음하기가 매우 거북하다. 허나 고향은 연어처럼 귀속적 본능에 저항할 수 없고 강물을 거슬러 오르는 힘든 현실은 아픈 고통이 수반되어야 살아남는 이유가 된다. 설날 아침에 집안 어르신들께 세배를 드리고 나면,

"너 교각이구나. 참 반갑다. 그래, 요새 어디 있나?"

"예, 요즘 성산대교에 있습니다."

"그래? 출세했구나. 서울 가더니 참 잘됐네. 우리 애는 아직 여기서 돼지 키우고 있다."

쯧쯧 하시며 혀를 차신다. 인간은 태어날 때 자신의 운명을 알지 못했고 생활이 쪼들려 한숨만 쉬고 죽음이 가까워질 때야 비로소 운명은 누군가 잘못 맞추어놓은 모자이크란 사실을 알게 된다.

나는 강원도 산골 태백에서 태어났다. 이 산골짜기에는 깨끗한 물이 아니라 온통 검은 물만 흐르는 탄광촌이다. 연탄가루가 날리는 탄광촌에서 검은 밥을 먹고 자란 나 석회石灰는 고향을 떠나기로 결심한다. 할아버지가 그랬고 아버지가 그랬던 것과는 달리 검은 밥을 먹는 인간으로 살기 싫어서 고뇌에 찬 마음은 날마다 흐르는 흰 구름을 타고 훨훨 떠난다.

현실은 가시가 박힌 신발을 신고 다니지만 꿈은 언제나 아름다운 희망의 모자를 쓰고 다닌다. 꿈을 이룬 현실은 여러 가지 효용을 만들어내어 또 다른 독특한 꿈을 꿀 수 있는 특수한 현실로 우리를 인도한다. 그래서 우리는 날마다 잘살아 보려고 현실을 한 조각씩 떼어 바람에 실어 멀리

날리기도 한다.

　어느 날 엄마가 우실까 봐 바람도 잠든 새벽에 몰래 첫차를 타고 읍내로 도망 와서 검은 얼굴을 벗겨준다는 시멘트공장에 취직했다. 첫날부터 하얀 분진을 뒤집어쓴 체 시끄러운 기계 소리에 맞춰 열심히 일한다. 검은 가루가 아니면 어떤 가루라도 괜찮다.

　지각은 표상을 담는 상자라면 의지는 지각이 묵인 상자를 자르는 가위다. 보편보다 특수한 창조적 출발은 반드시 꿈꾸는 미지의 세계로 인도되어 개인의 독특한 자아를 발견하게 되므로 우리 모두는 보편이 아니라 개인 하나하나가 모두 특수한 보편적 인간이다.

　뒤에서 부르는 소리에 돌아보니 아랫동네 사는 동갑내기 점토粘土다. 점토도 나처럼 하얀 얼굴이 되고파 그저께 도망 왔단다. 우리는 서로 얼싸안고 푸른 하늘을 바라보며 커다란 꿈을 키운다. 드넓은 마당에는 완성된 존재만이 앉아있는 산더미만 한 시멘트 포대는 만인의 존경을 받으며 앞서간 선배들처럼 사회와 국가를 위해 헌신을 다할 각오로 운송만을 기다린다.

　나와 점토도 열심히 일하고 깨끗한 물로 샤워를 한 후 따뜻한 방에서 한숨 자고 눈을 뜨니 그렇게 원했던 백색 시멘트가 되었다. 지금 부르는 노래는 하얀 시멘트 가루로 태어난 작은 희망의 성취를 말하고 커다란 마음은 환희로 솟아 더 큰 희망의 기대로 춤을 춘다. 그래서 강인한 목표로 고정된 현실을 탈출하는 자만이 미래의 꿈을 일궈낼 수 있다.

　미지의 세상은 각기 조화로우며 그 조화 속에서 전체가 성장한다. 만물은 태어날 때부터 평등하지 않으며 조화를 위한 불평등에 따라 타고난 운명대로 살아야만 그것이 평등이다. 이런 조화 없이 모두가 신이 되면 사실상 신은 하나도 없는 것과 마찬가지인 것이다.

　마당에 쌓여있는 우리는 지금 자신의 운명이 결정되는 순간이다. 의도와 상관없이 기차나 트럭을 타고 서울, 부산 등 전국 각지로 흩어지지만 흥분된 가슴은 선택받은 최고의 출세를 꿈꾼다. 지식의 사명은 타인과의 질 좋은 대결이나 운명은 언제나 이기지 못하는 싸움이 존재하는 힘든 복종만 존재한다.

내가 도착한 곳은 서울 근교 콘크리트제조공장이다. 처음 보는 모래와 자갈이 들어와서 나에게 인사를 하자 갑자기 물이 쏟아지고 빙글빙글 돌아온몸이 만신창이가 되었다. 누구의 도움도 몸부림치는 하소연도 필요 없다. 자신의 힘으로 해낼 수 있는 것은 하나도 없다.

조화로운 창출을 위해 범벅이 돼야 하는 순간이다. 창작은 빈 통에서 피어올린 꽃이 아니라 꽃무리 중에서 꽃을 찾아내야 한다. 그래서 나는 혼신의 힘으로 모래와 자갈과 함께 삼위일체가 되어 물의 정량으로 시멘트란 존재로 태어났다.

굳지 않는 상태에서 둥근 통을 굴리는 레미콘 차에 실려 나간다. 목적 잃은 수동성은 껍데기 요행만 바라는 피상적 움직임이다. 허나 지금 우리는 현재를 바라는 작은 보상이 아니라 현재를 깨고 미래를 나갈 때 다수가 누릴 수 있는 정당한 보상을 청구할 권리가 주어질 것이다. 이는 제조 공정에서부터 철저한 교육과 열심히 일했기에 지금의 레미콘 차를 탑승한 것이 아니겠는가.

푸른 강물 바닥을 파헤친 굵은 거푸집 속으로 거꾸로 처박힌 채 압축공기해머로 누르면 잘생긴 얼굴과 몸은 형체도 없이 짓뭉개지고 또다시 단단해지면서 나의 이름은 새롭게 태어난 문형교각이라고 건축학에 이름이 새겨진다. 일렬로 나란히 서서 한강을 가로지르는 멋진 다리를 만든 태백 촌놈이 결국 위대한 성공을 거두는 영광의 순간이며 교각으로 탄생하는 첫날이다.

영광도 잠시뿐 갑자기 어깨를 짓누르는 아픔이 저려오는데 고개를 들어보니 다리를 받히려고 상판이 올라탄다. 알고 보니 나는 교량하부구조로 교량 거더girder를 지지하고 거더girder로부터 하중을 하방지반으로 전달하는 구조물에 불과하다는 사실을 알았다. 천국을 닮은 현실은 없으며 현실을 직시했을 때야 비로소 천국과 지옥이 보인다. 천국을 볼 수 없는 눈이 있을 때는 지옥도 못보고 지옥을 보는 눈이 있을 때는 천국도 보게 될 것인가.

교각은 머리를 밀치며 육신을 예속상태로부터 탈출하려고 안간힘으로 발버둥치고 올라탄 상판은 거대한 혁명이 아닌 한낱 기구한 몸부림일 뿐이며 주어진 자신의 운명을 거역하는 가소로운 존재로 치부하고 만다.

이제부터 정신과 육체는 무의지적 상태로 고정되고, 교각이란 기능 자체를 넘어서 이상적 현실을 꿈꾸는 기능은 뇌에서 제외되는 특수함을 포함할 수 없는 일반적 교각의 보편성만 성립한다. 태어날 때부터 이런 운명을 왜 알지 못하고 엉뚱한 꿈을 꿨냐고 교각에게 책임성을 묻는다면, 뜨거운 해가 되려고 그렇게 노력했다가 허사가 된 빛바랜 달에게 따져봐야 할 것이다.

상판 위에는 고통스러운 몸짓 하나하나가 위대한 전체를 구성하는 치밀한 계획으로 배고픈 막일꾼들에게 도시개발을 위한 시대가 요구하는 역군이란 커다란 삽을 주어 연인원 4만 명이나 모여 고통을 참으면서 상판과 교량과의 차이를 따지지 않을 때야 우리는 비로소 5년 만에 화려한 모습으로 완성된 다리를 성산대교라 불렀다.

준공식이 시작되었다. 뼈가 바스라지게 일한 일꾼들은 모두 제자리로 돌아가고 한 사람도 보이지 않는다. 공사 중에 한 번도 보지 못한 각계각층의 낯선 내빈들만 넥타이를 매고 과학과 예술을 겸비한 거대한 건축술로 탄생한 웅장한 모습에 많은 박수로 치하를 한다. 역사의 빛은 작게 크게 각 부분이 모여 전체를 어우르는 황홀한 예술이다. 물결에 비춰 행주대교로 잔잔히 흐르는 불빛까지 말이다.

그러나 웅대한 대교 건설에 뼈를 깎는 역군의 피와 땀을 기초로 삼은 것을 외면을 하고 주제 넘는 고문관들이 설쳐대는 꼴사나운 일은 명백히 모순된 일이며, 이는 장차 우리가 부르짖는 만인의 평등을 스스로 절멸시키는 야만인이 될 수밖에 없다.

거대한 교량은 온갖 환영인사로 크나큰 영광을 한 몸에 받으며 밤새도록 춤추며 기뻐하는데, 허리를 굽히고 있는 교각에게 찬사를 보내는 사람은 한 사람도 없다. 생활에서 즐거움을 얻으려면 자신의 생각과 의견에는 관계없이 전체를 달관하는 정신을 배우라는 할아버지 말씀에도 불구하고 어깨가 탈골되고 몸에서 진물이 흐르는 현실에 참을 수 없는 분노와 슬픔만이 가득하다.

그러나 내빈들은 환영받는 준공식에 참석임무만 있고, 막일꾼은 허리가 휘는 다리작업의 임무만 있는 것처럼 교각도 찬사가 없는 외로운 헌신과 허전한 봉사만이 본연의 임무란 사실을 통감해야 한다. 집사람은 눈물을 흘리며 물에 잠겨 퉁퉁 불어 시커멓게 썩어갈 다리를 껴안고 흐느끼다가 고향으로 돌아가서 돼지나 키우는 작은 소망으로 남은 인생을 살자고 조르지만 그래도 좋아야 할 희망 때문에 갈 수가 없다.

태어나면서부터 내 운명은 태백 탄광촌의 촌놈이 아닌 원대한 꿈을 꾸며 불굴의 의지로 세상을 살면서 모든 희생과 봉사로 다리를 바치기로 각오한 교각이기 때문이며 조화로운 사명을 완수해야 한다. 인간의 완성은 무엇보다도 사명감에 있으며 사명감의 올바른 작용이 바로 행복의 기틀도 된다. 따라서 나의 작은 완성이 나의 행복을 찾고 거대한 대교의 백년대계를 지향하는 믿음직스러운 교각도 된다.

자칫 잘못하면 거센 물결과 쓰레기로 쌓인 불평과 불만으로 물든 불순분자들의 유혹에 넘어가 이성 잃은 감정으로 파괴적 난동과 사회적 교란을 일으키는 위기에 빠질 수도 있다. 항상 스스로 정화하고 희생에 죽는 거룩한 책임의식을 느껴야 한다. 그리고 무엇보다 교량과 상판과의 관심과 무관심의 반목을 없앤다면 사랑과 기쁨 그리고 만인의 평화가 올 것이다.

나보다 먼저 온 한강대교, 한남대교 등의 선배 교각들은 지금도 묵묵히 어둠속에서 보이지 않는 헌신과 봉사의 자부심으로 오늘을 살아간다. 이제부터는 박수나 찬사가 아닌 의지와 감정으로 템스강을 가로지르는 세계 최고最古의 올드런던브리지 교각이 갖던 희생정신을 가슴깊이 새기면서 흐르는 한강물에 시린 발끝을 묵묵히 인내한다.

제삿날 ──────────

제사란 신령이나 죽은 사람의 넋에게 음식을 바치어 정성을 나타내는 것이라 한다. 따라서 조상에 대한 제례는 예의범절을 최고 가치로 지켜 '조상은 후손의 거울'이라는 관습적 사실에 따라 후손이 지켜야 할 가족애와 나아가 윤리와 도덕이라는 바람직한 행동준칙을 이끌어내는 문화적 통찰이다.

우리나라 제례역사를 보면 자연숭배의 제례는 부여의 영고, 고구려의 동맹, 동예의 무천 등이며 조상에 대한 제사는 고려시대부터 시작되었으며 조선시대부터는 신분에 관계없이 4대에 걸쳐 지냈다고 한다.

우리 집안은 70년대 초반까지만 해도 5대조까지 제사를 모셨다. 아버님께서 기제사 때마다 지방紙榜에다 '顯五代祖考……'라고 쓰셨다. 증조부님은 전통과 예절을 매우 중시하는 분이시라 항상 두루마기와 갓을 쓰고 다니셨으며 마음씨도 아주 유하시어 식구들은 물론 일가친척 동네 사람들까지 보살피셨다.

5~60년대는 6·25전쟁 등 역사의 아픔 시대라 대부분의 사람들은 보릿고개를 버텨내기 매우 힘든 시기였다. 그래도 없는 사람들에게 도움을 주시다보니 고향에서는 덕망 갖춘 유지어른으로 많은 칭송을 받으셨으며 (조부님 40대 사망) 아버님 또한 평생을 그렇게 사셨다.

집안에 제사가 드는 날은 동네잔치다. 동네아주머니들은 물론 40리나 떨어진 대구의 친척들도 새벽같이 와서 거든다. 저녁이면 동네어른들은 사랑방에 모여 전과 막걸리 등으로 저녁을 때우고 초경까지 기다렸다가 잿밥을 드시고 가신다.

이웃할머니들에게는 제사가 끝난 후 음식을 들고 한밤중에 배달한다. 제삿날을 기억하는 사람들은 잠도 자지 않고 제삿밥이 오길 기다린다. 그래서 제삿날마다 많은 음식을 해야 한다.

우리 집은 4대에 걸쳐 10명이 함께 사는 대가족이다. 식사 때는 밥상머리에 둘러앉아 숟가락을 놓고 밥그릇을 나르는 등 분업과 협업의 규칙과 증조부께서 먼저 수저를 드셔야 아랫사람이 드는 예절도 배웠다. 이것이 한국형 밥상머리 참교육의 뿌리다. 따라서 대가족은 국가와 시대를 막론하고 한 사회의 도덕과 윤리란 골격으로 형성된 아름다운 문화임은 틀림없다.

오늘날 핵가족이나 혼족의 형태가 점점 더 보편화되어 밥상머리교육은 앞선 세대에서 살아남은 기묘한 전설이 되고 사회생활이나 도덕책에서도 자취를 감춘 지 오래라 '세상에 이런 일이'란 프로에 출연할 만도 하다.

풍족한 물질은 개별적 삶을 선호하고 경제과학 발달은 지식만능의 급진문화를 생산하고 사회질서는 복잡한 도시문화로 빠르게 진화한다. 조상님은 후손에게 인간을 맑게 하는 윤리와 도덕이란 요술방망이를 주셨다. 하지만 후손들은 방망이의 용도를 몰랐다. 그래서 오늘날은 대가족이든 소가족이든 오만과 욕망으로 뭉친 자신만 고집하다가 외롭게 말라가는 고목이 된다.

한 사회를 아름답게 꽃피우고 책임지려는 소수의 진정한 조상숭배자들이야말로 사회와 국가를 이상적으로 선도할 수 있는 전정한 요술방망이의 주인이라 해도 말린 사람은 아무도 없을 것이다.

오늘은 음력 정월 아흐렛날이다. 아버님께서 돌아가신 지 15주년이다. 고향을 떠났기에 친척들이 서울로 오기 어려워 해마다 혼자 제사를 지낸다. 고향에서는 수십여 명이 참석하여 대청이 모자라 마당에 멍석까지 깔고 지내던 어릴 적 생각이 난다.

대가족이라는 구심점이 예의범절을 지향하는 책무를 달궈내는 준칙이라면 소가족은 미혼, 핵가족, 직업에 따라 분산됨으로 그러한 구심점이 사라졌다. 특히 호주제도 폐지 등이 혈맹의 집대성인 종갓집이라든가 장손이란 위치를 없앴거나 위축시키는 데 단단히 한몫했을 것이다.

나는 4대조까지 제사를 모시며 일 년에 10회를 지낸다. 조상님 제사 여덟 번, 추석 명절 합치면 열 번이다. 아버님도 제사가 많으니 당신이 돌아가시면 2대까지만 지내라고 하셨으나 증조부님의 인자하신 얼굴 때문에 안 지낼 도리가 없다.

집사람도 해마다 해온 일이라 그냥 하자해서 묵묵히 1년에 열 번을 지낸다. 혼자서 열 번 지내는 일은 사실상 무리고 낭비다. 그래서 올해부터는 간소화하기로 했다.

우리는 4남매다. 고향에는 여동생 둘이 살고 남동생과 나는 서울에 산다. 제삿날이 되면 여동생은 거리상 오기 힘들고 서울의 남동생은 참석하지 않은 지가 10년째다.

혼자서 제사를 올리는 부끄러운 얘기는 입에 담기 싫으나 그렇다고 꼭 숨겨 비밀로 할 일은 아니다. 대부분의 가정은 남모르는 비밀을 한 가지씩 가지고 있듯이 우리 집도 예외는 아니다. 사소한 일이 오해가 되고 오해는 분열을 낳아 왕래가 없으면 가족은 남남이다. 우애 있길 바랐던 조상님은 실망과 함께 주셨던 요술방망이는 거두신다.

아버님이 돌아가신 후 어머님을 서울로 모시려 했으나 한사코 고향에서 살겠다고 하신다. 해서 막내 여동생이 모시기로 했고 돌아가시면 사시던 집은 여동생에게 가지라고 했다. 아버님 집은 거의 내 돈으로 사드렸다.

어머님이 돌아가시고 유품 정리를 했다. 10년 전 아버님께서 돌아가셨을 때 정리를 하려 했으나 어머님이 슬퍼하실까 봐 못했다. 우리 집안의 모든 일은 즉, 벌초, 성묘, 제사, 친인척 유대관계, 문집, 유품, 중요 서류 물품 등은 장손이 대대로 보관 관리 주체로 내려왔다. 윗대 선조님은 물론 증조부님, 조부님 역시 마찬가지였다. 평소에 아버님도 나에게 유품과 유물들을 설명하시며 대대로 잘 보관토록 하라고 하셨다. 그래서 고향에 가면 가끔씩 커다란 궤짝에 든 많은 교지와 서책, 유품 등을 정리하거나 읽어보곤 했다.

궤짝을 열다가 깜짝 놀랐다. 수없이 많던 유품들이 몽땅 없어졌다. 여동생에게 물었다. 몇 년 전에 작은 오빠가 와서 궤짝을 뒤지어 다 가지고 갔다고 한다. 칙령, 통정대부교지, 이현보문집, 기타 수많은 문집과 주요 서책 등이 몽땅 사라진 채 텅 비었다. 왜 장손이자 장남인 형에게 물어보지도 않고 말없이 가져갔을까. 욕심은 눈에 달린 영악한 영혼이라 한다.

인간은 태어날 때 두 개의 마음을 가지고 태어났다. 한 개는 조물주가 준 기본 마음이고, 하나는 이승 문을 열 때 훔쳐온 욕심 많은 마음이다. 욕심 많은 마음은 눈에 달린 영악한 영혼과 함께 온몸을 지배하여 불만족을 먹고 산다. 내 마음도 예외는 아니다.

동생을 만나서 이러면 안 된다고 하며 가지고 간 것을 모두 제자리에 돌려놓으라고 했다. 허나 이사할 때 분실했다며 겨우 몇 권만 보내왔다. 기가 찰 노릇이다. 정삼품의 조상님묘소를 문화재로 지정 신청하려 했으나 교지 칙령 등의 증빙서류를 제출하란다.

문서가 없는 묘지를 관리한다. 다시 발급받을 수도 없다. 종중어른들이 알면 뭐라고 할까. 대대로 내래온 유품을 보관하지 못한 죄, 살아도 죽어도 조상님 뵐 면목이 없다. 남동생은 낡은 종이쪼가리가 뭐가 중요하냐고 반문이다. 중요치 않는 것을 왜 가지고 갔을까. 이것이 장손과 지손의 차이다.

형제는 서로의 이익과 선별가치의 우선을 피해야만 존경과 우애의 폭이 넓어진다. 그렇지 않고 무한욕망에 따른 개별욕구가 폭넓은 우위를 차지하면 그때는 형제가 아니다. 다시 말해서 가족 간에 탐욕과 욕망이 우후죽순처럼 솟으면 가족은 몰락된다. 재벌이든 가난하든 똑같이 서로 잡아먹는 네 발 달린 짐승이란 말이다.

대구에 사는 여동생 둘이 아버님 기일에 참석한다고 연락이 왔다. 반갑고 가슴이 뭉클해진다. 오늘밤은 아버지께서 기분이 참 좋으시겠다. 제사란 부모의 기일을 기리는 이유보다 제사를 통해 서로 만나 더불어 살아갈 수 있는 완성된 가족상을 형성하기 위함이다.

술잔을 올리고 음식을 대접하는 의례도 삶과 죽음을 넘는 가족적 사랑이다. 뿌리 깊은 나무는 얕게 박힌 나무보다 훨씬 더 굵고 높게 자란다. 조상에 대한 예절을 지키는 사람은 미래가족에 대한 진정한 가치와 가족 개개인의 목표를 가꿀 수 있는 충분한 역량을 내포하며 또한 자신의 성장 동기로도 충분히 삼을 수 있다. 어떤 종교는 조상에 대해 제를 올리는 것은 신에 대한 크나큰 죄악이라 하여 조상님의 제사를 지내지 않는다고 한다.

나와 같이 서울에서 숨 쉬고 있는 남동생은 혼자이고 싶어 한다. 대기업의 이사이면서도 재력도 상당하다. 언제나 위만 쳐다보지 아래는 보지 않으려한다. 낮은 가족보다 높은 이웃을 따라 다니기에 아버님 제사는 물론 가족모임은 언제나 외면이다.

형제 분열은 조상님께서 이룩하셨던 가정사와는 달리 장남으로서 이끌어내는 방법과 기술이 슬기롭게 못 한 나의 책임이다.

가족은 언제나 애정 어린 사랑으로 움직인다. 지금껏 나는 분열이라는 현실적 과제를 목전에 두고 가슴앓이에 시달리며 살아왔다. 더 늦기 전에 가족을 단합시키고 아름다운 꽃이 피는 전체의 정원이 필요하다. 정원에 씨앗이 떨어지길 기다릴 것이 아니라 직접 씨앗을 심어야겠다. 제사를 모시고 난 다음 짬을 내어 남동생을 만나볼 요량이다.

삼 남매는 밤새워 아름답고 슬픈 이야기꽃을 피운다. 아버지는 가족뿐만 아니라 친척들까지 모두 거두려고 노력했던 이야기, 마흔도 안 되신 할아버지를 잃고 바쁘게 증조모님과 할머님을 극락으로 모신 이야기, 고모 셋을 모두 시집보내고 코흘리개 삼촌과 친하던 오춘에게도 살 길을 마련해주신 이야기들…….

새벽닭이 회를 치고 창호지문을 열어젖히면 캄캄한 밤중은 뒤로 가고 새벽 동산이 어둑어둑 올라오는 고향 시간이다. 삼 남매는 눈덩이가 부은 채로 새로운 이야기를 위해 웃으며 활기찬 새벽을 지핀다.

두류산에서 ─────────

오늘은 낮과 밤의 길이가 똑같은 춘분이다. 3월 21일 0시 밤의 여신 '닉스Nyx'와 낮의 신 '헤매라Hemera'가 오랜만에 야심한 밤중에 만나 화합의 악수를 나눈다. 지금부터 조금씩 양보하는 어둠의 밤과 공손한 예의로 다가서는 대낮의 위대한 탈바꿈의 우주 섭리가 순조롭게 이루어지는 순간이다.

인간들도 욕심으로 이루어진 탐욕을 과감히 버리고 서로가 선뜻 손을 내밀어 대가 없는 악수를 청할 때야 공존을 위한 위대한 화합이 이루어진다는 사실을 우주 섭리에 접목할 수 있다면 얼마나 좋을까.

그래서 우리는 이러한 이유를 알기 위해 이맘때가 되면 산을 좋아하는 사람들이 모여 시산제를 지냄과 동시에 겨울잠에서 깨어나 등산을 시발로 한 해를 시작하는 서로 간의 마음을 다짐한다.

오늘은 예년과 마찬가지로 강원도 화천군소재 해발 993m 높이의 웅대한 두류산을 오르며 가파른 언덕에서 앞선 사람은 뒷사람에게 손을 내밀고 뒷사람은 앞선 사람의 뒤를 밀어주는 상호협력의 정신을 돋운다.

간간히 세찬 바람이 흙과 먼지를 데리고 오르면, 산봉우리는 하늘과 경계를 이룬 곳에서 회색 물감을 채색하여 흙바람이 들어오지 못하도록 막는다. 양지쪽에는 연두색 잎들이 손가락 마디만큼씩이나 소록소록 솟아오르고 자작나무는 잠에서 깨어나 하품과 동시에 온몸을 흔들어 껍질을 벗겨 새 옷으로 갈아입을 채비를 시작한다.

산은 도시에 갇힌 메마른 인간의 의식적 사슬을 풀어 순간적이나마 자신을 잊고 황홀경을 맛보는 쾌락이 아닌 자연과 함께하는 정신세계로 몰입하도록 유도한다. 많은 보편적 고뇌를 다독임과 동시에 나누지 못했던 마음의 샘물을 넓은 하늘로부터 들이켜 일상에 적합하도록 활용할 수 있는 변화를 심는다.

응달에는 아직도 잔설이 남아있고 얼음은 낙엽을 덮으며 녹지 않으려고 안간힘을 쓰며 꽃샘바람은 마지막 남은 추위를 뿌린다. 우리는 일행이라는 집단 전체의 힘을 뭉친 무자비한 행동이 아니라 개인의 몸에 땀이 흐른다는 작은 사실 하나만으로 윗도리를 벗어 배낭에 넣고 찬 바람은 애교로 맞이해줄 뿐만 아니라 숨어있는 얼음도 편히 잠들도록 각자 조심스럽게 피하면서 걷는다.

기생 명월이가 옆으로 누운 모습의 능선에 도착하여 걷은 다리알통을 내보이며 상대를 만족시키지 못해 걱정한 적이 없다는 몸짓을 하자 그녀는 야릇한 웃음으로 팔을 당기며 주저앉는다.

남녀의 사랑은 근원적 감정으로 보편적 인격과 인격 이외의 교제를 가능케 하는 힘이라고 말들 하지만 나는 르네상스 시대의 유행한 인격적 사랑이 아닌 원시시대의 통속적 육체적 사랑을 느끼고 싶을 뿐이다. 상고시대 원시인의 힘센 유전을 받은 졸개로서 지금까지 운 좋게 살아남아 여인들의 겉과 속마음은 내가 잘 알던 바람난 유부녀와 똑같다는 사실을 알기 때문이다.

그래서 엄동설한의 나뭇잎이 다 떨어진 파리한 산이라도 거짓말로 짙푸른 숲으로 표현해야만 해. 그렇지 않으면 절대로 위치 전환이 안 되고 발목만 잡히게 되므로 산객의 사랑은 마치 일회용 밴드의 미봉책이 될 수도 있어.

그녀와 작별을 하고 구름 위에 신선이 시키는 대로 두류산의 정기와 풍경을 뒤로하고 미련 없이 떠나는 방랑객 신선이 된다. 겨우살이는 갈참나무에 임대료 없이 수년간 곁방살이하면서 자식들을 데리고 공짜 밥 얻어먹기에 미안한지 기다란 빨대로 뿌리 깊숙이 봄물을 빨아올리느라 하얀 얼굴은 초록색으로 멍드는 엄청난 고통을 인내한다.

진정한 고통을 참으로 알고 뼈가 바스러지도록 일한다면 게으른 희망보다 진보한 목적을 충분히 달성할 수 있기에 힘든 고통은 얇은 희망보다 세상을 헤쳐나가는 데 위대한 값진 삶 전체의 가장 소중한 한 부분이라 할 것이다.

8부 능선에서 고고한 삶으로 기품을 자랑하는 낙락장송의 솔가리를 밟으며 제법 신선티를 내는 산객은 흘린 땀을 감추고 뒷짐을 진 체로 오르다가 하늘로 빨려들 정도로 확 트인 정상에 다다르자 신선이고 뭐고 다 던져버리고 본색을 드러내며 함성을 지르는 망나니가 되어 춤을 춘다.

철학자 베이컨은 '자연은 정복하는 것이 아니라 복종함으로써 지배할 수 있다'라고 했다. 우리는 산을 욕망을 위해 맹목으로 오른다. 허나 산은 오라고 손짓도 하지 않지만 내치지도 않는다. 오고 감을 인간 의지에 두는 것은 욕심과 중용을 저울질로 익히는 말 없는 계율이라 산을 사랑함에 있어 산림정책가의 거대한 업적이 아니라 작은 소망을 가진 우리의 책임인 것이다.

인간이 현실을 벗어나 마음속에서 발산되는 박진감 넘치는 상상적 그림에 사로잡힐 때 본질적 표현까지 바꿔도 반대하지는 않을 것이며, 자연으로부터 희열을 얻으려면 자신의 의지와는 반대로 그냥 보이는 데로 본다면 희열뿐만 아니라 신의 관조까지 엿볼 수 있는 흔적이 남을 것이다.

산봉우리에 늘비하게 흩어져 있는 운모광석은 하늘을 오르는 흑룡이 발을 헛디뎌 놀란 나머지 떨어뜨린 비늘이 돌비늘로 변했단다. 천계의 흔적으로 영원히 남고 싶은 돌비늘은 경제적 가치가 상당하여 조선시대 방물장수들이 진작 이곳을 알았더라면 운모로 만든 멋진 장식용 칼을 욕심 많은 군신과 거만한 장군에게 아부하고 교만한 고관대작부인들에게 값비싼 노리개로 팔아 부를 축척했을 것이다.

사람은 됨됨이를 보면 어떤 사람인지 알 수 있듯이 산을 보고 사는 사람들은 서로 간의 운명이 얼크러져 사는 사람들과는 달리 경제적 욕구보다 자존감을 먹고 사는 사람들이다. 수천 년이 지나도록 운모광석이 아직도 잘 보존되어 있는 것을 보면 여기는 역사의 가치를 숨어서 만들어낸 갈등의 흔적을 지운 찬양할 만한 사람들만 다니는 곳인가 보다.

　마포 하늘공원 갈대가 밤마다 고개 들어 고향을 애타게 바라보는 곳이 바로 이곳 두류산 정상인가, 진한 그리움을 밤마다 토해내어 구름에 엮은 얼굴이 상암동 갈대와 똑같이 닮은 두류산 갈대가 돌비늘 옆에 듬성듬성 나와 남쪽으로 떠난 아들, 딸을 부르는 소리가 바람에 서걱거린다.

　보고 싶은 진주, 윤아, 지훈! 갈대를 잡고 흐느끼는 애비의 비통한 의지 와는 상관없이 고약한 딸은 그렇게 떠났다. 부산에서 직선으로 바다를 건 너면 샌프란시스코 해변이 나오는 곳으로 그 잘난 놈팡이 한 놈 찾으려 간 뒤부터는 부모 곁으로 돌아올 생각이 없단다. 미운 딸과 철모르는 외 손자를 그리는 외로운 울음만 뿌옇게 멍든 하늘에서 윙윙거리며 소리만 들리는 미국행 비행기에 실어 보낸다.

　고달프고 힘든 일상이지만 풀잎 같은 보트피플은 물이 무섭고, 비행기 는 추락할까봐 겁나고, 페리호는 시간이 너무 늦어 이리저리 미국으로 갈 수 없는데 무슨 방도가 없을까. 아무리 애원해도 높은 산봉우리는 바라보 기만 하지 내 개인적 삶에 대해 한마디의 대꾸도 없다.

　갈대와 나의 속마음에 대답할 수 없는 이유는 산봉우리는 누구를 닮아 세상을 관조만 하지 지배는 하지 않기 때문이란다. 신에게 고개를 숙여 봐도 얼굴은 보여주지 않고 그냥 믿으라고만 하니 사람들은 신의 존재 부 정보다 자기 본능적 명령에 따라 행동하려는 경향이 더 많다고 지나는 바 람이 말한다.

　산사의 불법소리가 하늘을 올라 내 귓전에 앉는다. 대명사찰에서 울려 퍼지는 성음은 비록 주지승이 목탁 두드리며 내는 청아한 옥음이 아닌 녹 음된 성음이라 할지라도 전 세계가 "일즉일체一卽一切, 일체즉일一切卽一의 무한관계를 갖는 원융무애圓融無礙를 설하는 법계연기관法界緣起觀이며, 즉 일체천지만물을 비로차나불毘盧遮那佛의 현현顯現으로 보며 불타의 깨달음 경지에서 전 우주의 절대적 긍정하는 통일적 입장"이라고 화엄종은 미물에게 전하고 또 그렇게 전한다.

한평생 서유기만 읽던 늙은 독수리는 정신줄을 놓아 서방정토로 삼장법사를 찾아 떠났고 수염 긴 신선에게 인사드리려고 바둑바위에 올랐으나 어디로 가셨는지 보이지 않아 스치는 바람결에 물어보니 얼빠진 놈이라고 눈총도 안 주는데 나는 헛물만 켜는 종족인가 보다.

내려가는 양지쪽 기슭에 귀를 기울이니 부산한 움직임과 웅성거리는 소리가 들린다. 땅 한 자락 가만히 들춰보니 물을 길어오는 이, 괭이로 땅을 일구는 이, 연못을 파고 나무뿌리를 깊숙이 담그는 이들의 봄의 노래가 저리도 부산하다.

저 노래를 들으면서 나도 색다른 봄의 호랑이 한 마리 잡으러 가자. 바람은 가지를 흔들고 나는 마음을 흔들어서 어젯밤 천국에서 떨어진 호랑이를 잡으러 가자. 앉아서 기다리는 것이 삶의 일부분이라면 찾아가서 품을 수 있는 희망을 좇는 것은 모든 이의 끝없는 행복이야.

개개인의 힘이 온 산을 녹색 물감으로 칠하는 전체의 힘을 증대시키는 원동력이 되고 이렇게 태어난 자연은 인간들이 개인적 관심으로 보던 공통의 관심으로 보던 상관치 않는 초연이라면 마냥 걷고 걸었던 원을 또 걸으며 회귀를 다 하는 자존의 세계를 그리려는 내 안에도 완전히 녹색의 핏물이 흐를까.

산객마음에는 금방 땅속을 닮은 희망이 담긴 아름다운 노래가 스며들어 온통 파리한 산에 아름다운 메아리는 가슴골골에 녹아내린다. 내 영혼 깊은 곳을 적시는 두류산의 산바람소리는 나를 옳게 사는 방향으로 갈 수 있나 없나를 살피며 의미 있는 미소를 흩날린다.

지쳤던 발걸음은 바람처럼 훨훨 날아 닉스와 헤매라가 해를 밤과 낮으로 공히 보내자는 춘분의 약속처럼 갑자기 옳게 살아야겠다는 생각을 하며 집에서 기다리는 공존할 수 있는 사람을 생각하며 가벼운 걸음으로 산길을 내려간다.

외삼촌과 스파이

'탕 탕탕!'

부처방 계곡을 따라 울려 퍼지는 차가운 금속성 소리는 열한 살 소년의 등골에서 잠든 어린 세포들을 오들오들 떨게 만들고 놀란 눈동자는 망막의 확장으로 흔들리는 하늘을 엉겁결에 쳐다보고 나뭇잎에 맺힌 새벽이슬도 갑작스런 총성에 바닥으로 떨어지고 영문도 모르는 나뭇잎은 덜 깬 눈을 비비다가 바르르 움츠리기만 하는데 깊은 잠에 곯아떨어진 오소리는 화들짝 놀라 어디론가 후다닥 달아나다가 구멍으로 숨고 일찍 일어나 풋밤 줍던 다람쥐는 다리에 쥐가 나서 아예 움직이질 못하고 주저앉았다.

예리한 금속성 굉음이 이렇게 자연의 균형과 질서를 깨트리고 인간에게는 거역할 수 없는 웅대한 힘의 예술인 동시에 약자와는 평준되지 않는 거래의 갑질이라면 총성은 언제나 자연과 조화를 거부하지 않는 사생아적 어우름을 일궈내는 독특한 모순이다. 따라서 새벽 총성은 다리 잘린 상처를 감추고도 두 팔 벌려 흔쾌히 내미는 절로 핀 갈등의 한을 버린 특별함의 예술이다.

싫지 않는 매캐한 화약 냄새는 두 눈 부릅뜨고 밤새도록 총구를 겨누다가 마침내 발사임무를 마치고 바람 따라 산골을 맴돌아 콩밭일 하시는 할머니와 내 콧속으로 들어와 여러 가지 형태로 무용담을 털어놓더니 안개 같은 흰 옷을 벗고 또다시 허공으로 사라진다.

이윽고 군화소리가 저벅저벅 나면서 어깨에 총을 멘 경찰과 군인들이 저만치 산기슭에서 우리 밭두렁으로 성큼성큼 내려온다. 그 대열에서 피를 흘리며 손과 허리에 포승줄에 묶여 질질 끌려오는 두 사람이 보였다. 밭 메시던 할머니는 고개를 들고 뭔지도 모르시면서 토끼 많이 잡았느냐는 질문에 큰 놈 두 마리 잡았다며 철모를 쓴 키 큰 군인이 빙그레 웃으면서 이슬 맺힌 밭두렁 풀잎을 스치며 힘차게 마을 앞길로 내려간다.

두 마리의 붉은 토끼는 만물이 곤히 잠든 팔공산 깊은 산속에서 사상적 이념을 달리하며 야금야금 자유의 칡뿌리를 갉아먹으며 투쟁으로부터 붉은 해방을 모색하는 북한괴뢰 스파이Spy 무리들이었으며 우리군은 이를 색출하여 완전히 소탕한 자유전사들의 멋진 모습이었다.

1950년 6월 25일 새벽 북위 38°선 전역에 걸쳐 북한군이 불법 남침함으로써 일어난 한반도 전쟁을 시작으로 53년 7월에 휴전협정이 지난 불과 4년에 이르렀지만 대한민국 내에는 북한공산괴뢰도당으로부터 지령받는 수많은 스파이들이 전국각처에 숨어들어 정세를 파헤쳐 국기를 흔들고 민심을 이간시켜 남한을 혼란의 도가니로 몰아넣는 시대적 혼란기였다.

당시 열 살 남짓한 우리들은 "무찌르자 오랑캐"라고 노래하면서 대부분 스파이 놀이로 하루를 보내는 반공방첩정신은 신중하고 비밀스러운 것이 아니라 마냥 즐기며 실천하는 매우 간단한 일상생활의 표상이다. 따라서 가치 있는 생활은 빈곤한 삶이라도 그 무게를 감추는 것이 아니며 높은 산자락에서 투신해도 죽지 않는 이상의 신념은 예술과 도덕과는 무관하다하겠다.

산골에는 모두 가난하다. 학교 공부보다 집안일을 먼저 해야 한다. 공책은 다 쓰면 버리지 않고 지우개로 지우고 다시 그 위에다 쓴다. 종이가 찢어져 무슨 글자인지 도무지 알아볼 수가 없다. 손가락 한마디만큼 남은 몽당연필도 잃어버릴까봐 노심초사한다. 그래서 하나의 삶은 자신이 타고난 필연의 운명이고 또 하나의 삶은 독사에 물린 발목을 자르는 심정으로 사는 것이다.

운수 좋게도 삐라 한 장 주워 신고하면 연필 한 자루, 두 장 주워 신고하면 공책 한 권 주는데 소를 풀어놓고 하루 종일 들과 산으로 뛰어다니며 삐라 줍기에 바쁜 시간들과 수상한 사람이 지나가면 스파이라고 분명히 신고하는 오래된 시절의 상황을 묻고 묻는다면 똑같은 반공정신을 지금도 말해줄 수 있다. 오늘날의 반공과 방공은 무디어도 무디어도 이토록 무딜 수는 없다. 아버지를 잃고 형제들을 전장에서 잃어버린 생각을 다지며 자신을 지키고 나라를 지키자는데 웬 그리 헛된 말들과 아무짝에도 쓸모없는 사상들이 많은지 암만 생각해도 도무지 모를 일이다.

중학교 여름방학 때 외갓집에 놀러갔다. 외삼촌은 항상 무섭다. 생긴 모습은 미국대통령 링컨을 닮았다. 붓글씨도 미국말도 천하에 못하시는 게 없다. 그런데 날마다 집 안에서 담배만 죽자고 피워 콜록거리시며 먼 산만 응시하며 덤으로 사시는 것 같은 인생을 엿볼 수 있다.

가끔씩 실수로 계절을 잘못 계산하고 내리는 비는 만물들에게 환영과 눈총으로 엇갈린 박수를 받고 시절을 잘못 착각한 외삼촌은 항상 과거에 갇혀 현실의 벽을 넘지 못하게 하는 그물에 갇혀있다.

외삼촌은 왜정시대 면사무소 서기를 하셨다. 해방이 되자 명석한 두뇌와 통솔력을 인정받아 경찰서장직 권유도 마다하고 인민을 투쟁으로부터 해방시켜 유토피아세계로 인도하겠다는 사상적 비밀을 밀봉하여 붉은 깃발을 들고 앞장서고 말았다.

반대로 아버지는 금호강 변에서 권총 몇 발 쏴보고 낙동강 전투를 기점으로 압록강까지 진격하여 충분한 만세로 포효하며 죽음을 각오한 진정한 자유의 가치를 이 시대에 넘겨주는 거룩한 영웅으로 남아 지금도 대전 국립 현충원에서 삼촌과 함께 밤낮으로 나라를 지키신다.

처남매부 간에 엇갈린 사상은 창조적 미적 가치의 노래가 아닌 시대의 슬픈 오페라 연주다. 그러나 비극은 언제나 비극이 아니듯이 자유와 적화를 구별하는 순간 영원하리라 했던 것은 보편으로 태어나며 가렸던 사물은 참으로 생성되는 정신을 분유할 때 붉게 굳었던 사상은 환한 자유로 전환되며 서로를 용서 하지 못했던 처남매부는 한없이 부둥켜안고 눈물을 뿌렸으며 사망에 이를 때까지 서로의 분신이 되어주었다.

갑자기 닳아빠진 함석대문의 종소리가 요란하게 들린다. 외숙모께서 저녁상을 차리려고 들어오셨다. 망부석 같이 한 푼도 벌이가 안 되는 남편 때문에 날마다 리어카를 끌고 시장에 나가 날품을 팔다가 해가 지면 들어오신다.

아래위로 열 살 근처 4남매 자식들은 천방지축이다. 나까지 합쳐 더욱 난장판이다. 저녁이라곤 커다란 함지박에 반찬도 없이 숟가락 다섯 개 넣은 콩나물꽁보리비빔밥이 전부다. 외삼촌과 외할머니는 작은 그릇에 담아 별도로 드신다. 외숙모는 한 번도 식사하시는 모습을 본 적이 없다.

사냥개 언 똥 들어먹듯 숟가락질 몇 번 못하고 식사는 끝났으며 가난한 삶에서 가장 중요한 것은 배부른 상상력이며 우리 집에 있는 내 밥그릇을 그리워하며 밤새 물배로 채워야만 했던 외갓집의 방학이었다.

삶의 필수적 재화는 심상에서 울어 나오는 결과물이 아니라 정당한 노력으로 얻어지는 귀중한 재산이고 생활의 고통을 완화시키는 단속하지 않는 마약이며 그 이상의 것은 없다.

오늘 하룻밤을 자고 내일이면 집으로 돌아간다. 비좁은 외삼촌 방에서 네 명이 잤는데 오늘밤은 외삼촌 친구 분이 정말로 오랜만에 찾아오셔서 다섯 명이 자야 한다. 외숙모는 아는 사람인 듯 이맛살을 찌푸리며 노골적으로 불평이 가득하지만 어쩔 수가 없다. 비좁게 잠을 자다가 깼다. 어둠속에서 나지막한 소리가 들린다. 오랜만에 만난 정담이라생각 했다. 대화를 엿 들을수록 이상한 말이 들린다.

'서동무, 우리는 모두 서동무를 기다린다네. 내일 나와 함께 가세나.' 소름이 왈칵 돋는다. 인간의 예지된 직감력은 정통한 뇌막을 관통하며 상상력의 지시를 기다린다. 미켈란젤로는 그림은 손이 아니라 머리로 그린다고 했듯이 추리하기 이전에 내 옆에 숨 쉬고 있는 그는 벌써 스파이다.

침묵으로 일관하던 외삼촌은 드디어 적막을 깨고 '나는 손 뗐네. 새벽에 조용히 떠나게.'라는 긴 한숨소리가 좁은 방 안에 가득히 울림에 가슴 졸이던 나는 안도의 한숨으로 온몸이 방바닥으로 녹아내린다.

새벽이 오기 전에 두 사람은 조용히 일어나 밖으로 나갔다. 문을 살며시 열고 동정을 살피는데 초저녁부터 불안한 기색을 감추지 못하고 염려하던 외숙모의 '들어가서 자거라'라는 말에 방문을 닫았다. 양심은 머리를 맴돌며 외적표현인 신고와 내적 표현인 묵인 사이에 본질적 마음을 흔들며 뜬눈으로 불안한 아침을 맞이한다.

조용한 발걸음으로 들어오신 외삼촌은 별말씀 없이 또다시 담배만 물고 심한 기침을 토하신다. 우리는 외면이 내면을 박차고 나설 때만이 내면의 명확한 주제를 손쉽게 설명할 수 있다.

외삼촌에게 신고의 이유를 던졌다. 충분한 상상을 포함한 간단한 질문의 답을 구하는 생질을 바라보며 '아까 들어오면서 지서 박순경한테 얘기 다 했다'하시고는 아침도 안 드시고 방으로 들어 자리에 드신다. 밤새 한숨도 못 주무셨는지 마음이 무거우신지 금방 코고는 소리는 방문을 잠근다.

몇 년 후 외삼촌은 돌아올 수 없는 먼 길을 떠나셨다. 외삼촌께서 절규하셨던 진짜 예리한 사상의 질감은 무엇이었을까. 아마도 자유를 닮아야 한다는 은은한 향기를 늦게나마 맡으시고 깨소금 같은 세월을 아쉬워하면서도 힘들었던 삶을 훌훌 털며 외로운 영혼을 데리고 가셨을 거야.

칠월의 훈훈한 밤바람이 쪽마루를 지나 담을 넘는 순간 갑자기 누구를 닮고 싶어진다. 고뇌와 싸워 승리한 외삼촌 가슴을 닮아볼까. 자유사상을 향하던 외삼촌의 피나는 의지와 말벌소리같이 커다란 코고는 소리를 닮아볼까. 두드리는 창문을 쳐다보니 반달이 된 환한 링컨의 모습이 태백산맥을 넘어 꼭 한 번 오고 싶었던 생질이 사는 집의 창문을 들여다보시며 환히 웃으신다.

"이 녀석아, 잘 있었느냐?"

빨간 전화기 ────────────

창밖에 봄비가 내린다. 비는 새벽까지 내리고 만물은 태동의 준비를 갖춘다. 자연은 모든 만물에게 번성과 소실이란 법칙을 만들어 계절에게 주기적으로 회전하도록 지시했다. 그래서 인간은 의지의 소산이 아닌 계절에서 익힌 굴곡의 삶이라도 덧없음이 아닌 살아봄직한 일이라 자부하며 자연에 동화된 수단을 가지고 살아야 할 것이다.

봄을 맞이하여 오랫동안 보관해온 해묵은 물건들이 들어있는 케케묵은 궤짝을 열었다. 한해를 준비하는 과정에서 버릴 것과 또 다른 보관의 차이를 두면서 정리를 한다. 그중에서 까맣게 잊고 있었던 빨간 전화기를 보는 순간 가슴이 뭉클해진다. 잊지 않으려고 테이프로 붙인 전화번호를 생생하게 떠올리며 아련한 생각에 잠긴다.

지나간 인생은 덧없음보다 아픈 회상 때문에 과거를 더욱 소중히 사랑하여 잊었던 이들을 품는 추상적 상념으로 인간감정을 불러 출렁이게 하는 것 이다. 그래서 영국시인 브라우닝은 '인생은 의미 있는 것이며 이 의미를 찾는 것이 나의 양식이고 음료수다'라고 했다.

밤은 깊어가고 빗소리를 들으며 어루만지는 추억의 전화기는 한때 소망했던 아름다운 사랑으로 몸부림치는 그리움은 어느새 나를 청춘시절로 데리고 지금처럼 비 내리는 서울역에서 동대구로 향하는 열차에 오른다. 빗물이 흐르는 창 측에는 겨울을 금방 지나온 화사한 여인이 앉아있었다.

'실례합니다.'라는 빈 인사말은 비에 젖은 옷을 툭툭 털며 긴 생머리 여인에게 건넨 최초의 언어다. 그런데 갑자기 가슴이 털컥 내려앉는 야릇한 마음이 요동친다. 창밖에는 숙명의 신 '로고스'가 두 사람의 만남을 운명적으로 인도하겠다며 호언장담하고 손을 흔들며 빗속으로 사라진다.

창밖만 응시한 체 대꾸 없는 그녀의 무관심에 갑자기 다가온 무안함은 아름다운 우상을 타파할 능력은 맥을 잃고 주저앉는다. 예견으로 조준하는 화살은 그녀의 가슴을 여지없이 관통하지만 현실과 일치하지 않는 사유의 판단을 자꾸만 수정해본다. 그런데 갑자기 가슴이 환해지는 함성이 들린다.

　　'내리는 비를 바라보니 마음이 조용하네요.'라는 말에 고개를 돌리니 그녀의 긴 머리카락은 빗물로 씻은 듯 상쾌함이 코를 스치고 이지적인 옆모습은 도저히 현실일 수 없는 혼돈된 보들레르의 악의 꽃이 분명하다. 나를 이 자리에 앉힌 이유는 악의 꽃을 훔치라는 "아프로디테"의 명령이다. 따라서 봄과 계절에 관한 몇 마디 말로 대화를 훔치면서 뭉크를 따라 미술여행까지 하면서 기어이 동대구역까지 끌고 갔다.

　　나는 동대구역에서 내려야 한다. 부산까지 간다는 그녀를 두고 머뭇거리면서 '또 만날 수 있을까'란 추파를 던지자 그녀는 살짝 웃어주는 매력의 입술로 기억하기도 좋은 전화번호를 내 가슴에 꾹꾹 눌러 깊숙이 적어 준다.

　　비 내리는 끝없이 긴 두 가닥 선로 위에서 누군지도 모르는 여인의 팔에 안겨 꿈만 꾸다가 깨어났다. 감정도 의지도 상실했다. 일순간에 인간의 감정을 완전히 절멸케 한 원천을 밝혀 그 여인에게 죄를 물어야 한다는 마땅한 판결이 즉시 역 주변 가판대 일간지에 요란하게 게재되었다.

　　며칠 후 대구에서 올라와 설레는 가슴을 안고 이름도 모르는 여인에게 파르르 떨리는 손가락으로 번호를 눌렀다. 집요한 감정이 아니라 마르지 않은 침을 꼴깍 삼키며 두려운 심판을 조마조마하게 기다린다.

　　"예, 누구세요? 아…… 네……"

　　열차에서 끊어질 것 같은 뼘도 안 되는 짧은 대화를 나누었지만 어찌 금방 알아차릴 수 있었을까. 갑작스런 예지능력은 꾸준히 연마하는 바보 같은 학문과는 전혀 관계없다. 인간의 초인적 인식능력은 시각과 감정으로 보는 특수한 사물에 따라 독특한 편견을 갖는 모양이다.

우리는 대학로 찻집에서 대화의 교환거래는 적당한 가격으로 만족스럽게 성사되어 실물거래로 향하는 만남의 시장을 형성한다. 이제부터는 순수한 빛깔에 현란한 감정을 포함하여 강인한 몸짓으로 과감히 다가서야한다. 어두운 동굴에서 잠이 깬 배고픈 짐승이 어깨를 벌리며 앞발을 들고 큰소리로 우렁차게 포효하는 것이 연애의 정석이다.

찻잔을 앞에 두고 추상을 모르며 사방으로 흩날리는 쾌활한 음성은 찻집의 질서나 규칙에 따르지 않아도 좋았고, 햇빛에 비치는 나무그림자는 실없이 다니는 바람에 덩달아 움직여도 아무 상관없이 영화음악 나자리노와 함께 귓전을 맴돌고 도란거리는 소리에 참지 못한 낮달은 민낯으로 기어이 창문으로 우리를 들여다본다.

새에게도 명함이 있듯이 사람의 실체를 대표하는 이름을 물었다. 그런데 나만의 신분이 탄로 난 후 당신의 밀실이 어디냐고 추궁했으나 일반적 공리가 아닌 자기만의 특수한 비밀을 독특한 감정에 섞어 주머니에 숨긴체 비겁하게 잠금질을 해놓아 이상한 침묵이라기보다는 세수하다가 갑자기 끊어진 수돗물 때문에 비누칠한 어색한 얼굴이 되고 창문으로 내리는 햇살은 찻잔을 비추다 못해 굴절된 채로 천정에서 어른거리다 막힌 장벽을 뚫지 못하고 다시 바닥으로 주저앉는 모습은 그녀에게 나는 염상섭의 '표본실의 청개구리' 모습이다.

'우리 그냥 이렇게 만나자'라는 말에 그녀는 깊이 숨겨둔 모습이 밖으로 나와 햇볕을 쬐면 변색되고 날개옷을 주면 하늘로 오르는 선녀가 되기에 가끔 동굴에서 나와 산뜻한 바람만 쐴 요량인 부정직한 거래다.

만남은 사랑이며 사랑은 무엇이든지 털어놓는 상대방이다. 자신의 마음을 숨기고 내 마음만 가져간다면 그녀는 도둑임과 동시에 자신의 마음도 훔치는 겹 도둑이다. 하지만 나는 이런 이중도둑을 단박에 사랑할 마음이 생겨버렸다.

낭만적 만남이라며 웃음을 앞세워 뒤로 숨으려는 묘한 도둑을 해가 중천에 떠올랐지만 비가 와서 덜 말린 묵직한 상자에라도 넣어 도망가지 못하게 묶으려는 내 마음은 확실한 음모를 꾸민다. 언제나 물러서는 사람은 퇴로를 찾고 다가서는 사람은 방향을 차단한다.

봄부터 피기 시작한 능금 꽃이 빨갛게 익는 늦가을까지 매주 한 번씩 만났다. 뮤지컬의 슬픔도 맛보고 소극장에서 배꼽을 잃어버리기도 하고 대공원에서 손잡지 않는 걸음으로 간간히 몸에 부딪치는 마파람을 맞으며 무슨 속내의 가슴일까 훔쳐보면서 다음 주 만날 약속을 하곤 또 하였다.

여름이 지나고 삼청공원을 걷고 싶다는 말에 가을을 찾는 남자의 계절을 가로챈 봄의 여인은 가로등불빛이 내리는 숲속 벤치에서 계절을 훔친 범인임을 자백하는 죗값으로 그녀는 현실에서 착각하지 않는 어둠의 예술가로 변해 온몸으로 노래하자 새들도 둥지에서 날아오르고 사라졌던 반쪽 달은 어느새 달려와 나무 위에서 내려다보고 있다.

판결은 따스한 체온 땜에 죄를 물을 것도 없이 얼떨결에 기각 당하고 평생 잠들지 않는 노래가 들리는 단 하나의 소망, 단 하나의 충족된 사랑을 점령하는 몇 천 배의 힘을 가진 우리는 일곱 달 만에 복권에 당첨된 동시정복자가 되어 백마를 타고 드넓은 평원을 힘차게 달린다.

정동진으로 해보러가는 날에는 깊은 바다 속에 잠긴 해가 밤새도록 어둠과 씨름하고 동틀 무렵에야 벌겋게 상기된 얼굴로 수평선의 시원한 바람에 이끌려 나온다. 낭만과 기쁨을 사랑으로 교환할 줄 모른다면 인생은 불행하다. 우리가 추구하는 완전한 사랑은 관능적 욕구와 다스릴 줄 아는 정신적 욕구를 동시에 충족시키고 삶의 만족을 쥐어줄 때만 언제나 단속되지 않는 마약이다. 우리는 이러한 마약을 한없이 흡입한다. 초겨울로 접어드는 날씨는 이미 어수선해지지만 그녀와 나는 큰 짐승을 잡으려고 온 산야를 뒤진다.

'이번 주말에 볼 수 있냐'는 그녀의 목소리는 여니 때와는 달리 사뭇 머뭇거리는 조용한 떨림의 목소리다. 고개를 끄덕이는 나의 직감은 수직으로 내리꽂는 순간적 초능력이며 눈감아도 환히 보이고 작은 숨소리도 확연히 들을 수 있는 우리사이에 이미 벗겨놓은 비밀이다. 불안을 아는 두 뇌는 오류로 뛰는 심장을 다독이고 논증 없는 이유를 덮으며 약속장소에 나선다.

'이제 우리 그만 만나요'라는 담담한 말에 햇살 내리는 밝은 장소보다 말하기 쉬운 생각이 앉은 자리에서 머리와 가슴이 일치하지 않는 슬픈 말이란 것쯤은 알고 있다. 빛나던 물결웃음은 사라지고 아무리 편견과 선입견을 씻으려 해도 오늘은 좀처럼 찾아볼 수 없는 정말 낯선 물결이다.

마당에 매화도 잠자러 들어갔고 할 일 없는 찬 바람만 아직 동면 못한 청개구리를 찾는데 나는 말이 없다. 우리는 서로를 잘 훔친다. 잠시 고였던 계곡물은 흘러가고 선녀는 옷을 입을 때가 되었으며 나는 구식 총으로 사냥하던 행동을 그만 멈춰야 할 때가 된 모양이다.

이별의 이유를 묻는다면 성숙된 사랑이 아니었다고 하늘이 비난한다. 말없이 차고 있던 세이코 시계를 풀어 그녀 팔목에 채웠다. 한참동안 어루만지더니 무거워서 찰 수가 없다며 내 손목에 도로 끼워준다. 대신 그녀의 빨간 전화기를 내 손에 쥐어준다. 진한 내음이 살이 떨리도록 진동한다. 열린 가슴을 그대로 두고 우리는 헤어진 것이 아니라 그렇게 떠났고 종일 걷던 붉은 해는 하얀 달로 변하는데 이 밤 더 추워지면 저 담쟁이 푸를까 누를까.

비가 내리는 날이면 전화를 걸고 싶지만 "결번입니다"라는 소리가 두려워 걸지 못한다. 만물이 깨어나는 밤 그녀의 소리가 담긴 빨간 전화기를 어루만진다. 누군가 무릉도원으로 데려다준다 해도 혼자라면 사양할 것이며 차라리 비 오는 밤에 가슴 찢는 아픈 상처를 택하겠다.

'어디예요? 금방 갈게요…….' 낯익은 추억의 목소리가 빗속에 흐른다.

느티나무 ─────────────

"조금만 더 빨리 빨리!"

느티나무 아래서 달리기시합이다. 내가 이기면 우리 편이 승리한다. 뜀박질 잘하는 나는 두 살 더 많은 순임이와 함께 뛴다. 나는 4학년이고 순임이는 여자애들 중에서 가장 키가 큰 6학년이다.

산골에서 자라는 아이들은 도시아이들과 달리 개별적 존재감보다 생각과 행동을 함께하는 학년과 관계없는 의식적 동화가 앞장선다. 남녀 모두 똑같은 친구다. 오늘 달리기도 마찬가지로 남녀구분 없이 가위 바위 보로 조를 짰다. 누구와 한 조가 되건 말건 무조건 신나는 일이다.

징 박힌 운동화를 안 신고 멋진 체육복을 입은 것도 아니며 검정 색깔에 하얀 줄 달린 사각 반 팬티를 입고 안 지려고 안간힘을 쓰며 달린다. 순임이가 나를 앞질렀다. 이를 악물고 달리다가 그만 순임이의 발뒤꿈치를 밟고 말았다. 순임이는 사정없이 앞으로 내동댕이쳤고 나는 고무신이 벗겨지면서 순임이 위로 꼬꾸라졌다. 정신이 아찔하였다.

그런데 순임이는 하늘을 쳐다보며 넘어졌고 나는 순임이 배 위에 엎드려 입술이 정님이 턱에 부딪치면서 말 못할 아픔에 눈앞이 캄캄해졌다. 정신을 차리고 눈을 떴을 때는 아픔보다 순임이의 팔딱거리는 심장과 내 심장이 함께 맞붙어 뛰고 있다는 사실이며 턱에 닿는 짭짤한 땀의 느낌은 객관적 실재에서 형용하기 어려운 가슴이 벌렁거리는 묘한 감정이 살아난다.

아이들은 걱정보다 넘어진 자세를 보며 '얼레 꼴레리' 하며 까르르 웃는다. 구경하던 느티나무도 빙그레 웃으며 바람결에 나뭇잎을 흔든다. '뭐하니 빨리 비키라'며 순임이는 나를 밀치고 허리까지 올려진 검정치마를 내리며 일어선다.

아픔보다는 어디서 왔는지 낯선 감정만 춤을 춘다. 의식은 감정을 앞세워 새로운 의식을 만들고 또 다른 감정을 주문하는데 이성과 감정은 잠재울 수 있다는 말은 새빨간 거짓말임과 동시에 능글맞은 감정은 자꾸만 악수를 청하며 내 가슴속을 염탐한다.

부딪친 아래쪽 앞 이빨이 흔들린다. 몸은 흘러내린 땀과 흙이 범벅이 되어 흙더미에 몸을 비벼 된 새끼멧돼지신세다. 이빨은 저리고 아파 머릿속을 때리고 침을 뱉으면 피가 섞여 길게 흘러나온다. 지금도 아래쪽 앞 이빨이 삐딱한 것은 그때 순임이 입에 부딪쳐 다친 것 때문이다.

순임이는 어느새 칡넝쿨잎사귀를 따와 괜찮으냐고 물으며 흐르는 피를 닦아준다. 아픔을 참으며 괜찮다고 말한다. 낮 바람이 살짝 내려와 입 다문 귓속말로 웃어주는 것 보다 순임이가 걱정해주는 나지막한 말이 훨씬 더 좋다. 얄궂게도 또다시 가까이 다가앉은 순임이 옷깃에서 풍기는 야릇한 땀 냄새가 코를 스치며 온몸을 처바른다.

그런데 순임이가 '나도 이렇게 긁혔다'며 치마를 걷으며 흙에 문질려 핏빛이 선명한 허벅지를 보여준다. 피는 하나도 보이지 않고 까무잡잡한 순임이 허벅지만 뚫어지게 보이더니 하늘마저 노래진다.

무엇이 하늘을 노랗게 만들고 대낮에 이유 없이 가슴을 뛰게 하고 식별할 수 있는 판단력을 잃게 하는지 알 수 없다. 내가 선택하지 않았는데도 갑자기 시원한 바람이 불어와 우리 둘의 몸을 휘감다가 다시 하늘높이 오르고 질서에 잘 순응된 풀들은 아직은 어지러운 내 속마음을 잘 모르는 것 같다.

밤은 대낮을 불러 꿈을 만들고 감정은 정신을 혼란으로 묶어 이성을 눈 틔우게 한다. 이성에 대한 관심은 능력보다 순간적 감정으로부터 성숙하는 인간이 가지는 최초의 사랑이다. 장차 감정으로부터 정신은 탈출하겠지만 마음속에는 서서히 순임이의 숨소리가 파고들기 시작한다.

여름방학이다. 아침부터 일찍 소를 산에다 풀어놓고 느티나무 아래서 땅따먹기로 재미나게 논다. 해는 중천에서 심심히 놀고 우리는 점심때가 되면 집으로 내려가서 점심을 먹고 다시 이 자리에 모인다.

그때 저쪽에서 놀던 순임이가 가만히 다가와서 점심 먹고 올라오기 전에 자기네 집으로 좀 오라고 한다. 엉겁결에 허락을 했지만 무슨 일인지 무척 궁금하다. 그렇다고 무슨 일이냐고 물어볼 수도 없어 죄 없는 가슴만 쿵쿵 뛴다.

갑자기 바람이 불고 먹구름이 모이더니 금방 소나기를 와락 뿌리고 급히 떠난다. 가끔씩 천둥을 치며 제멋대로 휘젓고 지나가는 반가우면서도 얄미운 소낙비다. 또다시 햇볕은 뜨겁게 쏟아지고 비에 흠뻑 젖은 채로 내려가는 순임이 등짝이 걸을 때마다 움직이는 살결이 곁눈질속으로 들어온다.

인간을 아름답게 만드는 것은 이성異性의 접근이며 여기서 핀 꽃은 사랑의 노래다. 그래서 인간은 이성을 바라보는 눈이 뜰 때야 비로소 인간 최고의 존재가치를 가진다 할 것이다. 이성의 여행자들은 자신의 감정으로 이동시킬 때는 이미 다른 사람의 감정을 훔쳐서 아무도 갈 수 없는 우주 블랙홀로 숨기는 것이다.

찬물에 보리밥 한 숟가락 말아 후루룩 마시고 풋고추를 된장에 찍어 우직우직 씹어 먹고 샘물 한 바가지로 입을 행군 후 괜히 남이 볼세라 얼른 순임이 집으로 갔다. 순임이는 기다렸다는 듯이 고양이처럼 부엌으로 살금살금 들어가서 함지박을 들고 나오며 나를 방으로 들어오라고 손짓한다.

방은 어둑했고 함지박에는 소다를 넣고 찐 먹음직스러운 옥수수빵이 들어있다. 한 덩이 뚝 떼어서 먹으라고 내민다. 우리 집에는 좀처럼 해먹지 못하는 빵이다. 대구에서 고종사촌들이 올 때나 한 번씩 해먹을 수 있다.

빵을 씹는 양 볼에는 침이 자르르 흘러 빵맛은 절정을 이룬다. '남양원님 굴회 마시듯' 순식간에 한 덩이 꿀꺽이다. 야릇한 눈동자로 나를 바라보던 순임이는 한 덩이 더 먹으라고 준다. 세 덩이나 더 먹었다. 배가 불러 더 이상 들어가지 않는다.

그런데 정님이는 갑자기 점심 먹은 것이 체한 것인지 배가 아프다며 방바닥에 눕는다. 나는 그저 멍하니 바라보기만 한다. 배를 움켜쥐고 괴로워하던 순임이는 내 손을 잡아끌며 배를 문질러달라고 한다. 얼떨결에 절에 간 색시마냥 시키는 대로 순임이 배를 문지른다. 빵가루가 묻은 손으로 맨살을 주무른다. 똑바로 누운 정님이는 정신이 없는지 눈을 감고 아무 소리도 없다. 너무 아픈 모양이다. 나는 자꾸만 배를 주무른다.

순임이는 무척 괴로워하며 몸을 뒤척인다. 한 곳만 주무르지 말고 옷을 위로 올리고 배 전체를 살살 주물러라 한다. 두 손으로 맨살을 열심히 주물렀다. 몸에 땀이 배어 옷 위로 하는 것보다 서툴렀지만 그렇게 하란다. 가슴도 아프다 하여 주무른다. 얼떨결에 가슴에 돋은 앵두씨 같은 젖꼭지도 만져진다. 멈칫 놀랐으나 순임이는 아무 소리도 않는다. 이제는 간장종지 같은 가슴이 아프단다. 그래서 간장종지만 주무르란다.

어제까지는 귀신 이야기를 듣거나 뱀을 보면 섬뜩 놀랐지만, 지금처럼 가슴이 쿵쿵 뛰고 온몸이 사시나무 떨리듯 부들부들 떨고 턱까지 덜덜거리는 이상한 놀라움은 난생처음이다. 쾌락의 본능은 도덕이나 질서보다 약간 뒤에 서있을 뿐이지 거울에 반사되면 언제든지 앞으로 튀어나와 아름답고 추함의 식별능력까지 상실하는 무색의 황홀한 빛이다. 따라서 두 개의 터널로 연결된 초공간은 새로운 꿈을 키우는 양방 통행로인 것이다.

한참 후에야 배가 다 낳았는지 순임이는 일어나 옥수수빵 한 덩이를 더 주면서 아무한테도 얘기하지 말라고 한다. 고개를 끄덕이며 산으로 오르기 전에 집으로 왔다. 마루에 누워 천정을 쳐다보니 순임이의 드러난 배와 간장종지가 마구 눈앞에 어른거린다. 임금님 귀는 당나귀 귀라고 대나무 숲에서 흘러나와 온 천지에 널리 퍼졌지만 순임이 배가 아팠다는 사실은 지금도 내 가슴에만 묻혀있다.

단순함의 개념은 바보가 아니라 진위에 관계없이 매우 긍정적이며 서투른 사랑은 선악과 관계없이 이성에 눈을 뜬다. 티 없이 맑은 마음을 주고받을 때만이 가슴이 열리는 순수사랑으로 기대해도 좋다. 따라서 남녀 간의 만남은 불결한 어둠이 아니라 빛으로 향하는 아름다운 청춘의 광장이다.

와글거리던 여름방학도 끝났다. 느티나무는 여름 내내 듣고 보았던 이야기를 나뭇잎에 매달아 놓느라고 정신없다. 나무하던 아저씨의 땀방울, 나물 뜯던 순이의 땅이 꺼지는 한숨소리, 물론 순임이와 나의 초롱초롱하고 묘한 감정의 호기심도 잊지 않고 매달아놓았다.

다섯 명이나 팔을 벌리고 안아도 손끝이 안 닿는 느티나무는 그동안 오백 년 동안이나 모은 많은 이야기들을 밤마다 엮어서 온 산골이 즐겁게 읽도록 걸어놓았다.

고향을 떠난 지 반세기가 훌쩍 지나갔다. 벌초를 기해 조상님 묘소를 둘러보고 오랜만에 기억에 보관했던 산 너머 있는 느티나무를 찾아갔다. 언제나 푸르게 웃던 느티나무는 슬프게도 잠겨 진 기억만 가슴속으로 어루만지며 살았던 모양이다.

모두 떠나가고 아무도 찾지 않는 느티나무는 외로움에 젖고 기력이 쇠진하여 몸이 성한 데가 한 군데도 없이 말라져간다. 멋진 마술로 과거를 현재로 옮길 수만 있다면 느티나무는 우리들과 언제나 함께할 텐데…….

느티나무는 죽기 전에 매달아놓은 이야기를 돌려주려고 지금도 주인을 기다린다. 쇠잔한 느티나무는 찾아온 나를 반기며 순임이와 나의 이야기가 담긴 보따리를 내민다.

나는 이제야 우리의 이야기를 풀어 대나무 숲이 아닌 하늘로 날려 보낸다. 추억이 없고 의미가 없는 삶은 보람이 없다. 우리 가슴에는 사랑이 흐르는 달콤한 샘물과 커다란 느티나무 이야기가 들어있어야 희망이 담긴 맑은 광장을 걸을 수 있다. 또한 느티나무의 가슴을 잊지 않는 책임도 음미할 줄 알아야 비로소 비밀의 추억을 다시 매어 달 느티나무가 저만치 손짓할 것이다.

슬픈 토끼

내 이름은 토끼다. 실은 강아지인데 이름이 토끼다. 나는 미국 샌프란시스코에서 태어났다. 나의 주인은 한국에서 온 진주라고 부르는 예쁜 언니이며 나에게 토끼라고 이름까지 지어줬다. 내가 이 집에 오기 전까지는 성용 오빠와 진주 언니 그리고 '니모'라는 강아지가 살고 있었다.

진주 언니는 강아지를 무척 좋아했다. 한국에서 '아름'이란 강아지가 새끼를 낳았을 때 밤새도록 산바라지를 하며 여덟 마리의 귀여운 녀석들을 모두 받아냈단다. 물을 끓여 데운 가위로 탯줄을 끊고 물기를 닦으며 힘들어하는 아름이 대신 모든 것을 다해주었던 마음씨 착한 언니. 다음 날은 한숨도 못자고 꼬박 뜬 눈으로 지새다가 학교에 가서 엄청 졸았단다.

그 후 진주 언니는 미국에 와서 대학졸업 후 성용 오빠와 결혼했다. 언니가 결혼했으므로 이제부터는 엄마아빠라고 불러야겠다. 엄마는 니모라는 애를 데려와서 키웠다. 니모는 사랑을 받으며 행복한 나날을 보냈다. 그런데 불행이 닥쳐왔다. 어느 날 갑자기 의자가 넘어지면서 니모가 깔렸다. 허리가 축 늘어진 니모를 데리고 병원으로 달려갔으나 척추가 부러졌단다. 그날부터 니모는 뒷다리를 못 쓰고 앞다리로만 걷는 고통을 겪어야 했다.

아빠는 니모를 위해 뒷몸전체를 실을 수 있도록 마차를 만들어 줬다. 다니기가 훨씬 편리해졌다. 문턱을 넘을 때만 조금 불편했지만 그래도 열심히 수레를 잘 끌고 다닌다.

대소변을 볼 때는 언제나 엄마가 손으로 배를 주물러야만 볼 수 있다.그렇게 하지 않으면 니모는 감각이 없어 스스로 해결할 수가 없다. 일정시간을 정하여 잊지 않고 해결해주는 엄마의 지극한 정성은 눈물겹다.

엄마아빠가 출근하면 니모는 혼자서 심심하다. 그래서 니모를 심심하지 않게 하려고 나를 데리고 왔다. 그때부터 나는 니모의 친구가 되고 엄마와 함께 살게 되었다.

우리 집 식구는 네 명이다. 엄마는 니모만큼이나 나를 사랑해준다. 그런데 아빠는 가끔 누런 털이 옷에 묻으면 당황해한다. 아빠 눈치를 보며 얼른 청소하는 엄마의 마음은 항상 우리 곁에 있다.

초여름에 우리는 한국의 할머니 댁에 왔다. 비행기에 오르기 전 대소변을 누고 굶고 오는 바람에 얼마나 배가 고팠는지 모른다. 공항에 내리니까 침이 질질 흐른다. 할아버지 집에 오자마자 허겁지겁 먹었다.

할아버지 집은 아래위층으로 되어 계단 오르내리기가 정말 신난다. 그러나 니모는 달려오다가 계단에 멈추고 낑낑거린다. 그러거나 말거나 나 혼자 신났다. 바닥이 미끄러워 자빠지기도 하고 발을 헛디뎌 계단에서 굴러 하마터면 뇌진탕을 당할 뻔했다. 빗자루로 할머니 꾸중을 억수로 들었다.

어느 날 엄마와 할머니가 병원을 다녀왔다. 식구들이 모인 자리에서 엄마의 임신 사실을 발표한다. 온 식구가 환호를 하며 니모와 나도 덩달아 춤을 춘다. 이제 곧 동생이 생기면 잘 놀아줘야겠다는 생각이다.

한국에서는 날마다 먹고 마시며 신나게 노는 것밖에 없다. 한강에 나가 시원한 바람도 쐰다. 미국이나 한국생활이나 모두 행복한 순간이다.

저녁을 먹은 후에 식구들이 모두 심각하다. 특히 엄마는 눈물을 흘리고 있다. 의사선생님이 엄마가 임신했으니 니모와 나를 멀리하라는 것이다. 맥이 빠지며 꼬리를 움직일 힘이 없다. 털이 날리면 임산부나 태아건강상에 문제가 있단다. 모두 침통한 얼굴이며 특히 엄마는 큰소리로 울고 할아버지는 니모를 쓰다듬고 할머니는 나를 안고 계신다.

한 달이 지나고 내일이면 미국으로 돌아간다. 뜻밖에도 청천벽력이다. 나는 한국에 남고 니모만 간단다. 꼬리와 몸을 비틀며 함께 가겠다고 고함을 지르지만 할머니는 '토끼야, 이제 나랑 살자'하면서 머리를 어루만진다.

그런데 니모는 미국에 가면 안락사 시킨다기에 가슴이 벌렁거리며 하늘이 노래진다. 불구의 몸으로 불쌍하게 사는 것보다 어쩌면 더 행복할지도 모르지만 눈물이 마구 떨어진다. 니모가 너무 가련하여 똑바로 쳐다볼 수가 없다.

미국으로 돌아간 니모는 사랑하는 엄마를 두고 행복한 나라로 떠났다는 소식을 듣고 며칠 동안 식음을 전폐하며 울었다. 엄마는 니모를 예쁘게 포장하여 장례를 잘 치러줬단다.

미국에서 엄마는 아침마다 할머니에게 전화를 한다. 가끔 할머니는 전화기를 내 귀에다 대주면 엄마는 '토끼야!'하고 울먹이고 나도 낑낑거리며 몸부림친다. 할머니가 '진주야! 토끼가 운다.'하시며 촉촉이 젖은 내 눈물을 닦아주시면 전화기 속에 엄마의 눈물웃음소리가 들린다.

밖에는 비가 억수로 쏟아진다. 여름장맛비다. 호기심으로 문이 열린 계단을 내려가 밖으로 나갔다. 마음은 이미 공항을 향해 힘껏 달린다. 할머니 손잡고 가던 한강도 보이고 낯익은 골목과 차들도 보인다. 가려고 하는 공항은 나오지 않고 그만 길을 잃었다. 되돌아갈 수 없는 몸은 낯선 골목만 맴도는 데 아무리 집을 찾아 헤매도 소용없다. 배가 고파 모르는 아파트 모퉁이에서 쓰레기를 파먹은 지도 며칠이 되었다.

할아버지와 할머니는 난리가 났다. 토끼를 잃어버려 엄마에게 뭐라고 할지 무척 난감해하신다. 사실을 알면 엄마가 기절할 것 같으니 거짓말을 하기로 했다. 할머니는 진주 엄마의 전화를 받을 때마다 토끼는 할아버지와 산보 갔다, 이층에서 논다, 잔다 하며 수도 없는 거짓말을 한다.

그런데 엄마는 꿈속에서 토끼가 추위에 떨고 있는 꿈을 꿨다며 새벽같이 전화해서 토끼를 바꾸라고 성화다. 한 달 동안이나 바꿔 주지 않았더니 눈치를 챈 모양이다. 그제야 할머니는 잃어버렸다고 실토하고 엄마는 난리가 났다.

며칠 후 택배가 왔다. 나의 전단지다. 엄마가 요청했다며 내 사진이 실린 전단지를 일간신문에다 끼워 돌리라며 이천 부를 보냈다.

전화기가 불티난다. 사례금이 백만 원이다. 내 몸값은 그만큼 되지 않을 텐데 너무 비싸다. 할아버지 할머니는 니모가 있다는 전화가 올 때마다 수도 없이 현장으로 달려가지만 매번 허사다. 그런데 집 근처에 부동산중개사를 하시는 아저씨가 사진과 꼭 닮은 토끼를 누가 데리고 산책하는 것을 몇 번 봤다고 하며 상세히 알려준다.

드디어 찾았다. 할아버지 집에서 오 분도 안 걸리는 아파트 어느 집에서 몰래 키우는 것을 알았다. 약 한 달 만에 집으로 돌아왔다. 혼이 났다. 다시는 집을 나서지 말아야 하겠다는 생각으로 자숙하면서 밥만 먹고 가만히 지낸다. 어쩌다가 대문이 열려도 절대로 안 나간다.

무더운 여름이다. 그런데 할머니 손님들이 우리 집에 들어오면 집 안에 개 냄새가 난다고 얼굴을 찡그린다. 내가 맡아봐도 그럴만하다. 냄새가 너무 지독하다. 할아버지가 이틀에 한 번씩 목욕시켜 주시는데도 비릿한 냄새가 코를 찌른다. 향수를 발라도 안 되고 목욕할 때 아무리 빡빡 문질러도 냄새는 여전하다. 잘 때 창문을 닫아 놓으면 아침이 되면 온 집안이 비린내 냄새로 진동을 한다. 그래도 할아버지와 할머니는 나에게 아무소리도 없이 어루만져줄 때마다 너무나 미안한 나머지 몰래 가출까지 생각해보곤 한다. 그러면 또 엄마와 할머니가 난리를 치면서 나를 찾겠지 하는 마음에 그렇게도 못한다.

손님이 오면 할아버지는 미안하지만 나보고 이층에 가 있으란다. 냄새나는 놈이 무슨 할 말이 있겠나. 이층 화장실 옆에 쭈그리고 자리 잡고 있으면 때로는 슬픈 생각이 든다. 어떤 때는 아무도 없이 하루 종일 혼자 있다. 나와 놀아줄 사람이 없어 눈물이 난다. 더운 계절이 없는 샌프란시스코에 있는 엄마가 그립고 미국으로 무척 돌아가고 싶다.

그런데 숙자 고모가 왔다. 왜 토끼를 이층에다 혼자 뒀느냐 차라리 강원도 홍천 오빠 잣 공장에다 두면 넓은 마당에 얼마나 잘 뛰어놀지 않겠느냐고 한다. 나도 아무도 없는 이층보다는 친구들이 있는 곳에서 맘껏 뛰노는 것도 괜찮다고 생각한다. 그래서 나는 강원도로 갈 결심을 한다.

여름이 지나고 가을이 되는 날 다시 돌아올 것을 약속하고 홍천으로 떠나는 날 할아버지와 할머니는 미국에서 태어나 한국에 와서 서울에 살다가 강원도 홍천까지 가는 너의 신세도 기구하구나 하시며 고모부차를 타고 떠나는 나를 어루만지며 눈물을 떨구신다.

고속도로를 지나고 산세가 웅장한 생전 처음 보는 홍천에 왔다. 공기부터 다르다 서울처럼 뜨거운 바람은 사라지고 아무리 더워도 선선한 바람이 있다는 이야기에 비린 나의 냄새가 나면 여기서도 쫓겨나지 않을까 하고 걱정했는데 안심이다.

나무 위에서 작은 새가 날아와 반갑게 말을 걸고 넓은 마당에서 친구들이 꼬리를 치며 반긴다. 까만 옷을 예쁘게 입은 여자 친구가 오늘은 자기 집에서 자라는 친절을 베푼다. 별이 보이는 아늑한 여기가 나의 종착역이란 생각이 든다.

이제는 지금까지 알던 사람들은 모두 잊어야 한다. 좋아하던 사람들과 한평생 살다가 죽는다면 더할 나위 없는 행복이지만 세상은 내 뜻대로 되지 않는다. 모든 것을 잊어야 하는 시간이 왔다. 그동안 나를 사랑해준 많은 식구들이 눈앞에 아른거린다. 진주 엄마, 성용 아빠, 별이 된 니모, 할머니, 할아버지 모두 잊지 못하는 소중한 식구들이다.

생각만 해도 눈물이 글썽거리지만 산골에서 씩씩하게 살아가는 미국이 아닌 대한민국 강원도 산골 멋쟁이 산토끼가 될 것이다. 멀리 하늘에서 보고 싶은 엄마 같은 초록별 하나가 길게 손짓하며 내려오는 것을 보고 "엄마!"하며 부르다가 눈물을 훔치며 외롭게 혼자 잠이 든다.

14시 반과 4시 반 ———————

'참수리작전' 개시가 몇 시냐고 눈이 부리부리하게 크고 막사가 떠나가 도록 목소리가 우렁찬 대대장님이 후반기 마지막 동계군사훈련 한미특수 작전시작시간을 물으셨다.

우리 대대는 휴전선 최전방을 지키는 가장 중요한 육군정예대대이다. 이번 군사훈련작전에 우리 대대는 기계화사단의 뒤를 잇는 첨단장비를 소유한 신 전술훈련을 선보이는 가장 중요한 역할을 맡은 보병지원부대 이다.

대대장님의 불같은 호령에 분주하게 전화를 받다가 얼떨결에 14시 30 분이라고 대답했다. 지속적 혼란의 몰입상태는 정신적 기능으로 강타하 는 언어의 압박으로 인식기능에 부하를 걸어 순간적으로 사고를 교란상 태로 끌고 간다.

손목시계를 들여다보시던 대대장님은 눈을 부라리시며 시간 없으니 빨 리 출발하라는 명령에 작전지도도 재대로 챙기지 못한 체 허둥지둥 지휘 차 뒷좌석에 올랐다. 방한복도 입지 못하고 장갑도 챙기지 못했다.

후방에만 계시다가 전방지역대대장으로 처음 부임해 오시면서 이번 'C 작전' 지원부대로서 평소에 보고 싶었던 한미합동공수낙하훈련은 꼭 참 관하겠노라고 누차 말씀하셨다. 가져보지 못한 정신적 물질적 관심은 욕 망의 구금상태에서 벗어날 수 없다. 이것을 훨훨 털어내야만 우리는 보편 을 이루는 특수한 우월을 차지하는데 결코 서두르지 않을 것이다.

A-4 낙하지역까지 약 세 시간 정도 걸리지만 눈으로 뒤덮은 험한 길을 채 두 시간도 되지 않게 달려왔다. 눈이 희끗희끗 보이는 드넓은 벌판에 는 살을 깎는 바람만 기승을 부린다. 조금만 지나면 하늘에서는 새카맣게

공수부대원들이 줄줄이 떨어질 것을 본다는 것은 감히 상상도 못할 최고의 흥분 감을 자아내고 있는 것이다. 적군으로부터 굳건히 나라를 지키는 유일한 길은 지금처럼 훈련과 작전, 작전과 훈련만이 거듭 있을 뿐이다.

'지금 몇 시냐.'란 물음에 '14시입니다'라고 대답하니 '낙하지점에 왜 이렇게 사람들이 없어?'라며 언짢아하신다. 무언가 좀 이상하다. 찬 바람만 횅하니 지나가는 벌판에서 을씨년스럽게 네모난 지휘 차만 멍청하게 서 있다. 불안한 침묵은 의식을 멈추고 막혀오는 가슴팍은 뛰는 심장을 규칙에서 강탈시킨다.

'도대체 어떻게 된 거냐!'고 불호령이시다. 14시라고 대답하면서 얼른 작전계획표를 펼친다. 순간 내 눈은 불을 켠 고양이보다 더 노래지고 한밤중의 부엉이 눈망울만큼이나 부풀어 초점을 찾지 못하는 실명 위기 상태에 놓였다.

산돼지 같으면 시력이 낮아 대낮에는 잘 안 보인다는 변명을 할 것이며 인간은 언제나 자기 흔적을 남기고 싶은 존재이나 지금은 어디론가 얼른 사라지고 싶은 심정이다.

"저, 대대장님. 공수작전 낙하시간이 14시 30분이 아니라 4시 30분입니다."

어금니를 꽉 깨물어야 했다. 양 볼이 작살나는 순간이다. 바르르 떨리는 다리는 오줌을 쌀 법도 하다. 4자와 4자는 틀림없다. 1자가 문제다. 분주함속에 4시를 16시로 봐야 하는데 순간적 인식과 시각적 착각으로 14시로 본 것이다.

"뭐라고, 이 자식아!"

눈을 감았다. 대대장님의 성난 얼굴 안 봐도 환히 다 보인다. 지금 이 순간에서 나를 구출해줄 사람은 이 세상에서 아무도 없다. 여기에 있는 자연은 많은 대상을 풍부히 포함시키지만 나는 특별히 제외된다.

내가 생각해도 기가 막힌다. 졸병 한 마디 말로 거룩하고 신 같은 대대장님을 완전 봉으로 만들었다. 영하 30도의 살을 도려내는 차가운 바람은 배꼽을 쥐고 웃는다. 멍청한 지프차는 나를 비웃으며 차 안으로 열대식물을 무럭무럭 익힌다. 장비처럼 외치는 우레 같은 대대장님의 목소리는 내 가슴을 냅다 뚫고 언덕을 와락 무너뜨린다.

허나 대대장님의 속마음은 꼭 참관하고 싶겠지만 무려 두 시간을 기다리며 참관할 수는 없다. 왜냐하면 캠프에서 이 훈련과 상관없이 16시 30분에 종합작전회의가 있기 때문이다. 진즉에 16시 30분란 것을 알았더라면 16시 30분 회의는 다른 시간으로 분명히 변경했을 테니까. 대대장님의 가슴은 배 지나간 등대처럼 허전하실 게다.

"내려, 이 자식아!"

허허로운 벌판에 나를 던져놓고 지프차는 횅하니 지나가버렸다. 인생이 고통스러운 것이라면 지금의 나는 몸뚱이가 한 줌의 재로 사라진 장례식장의 혼 없는 영정사진이다. 외투 없는 홑바지 속으로 파고드는 칼바람은 인간이 갖는 어떤 정신적 의지라도 속속들이 복속시키고 급기야 마음은 무림고원을 떠도는 어설픈 신이 부르짖는 무의지적 관조로 향한다.

힘이 세다고 자랑하는 칼바람들만 모여 잔치하는 넓은 벌판을 걸어가다가 뻣뻣해지는 다리는 걸음을 멈춘다. 당면한 현재의 고통과 억압은 더 큰 고통과 억압으로 감내하려면 인간의 강력하고도 현명한 지혜를 발휘해야 한다고 떠들려면 내 앞에서는 말조심해야 할 것이다.

이제야 죽어가는 사람은 이해 못해도 자살하려는 사람의 심리는 알만하다. 죽고 싶어진다. 모든 것을 잊고 편히 쉬고 싶다. 지금의 심정을 아무리 생각해봐도 새로운 희망이 전혀 없는 누가 어설프게 그리다가버린 퇴색된 초상화일 뿐이다. 그래서 숨을 멈추며 죽음을 택한 사람도 이제는 기꺼이 사랑할 마음이 생긴다. 진즉 대대장님께 권총을 좀 빌려달라고 했더라면 얼마나 좋았을까.

하지만 죽고 싶은 절망이 있으면 살고 싶은 용기도 생긴다. 사망은 숨을 멈추면 간단히 끝나고 삶은 고통의 숲을 지나 하늘이 보이는 푸른 공중으로 막 탈출하면 생명을 건진다. 그래서 삶은 위대한 것이며 아무리 보잘것없는 생명이라도 살았으면 위대하다. 여기에다 용기와 신념을 더한다면 두려웠던 죽음까지도 사랑할 줄 알게 될 것이다.

일어섰다. 갈 때가 있는 목적이 있기에 걷는다. 슈퍼맨을 닮지 않는 보편적 유전을 가진 인간일 뿐 천재도 원치 않으며 내가 필요로 하는 작은 막사 내 자리로 향한다. 황량한 벌판이 아니라 자연의 즐거움을 독차지하면서 개인이 만든 전체가 아닌 전체 중에서 작은 하나로 충분하며 시원한 바람이 불어온다.

갑자기 하늘에서 비행가 소리가 들린다. 지축을 흔드는 육중한 무게의 굉음이다. 파란 하늘에 새카맣게 떠있다. 뒤꽁무니에서 작은 점들이 떨어진다. 저녁 무렵 집으로 날아드는 새 떼처럼 내려온다.

대대장님이 그렇게 보고 싶어 하던 낙하공수부대를 대신 내가 본다. 수도 없이 많은 공수부대의 웅대하고 찬란한 낙하 모습이다. 가슴이 울렁거리며 벅차온다. 인간 본질을 벗어난 보편이 아니라 특별한 울림이다. 정신없이 쳐다보니 어느덧 내 주위로 마구 떨어진다. 역사를 만들어내는 진짜 사나이들이다.

작전지역은 누구나 출입금지다. 작전지역 내에서 떨고 있는 나를 향해 흑인 병사들이 총구를 겨누며 뭐라고 고함을 지르면서 우르르 달려든다. 이렇게 엄청나게 큰 덩치는 처음 본다. 내 몸은 그들의 한쪽 허벅지밖에 안되겠다. 혹시 쏴 죽일까봐 두 손을 높이 번쩍 들고 양다리를 벌렸다. 온 천지가 흑인 병사다. 죽음의 공포가 눈앞에 오락가락한다. 무슨 말인지 안 통한다. 영어도 아니고 뭔 소린지 도대체 모르겠다.

후들후들 떨며 양손을 머리 위로 올리고 총구를 겨눈 체 작전지역통제소로 끌려간다. 백인 군인에게 조사를 받았다. 사정을 알아듣고 그들도 웃는다. 우리 캠프까지 데려다 달라고 요청했다. 그들은 흔쾌히 헬기로 데려주기로 약속한다. 남극 얼음의 우림에서 벗어나는 순간이다. 보라! 삶의 고통은 행복의 초석이 된다고 말하지 않았던가. 인생은 개인적 의지가 있었기에 삶을 맛보고 타인의 협력의지가 있었기에 내가 향하는 목적지로 쉽게 갈 수 있었다.

두 시간 반에 걸쳐 왔던 길을 작전헬기로 십오 분도 체 안 되 캠프에 도착했다. 머리끝까지 화가 나신 우리 대대장님은 공수부대 낙하 참관도 못하고 아직까지 오지도 않으셨다. 멍청한 졸병을 옆에 두신 죗값이다.

얼마 후 대대장님이 도착하셨다. 얼른 차문을 열어드렸다. 깜짝 놀라시며 눈을 둥그렇게 뜨시고 아래위로 쫙 훑어보시고 주춤거리시더니 아무 말씀도 없이 막사로 들어가신다. 속으로 생각하셨을 것이다. '저 자식 어떻게 나보다 빨리 왔을까? 도깨비 같은 놈이다.'라고 말이다. 설마 헬기를 타고 왔다는 사실은 꿈에도 모르실거다.

대대장님의 호출이다. 테레사 효과의 기적을 바라셨겠지만 이미 허탕이라 체념하시며 16시 반에 시작되는 종합작전계획보고를 받으신 후, 추위에 꽁꽁 얼어 새파래진 내 손을 보고 끼고 계시던 장갑을 벗어 휙 던져주시며,

"이 자식아! 장갑이나 끼고 일해!"

눈물이 핑 돈다. 자연으로부터 얻는 즐거움만 있는 줄 알았는데 상관으로부터 얻는 감동은 충성이 아니라 목숨조차도 기꺼이 바치는 비장의 즐거움이다. 음악은 진한 음률에 의해 감동을 주고 시는 상상력을 일깨우는 가슴 떨림을 말하고 인간의 의미심장한 말 한마디는 인생을 바꿔준다. 눈이 부리부리하고 괴력의 목소리를 가진 자이언트 상관은 알고 보니 조용히 저녁노을이 지는 템스강 변을 거니는 외로움에 지친 여행객이다.

우리는 직선으로 보는 시각보다 굴절과 곡선을 그리는 구석을 보는 습관을 가져야 사물을 올바로 볼 수 있다. 그동안 곧은길만 향해 달려왔던 나의 길에는 아무것도 보지 못했으며 구석을 볼 줄 아는 대대장님 손에

이끌려 상상력을 일깨워주는 아름다운 현실을 발견한 것이다.

아직도 자꾸만 직선으로 가려는 못된 야망을 버리지 못하는 바보는 외로움을 담보로 거룩하게 살아가시는 여행객 대대장님의 체취가 물씬 묻어나는 군용장갑 한 켤레를 더 훔치고 싶어진다.

할머니와 고모

 한사코 동구 밖까지만 바래다준다는 할머니의 목 메인 소리가 사립문을 나선다. 추석 때 친정나들이 온 둘째고모는 추석 전날 한밤중에 와서는 추석을 지내자마자 바로 떠나는 날이다. 아쉬운 마음에 할머니는 추석음식을 바리바리 넣은 보따리 두 개를 머리에 이고 손에 들고 마을 어귀까지만 데려다주겠다며 고모와 실랑이다.

 동구 밖에 서있는 커다란 느티나무까지 다다르자 할머니는 조금만 더 가자하며 마을 어귀를 훨씬 벗어난다. 천륜으로 맺어진 부모자식 간의 끈질긴 칡넝쿨처럼 질긴 모정은 행복과 불행이 교차하는 경계점에서 사랑하는 사람들만이 가슴에 피어내는 아름답고 애처로운 꽃이다.

 송림사 근처에 있는 고모 집까지 가려면 저 앞에 보이는 높은 도덕산을 끼고 돌며 하루 종일 걸어야 늦은 오후쯤이나 도착되는 아주 먼 거리다. 개울을 건너 한걸마을을 지나서 내가 다니는 서촌국민학교 앞으로 지나간다.

 고모는 할머니에게 이제 그만 돌아가라고 말을 하지만 할머니는 조금만 더 가자고 하시면서 이마에 땀을 흘리시며 허둥지둥 아무렇지도 않은 듯 앞서 걸어가신다.

 할머니 마음을 이렇게 여린 사랑으로 만드는 최초 동기는 어디서부터 시작되었을까. 아무리 찾아봐도 어릴 때부터 한낱 보잘것없는 초가집 안방에서 배고프게 키워온 맹목성뿐이다. 자식을 위해서 물 한 모금 마실 줄 모르는 보잘것없는 이 맹목이 오늘날 엄마의 가슴을 송두리째 흔들고 마음을 울린다.

 앞서 가던 고모는 뒤돌아서서 할머니 손에든 보따리를 달라고 하였으나 할머니는 우격다짐으로 그냥 가라고 하시며 굵은 힘줄이 퍼렇게 드러난 손등에 힘을 주어 꽉 쥐고 절대로 빼앗기지 않으려고 옆으로 흔든다.

하늘에는 맑은 구름이 아침햇살에 더욱 부드럽게 마르고 상리동네 앞 큰 바위 옆으로 흐르는 개울에는 가재가 살기에 정말로 안성맞춤이고 막 살지 않았는데도 막 살아온 것처럼 취급받는 바람은 우리 주위를 하릴없이 빙글 돌다가 예쁜 고모의 옆모습을 훔쳐보고선 산자락으로 휙 날아오른다.

할머니는 보따리를 쥔 손이 저려오는지 오른손으로 바꿔들고 머리를 힘껏 추스르자 이마에는 맺힌 땀방울이 떨어지는데 고모는 안타까운 마음으로 다시 한번 쳐다보지만 들판을 보며 나락이 참 잘 익었다며 딴청을 피운다.

살면서 사람들은 무엇이든지 양보 없는 필사적 경주를 펼친다. 앞뒤 모르는 욕망의 경주는 결국 자신의 가장 초라한 구석이 발각되지만 물 한 모금 맘대로 얻어먹지 못하는 이 야박한 세상에서 사랑이 물든 모정은 어떠한 일이 있어도 동기 없는 필사적 경주를 외면한다.

어느새 혹 지네가 많이 살고 있다는 도덕산을 뒤로하고 우리 동네와는 달리 모래가 많은 길을 자박거리며 걸어간다. 지금부터 내가 가는 이 길은 태어나서 처음 가는 길이다. 새로운 경치를 보는 마음속은 감미로움에 파랗게 물이 든다. 산자락에 서 있는 감나무도 나처럼 한 번의 나들이를 위해 몸을 움직여 발을 들먹이려는 생각을 하고 있을까.

시원한 갈바람이 불면 할머니의 누런 광목치맛자락에는 고모부도 없이 무섭기로 소문난 시어머니 밑에서 시집살이하는 체격이 작고 아담한 고모 걱정으로 근심을 풀풀 날리고 사각거리며 광목 스치는 소리는 사돈할머니께 무조건 빌어야 하는 딸 가진 어미의 무한복종의 목소리처럼 슬피 들려온다.

복종은 알건 모르건 나보다 힘 있는 자에게 매매가 아닌 무료로 드리는 최상의 선물이다. 힘 있는 자는 선물의 형평에 따라 보상을 정복자처럼 나누어준다. 주는 사람은 쥐를 가지고 노는 고양이이고, 받는 사람은 수혜자로서 언제나 허리를 피지 못하며 비벼대는 파리의 앞다리다.

"서 서방은 가끔 찾아 오냐?"

할머니는 결코 입을 열지 않겠다고 다짐했지만 불쑥 끄집어낸다. 바쁜 모양이라며 고모의 가느다란 한숨은 수년간 이십대 젊은 청춘을 짓누른 골바람이 되어 높은 도덕산을 기어오르고 흰줄무늬의 갈색 옷을 입은 다람쥐 한 마리가 알밤을 까다가 우리를 발견하고 안절부절 논두렁으로 숨는다.

우리 집에는 고모가 3명이다. 첫째 고모는 초등학교 졸업 후 대학 졸업한 고모부에게 시집갔고, 막내고모 역시 초등학교 졸업하고 고등학교 졸업한 섬유공장을 경영하는 부자 고모부한테 시집갔고, 지금 둘째 고모는 중학교 중퇴하고 박사고모부에게 시집갔는데 모두가 행복하게 살고 있다. 시골에서 막 자란 딸들이지만 내 딸 만큼은 누구보다도 어엿하게 결혼시키려는 굳은 마음의 의지가 여실히 보이는 대목이다.

박사고모부는 국립대학교 교수다. 미국과 일본에서 박사학위를 받았다. 신문에도 대서특필되었다. 그 당시 농화학부문에서 국내 최고권위자다. 이런 고모부를 더욱 성장시키려고 할머니는 소를 팔고 논을 팔아 고모부의 공부밑천을 대주었다.

그런데 불행히도 고모부가 일본에서 박사학위를 받을 때 일본여자를 사귀었다. 고모를 두고 이중결혼을 하였으며 본국으로 돌아올 때 그 여자도 함께 데리고 왔다. 그래도 할머니와 아버지는 고모부를 적극 이해하고 외손자 외손녀를 위해 심장을 도려내면서 고모를 형식상 이혼시킨 후 어린 자식 셋을 데리고 시어머니와 관계하면서 시골에서 살게 했다.

인간은 태어날 때부터 신이 만들어준 대로 살아간다. 이것이 운명이다. 불쌍한 인간은 거역할 수 없는 운명을 애써 바꾸려고 자신을 만들어준 그

신에게 매달린다. 허나 그것은 죽어서 다시 태어나면 몰라도 살아서는 불가능이다. 대부분의 인간은 자신이 필요할 때만 신을 찾지만 마음씨 곱고 불쌍한 고모는 그래도 신을 숭배하며 주어진 운명대로 살아간다.

해는 하늘 한복판에서 멈추고 그림자는 발밑으로 움츠린다. 한숨을 길게 내 쉬는 할머니는 쉬었다 가자며 보따리를 내려놓고 주섬주섬 먹을 것을 꺼낸다.

들에는 곡식이 누렇게 익었고 산에는 오색단풍이 또 다른 계절을 창조하는데 시장 끼가 깊었던 나는 부침개와 떡을 먹고 맑은 도랑물을 마시며 낭만을 그리는데 할머니는 못다 그린 딸의 그림을 다시 낡은 광목치마에다 그린다.

얼굴이 예쁘고 두뇌가 명석한 고모를 중학교라도 졸업시켰으면 그 작은 가슴에 무수한 꿈으로 가득 채워줄 수 있었던 지워진 원본을 자꾸만 그려본다. 할머니의 온갖 상상력은 배움의 한이 가득히 베인 하늘을 땅바닥으로 불러놓고 잘못 계약된 인생이라고 마구 따지신다. 한마디도 대꾸하지 않는 야박한 들바람은 그냥 휙 달아나고 흐르는 도랑물만 애처롭게 울음을 터트린다.

해는 어느덧 오후로 접어들면서 그림자는 다시 길게 늘어진다. 들녘의 누런 나락은 한해 결실에 만족하고 고뇌에 쌓인 할머니 가슴에는 무거운 보따리 생각보다 무엇으로도 묘사할 수 없는 빈 상자이며 어려운 현실에 덜 구애받는 나는 언덕에 새빨갛게 물든 작은 단풍잎이 나보다 한 살 작은 뒷집 영희 손바닥처럼 예쁘다는 사실을 알았다.

내리막길이다. 할머니는 정말로 힘이 하나도 안 드시는 모양이다. 끝까지 머리에 이고 손에 쥐고 걷는다. 가산산성으로 접어드는 삼거리 길목에 접어들었다. 위로 가면 산성이고 아래로 내려가면 송림사 절 바로 근처가 고모집이다.

가산산성으로 접어드는 길을 따라 높다랗게 보이는 산허리를 바라보시는 할머니는 잠시 발걸음을 멈추신다. 가산산성은 6·25 사변 때 치열한 싸움터였다. 적군과 아군이 한 데 엉겨 육탄전으로 수많은 목숨을 잃었던 곳이다.

스물한 살 꽃다운 청춘의 둘째 삼촌은 이 가산산성을 사수하기 위해 몸을 던져 전장의 꽃으로 피어났다. 대문기둥에 걸린 '충절의 집'이란 푯말 하나만 밤새도록 가슴에 묻고 지새는 할머니 얼굴에는 이제는 아무리 착각을 해도 좀처럼 신을 선택하지 않으신다.

윗길로 올라가면 삼촌이 읊어주는 슬픈 시의 핏빛노래가 들리고 아랫길로 내려가면 고모의 애달픈 마음을 달래주는 송림사 범종소리는 할머니 귀전에 내려앉았다가 은은히 퍼져나간다. 평생 잊지 않고 찾아오는 아들의 피의 노래와 외발로 버티는 둘째 딸의 잔잔한 마음을 언제쯤이나 환하게 웃으실까.

"엄마, 이제 다 왔어."

고모가 할머니 한쪽 팔을 잡으며 말한다. 슬그머니 딸의 손목을 움켜잡으시는 할머니 손가락은 금세 딸의 근심으로 꽉 배어 굵은 심줄이 울먹인다. 조금만 더 가서 주겠다며 할머니는 기어코 고모네 집 대문 앞까지 걸어가신다.

들어가서 잠시 쉬었다 가라고 고모가 말하자 할머니는 아니라며 얼른 들어가라고 하시며 들고 이고 온 보따리를 건네주고는 광목치마를 툭툭 털며 손사래 치시고는 발길을 돌리신다. 나도 덩달아 고모에게 인사를 하고 할머니를 뒤따랐다.

가다가 돌아보시며 얼른 들어가라고 손짓하지만 고모도 손짓하며 보이지 않을 때까지 대문밖에 서있다. 굽어진 길목에 이르자 할머니는 한참 동안 제자리에 서서 광목치마 한 자락을 올려 한이 흐르는 눈물을 자꾸만 훔치신다.

우리는 인생을 해석하지 않는 체 그대로 살아간다. 감정의 규칙 없는 눈물을 슬픔이라 하지 않을 때만 착각이 아닌 애처로운 사랑이라고 말해도 괜찮다.

바람이 불면 송림사 저녁 예불소리 낮은 골로 접어들고 산기슭바위에 하루 종일 놀던 구름은 이제야 툭툭 털고 일어선다.

"우리 손자, 다리 아프지?"

빙그레 웃으시는 할머니는 나의 머리를 쓰다듬으신다. 해는 서쪽으로 넘어가고 할머니와 나는 도덕산을 빙글 돌아 집이 있는 동쪽으로 향한다. 모정은 어둠을 두려워하지 않고 어떤 슬픔도 모두 감내한다. 어둑해지는 길에는 군데군데 고모 발자국이 찍혔고 할머니는 허리를 굽혀 그 찍힌 발자국을 애처롭도록 누런 광목치마폭에 주워 담는다.

교감

    초저녁부터 내리기 시작한 소낙비는 새벽까지 줄기차게 내린다. 한여름의 전주곡을 노래하는 장맛비다. 천둥은 번갯불로 잠들지 못하는 불안의 밤을 곱절로 흔들고 대낮은 태양의 결정력에 따라 이행되며 만물은 이에 따르는 행위능력만 잘 갖춘다면 자연의 불협화음은 사라질 것이다.

    피곤한 영혼을 깨워 폐부에 가라앉은 감성을 추스르며 손질하기에 여념이 없는 새벽 3시다. 언제나 그랬듯이 이미 산행 준비를 마치고 소낙비의 야릇한 감정을 온몸으로 음미하면서 대문을 열고 빗속으로 나선다. 비가 온다는 것은 사유의 충만으로 진위와 선악을 여유롭게 구별하고 계획된 산행은 내적 흥분으로 키우는 긍정의 인자로 작용하는 새벽이다.

    어느덧 날이 밝기 전에 홍천 가리산 입구까지 왔다. 오늘은 고약골까지 가려면 야시대리를 지나 큰 개울을 따라 비포장도로를 계속 가면 용민계곡이 나오고 다시 무지기를 지나 품결교를 넘으면 고약골이다. 춘천으로 넘어가는 험준한 산악길이다. 작년 대홍수로 허물어진 도로는 아직도 못다 정비한 체 또다시 쏟아지는 소낙비에 걱정이 된다.

    도로는 계곡의 원리대로 설계되어야 한다. 인위적으로 물 구배를 만들고 땅을 파대는 행태가 또 다른 홍수라는 재난을 겪게 될 것이다. 따라서 대자연의 원리에 따르는 순종과 복종만이 존재할 때 자연도 정직하게 요구되는 만큼 인간에게 유의미한 선물을 줄 것이다. 자연은 언제나 부정도 긍정도 없이 저만치에서 우리를 바라보고 있으며 우리는 자연이 허락하는 발걸음만큼만 다가가야 할 것이다.

    고약골에는 하늘이 보이지 않을 정도로 울창한 수림이다. 묵중한 나뭇잎들은 곁가지 하나 보태지 않은 원시림 그 자체이며 대낮인데도 햇빛이 스며들지 않아 사방이 어두컴컴하다. 태곳적부터 저만치 있는 산은 언제나 그 자리에만 존재하지 인간들에게 오라는 손짓 없고, 가라는 법도 없다. 그래서 자연은 변함없는 자연 그대로인데 구분을 좋아하는 데카르트는 산은 잘 몰랐던 모양이다.

산을 오르는 단 한 가지 이유는 옳고 그름을 선별하는 능력이 아니라 마음을 잃어가며 도시를 건너뛰지 못하는 외로운 존재에게 한 줌 빛의 필요성과 신의 경계를 벗어나 선과 악이 평형 되지 않는 세계에서 사물식별 능력을 섬기지 않아도 되는 마음 하나 찾겠다는 것일 거야.

인간은 밤중에 형체조차 어렴풋한 작은 반딧불처럼 바람 부는 데로 날아다니고 타고난 능력도 자질도 필요치 않는 뱀이 송곳니 맹독만 자랑하듯이 자연의 절대자를 직관적으로 보는 인식능력조차 없이 서투른 직립보행만 으스대는 단순 미물에 불과하다.

이 순간도 심參을 담는 가슴은 걸을 때마다 빈 북소리만 울리고, 빗물에 사라지는 발자국을 보며 과거가 필요 없는 세상이라고 외치는 산객은 이율배반으로 심이 있을만 한 숲을 뒤적거린다.

숲속은 텅 비어있는 것처럼 보이나 나뭇잎 하나하나 들추면 아름다운 마음과, 도덕, 그리고 정연한 질서가 담겨있는 꿈의 궁전이다. 상념을 버린 혜안의 눈을 가진 자가 아니면 가까이 접할 수 없는 존재의 세계다. 심을 찾으려는 열정이 보편적 욕망에 물든 맹목이라면 새벽부터 오르는 시간은 누구에게는 망각일 뿐 빛을 보았다 해도 가슴열지 못하는 굴절의 메아리일 뿐이다.

내리던 비는 그치고 뚝뚝 떨어지는 빗방울소리만 조화롭게 들린다. 숲은 조용히 침범하는 물안개에 휩싸여 한치 앞도 구분할 수 없어 차라리 저 큰 바위에 앉은 가난한 신선에게 김밥 한 줄과 김치 한 조각을 내밀고 바둑을 두는 무릉도원이나 한번 개업해보자고 하면 어떨까.

본디 인간은 인간일 뿐이며 본능을 개량한 의식영양에 따라 상품과 불량품의 차이만 있다. 조물주는 하루 종일 심심해서 인간이란 장난감을 만들어 놀면서 관조라는 어려운 책을 읽다가 이해를 못해 비겁하게 인간들이 말을 듣던 안 듣던 간에 뱀들을 앞세워 우주 밖으로 던지겠다는 위협을 지금까지 한다는 거야. 이런 조물주를 오늘도 어떻게 할 방법이 없으니 그냥 넘어가자.

조물주는 의미 없는 이상한 풀을 산삼이라 속여 목숨 거는 인간 모습에서 무엇을 더 희열을 느끼려는가. 인내니 고뇌니 하는 필요치 않는 목줄을 풀어주고 정당한 사고를 실현화하라는 헛된 손가락질을 멈추길 바란다. 지금도 당신 때문에 땀에 범벅이 되어 기슭을 오르고 있다.

안개를 헤치고 계곡을 지나 비탈진 숲 속을 걷다보니 눈앞에는 이미 누군가 앞서간 흔적이 선명하게 나타났다. 불과 몇 분 전에 지나간 발자국 흔적이다. 이 깊은 산속에서 나 말고 또 누가 빛을 훔치려 왔단 말인가.

고요했던 감정은 건전하지 못한 본능의 적의를 내뿜는 야욕으로 절대 승리를 예고하는 단독 범행을 저지른다. 앞선 흔적보다 더 위쪽으로 급히 방향을 틀었다. 지금까지는 다양성으로 보던 넓음이 상대성에 의해 다급하게 좁혀진다. 멈춘 시간은 텅 빈 공간으로 나를 재빠르게 이끌고 나간다.

앞으로 급히 달려가면 낯선 흔적은 또 앞선 흔적을 남겼다. 발자국을 조심스럽게 살폈으나 어지러운 흔적만 남겼을 뿐 선명하지 않다. 이렇듯 오전 늦게부터 시작된 욕망의 질주는 오후 늦게까지 계속되었다.

낯선 발자국은 언제나 나보다 한 발 앞선다. 알 수 없는 발자국보다 앞서야 한다는 경쟁심에 불타는 욕망은 정신과 마음을 앗아갔다. 번뜩이는 나의 눈빛은 심을 빼앗기지 않으려는 굵은 정신줄에 묶어 달린다.

외진 심산에서 마음 하나 독하게 다잡은 욕망으로 다시 기슭을 오르려는 순간 눈앞에 확 들어오는 뚜렷한 발자국을 발견하고는 마른번개를 동반한 무성의 천둥이 가슴을 후려치자 온몸은 사시나무 떨듯 머리가 섬뜩해진다.

어른 손바닥보다 더 큰 짐승 발자국이다. 진흙에 선명하게 콱콱 찍힌 발자국은 심장을 멎게 하고 온몸에 힘을 모조리 빼앗는다. 흔적은 인간 이상의 야욕을 가진 교활하게 위장된 우월한 짐승의 표시이며 나는 먹잇 감으로 유인된 한 마리의 힘 잃은 동물이 되어 그가 원하는 목적지까지 걸쳐놓은 계략에 완전히 말려들고 말았다.

사방천지 검은 기운만 감도는 숲에서 이미 표적된 나를 한 치의 빈틈없 이 노려보면서 공격해 올 것은 뻔하다. 대사를 까먹어 극적 수법으로 무 대를 바꾸는 장면도 허용 않는 절망의 배우다. 고요에서 빗방울이 어깨에 떨어지면 싸늘한 얼음덩이가 되어 등골을 깊숙이 타고 흐른다.

불안에 떨며 좌우를 두리번거리는 순간 20m 정도 떨어진 덤불 속에서 주먹만 한 파란 불빛 두 개가 내 눈동자와 마주쳤다. 온몸이 떨리며 머릿 속은 아무 생각이 없다. 이야기책 속에는 무서운 짐승을 만나면 가슴 조 이며 흥분된 기분을 여러 가지로 묘사한 것을 보았는데 모두 거짓말이다.

삶과 죽음의 문턱에서 겨루는 잣대는 극적 수법이 될 수 없다. 누구에 게 의지할 수도 없다. 심장이 떨어져 홀로 죽어가는 무반응의 식물인간이 다. 떨면서 시선제압에 사활을 건 긴박한 싸움도 아니다. 몸 떨리는 무한 의 시간만 흐른다. 훗날 내가 산다는 확신만 있었더라면 더욱 멋들어지게 대적했을 것이다. 아무 생각 없이 그 눈동자를 그냥 쳐다만 본다. 무념의 상태에서 그저 바라보기만 할 뿐이다. 공격성의 대적도 아니며 절망의 눈 동자도 아닌 그저 망부석처럼 서서 어둠속의 있는 파란 불빛을 초연히 보 기만 할 뿐이다.

그런데 갑자기 덤불 속에서 초록색 불꽃이 쭈룩 흘러내렸다. 보이지 않 는 꼬리를 내리며 눈을 깜빡이는 순간일까. 싸울 의사가 없으면 먼저 꼬 리와 눈을 내리는 것이 상대성 법칙이다. 순간 암흑의 터널을 빠져나온 내 눈의 광채는 새로운 세계를 향하는 빛의 고함일까.

극심한 두려움은 정상적 생명기능의 범위를 벗어난 불규칙상태의 활동을 말하며 나아가 생명기능정지를 도와 회복불가능으로 이끈다. 불안의 공포는 당면한 죽음보다 더 잔혹하다. 이제야 몸이 두렵다는 것은 사실이나 죽음이라는 절망에서는 초인적 용기가 솟는다.

나를 잡아먹으려고 이곳까지 유인해온 덤불 속의 정체는 이제 헤치지 않을 것이라는 확신이 든다. 불안의 공포가 조금씩 가라앉는다. 심장의 고동은 규칙을 찾아가고 마음은 친밀의 교감까지 준비한다.

뒷걸음질 친다. 눈을 마주하며 치는 뒷걸음은 패배가 아닌 직선상에서 행하는 떳떳함이다. 그러나 몸을 돌려야 내려갈 수 있는데 도저히 등을 보이기가 어렵다. 몸을 돌리는 순간 돌변으로 움직이는 더 큰 공포가 엄습하기 때문이다.

눈을 감고 천천히 생각을 버린 자세로 몸을 돌렸다. 등을 보이는 순간 몸은 적군에게 맡기는 운명이다. 죽음을 불사하는 결단과 놓아버린 상념으로 몸을 돌린 인간은 생명외경의 포기일까? 짐승의 믿음일까? 계곡에서 들리는 웅장한 물소리는 산을 흔들고 심장은 몸 밖으로 튀어나와 눈에는 알 수 없는 눈물로 범벅이 된다.

어쩌면 짐승도 인간과 조화로운 악수를 원했기에 나를 초청하지 않았을까. 잠시나마 실체적 교감을 원했던 짐승은 아직은 인간과의 비현실적 세상의 비린 냄새를 맡은 체념의 꼬리를 내리며 눈을 깜빡였을지도 모른다. 지레 겁을 먹고 살려는 의지로 일관한 초라한 인간에게 또다시 교감에 실패한 짐승은 염원했던 소망을 버리고 자신이 생각해낸 세계로 돌아가 다시는 나타나지 않을지도 모른다.

비가 억수로 내린다. 오늘 같은 날이면 다시는 보지 못할 덤불 속에서 교감을 원했던 정체모를 짐승의 실망이 묻은 파란 눈망울을 어지러운 빗줄기 속에 그려본다.

파계破戒 ─────────────────────────

"이놈아, 왜 절에 와서 머리를 깎으려 하느냐!"

쩌렁쩌렁 울리는 주지스님의 목소리는 짙은 숲의 향내를 품고 자유롭게 나르는 산바람이다. 산바람은 대웅전을 한 바퀴 돌아 석등에 촛불을 켠 다음 법당으로 들어와 부처님 앞에 흐느끼는 젊은 여인의 가슴을 파고드는 질책의 말머리다.

사바세계娑婆世界에서 화두話頭를 얻으려고 사문寺門으로 들어오는 중생은 무수히 많지만 견성성불見性成佛로 가는 중생은 드물다 하여 주지住持스님은 불가佛家를 피안彼岸의 도피처로 삼는다면 도道는커녕 자신을 버리는 단송세월斷送歲月만 보내기 십상이라 좀처럼 대면치 않으려하신다.

"돌아가거라."

득도得道의 길로 오르려는 자는 자신이 투명하게 보이지 않을 때만 가능한 일이며 그렇지 않으면 자신을 두 번 내치는 죄악이다. 무의미로 머리카락을 자른다는 것은 쓸모없는 일이며 머릿속에 꽉 찬 유애有愛가 마음으로 쏟아질 때 삭발해야만 비로소 절 방에서 퍼지는 북소리 따라 몰아沒我의 경지로 인도될 것이다.

"인연 따라 왔느냐?"

스님의 심계心界에서 나오는 간명직절簡明直截 물음에 여인은 '네'라는 짤막한 직절간명直截簡明 대답이다. 선재善財는 깨달음을 위해 53명의 선지식善知識을 차례로 찾다가 마지막으로 보현보살을 만나 진리의 세계로 들어갔는데, 여인은 손바닥으로 눈을 가리고 하늘이 보이면 손을 내리라는 스님 말씀에 집착이 묻은 눈은 거미줄처럼 얽혀 아무것도 보이지 않는다며 구도求道의 길로 합장合掌한다.

"너를 버릴 수 있느냐?"

천하의 만물은 무비선(無非禪; 선 아닌 것이 없고)이고 세상만사는 무비도(無非道; 도 아닌 것이 없다)라 했거늘 진의眞儀를 향하는 수도자는 생명외경生命畏敬의 발심發心이라 머리를 깎고 피안彼岸을 오르는 고행을 온몸으로 보시報施하지만 삭발한 다음에도 인연을 떨치지 못해 아비지옥阿鼻地獄을 향하는 굶주린 아귀餓鬼의 유혹에 재주도 행운도 없는 파계破戒의 구도자들에게 계율戒律은 엄청난 부끄러움일 것이다.

나를 찾는 일은 나를 버리는 일이다. 껍데기 속에 들어있는 오장육부를 모두 버리고 미혹迷惑을 소멸하고 보리菩提를 성취하는 즉 지혜를 담는 그릇이 바로 자신의 몸이란다.

버리는 것만큼 담아내는 지혜는 자신에게만 달려있는 지식이 아닌 마음의 연당蓮塘이며 숨을 막고도 내 설 의지를 버렸을 때야 비로소 나는 나의 것이 아니란 주지스님 말씀에 여인은 묶었던 머리를 풀어 내린다.

"눈을 감아라."

삼천대천세계三千大千世界로 가는 길이다. 비운마음은 수행修行의 최고단계로 정정定을 이루어 형상形象마저 벗어난 무색계無色界의 단계로 접어들면 번뇌의 장벽을 허물어 만물이 훤히 보이는 피안彼岸의 세계가 나온다고 불가佛家에서는 말한다. 그 깨달음의 세계를 볼 수 있는 눈은 미혹迷惑의 차안此岸에서 피안彼岸의 언덕으로 오르는 자만이 볼 수 있다.

폐부 깊숙이 마음을 삼키던 여인의 가녀린 눈물방울을 기어이 소맷자락에 뚝 떨구며 차마 끊지 못하는 연이 매달린 머리카락 떨어지는 소리를 애써 외면하는데 어깨는 들먹이고 법당法堂의 촛불도 부처님 몰래 눈물로 녹인다.

숨죽이며 바라보던 하얀 달은 목련가지에 걸린 체 오도 가도 못하고 스님의 목소리로 켜놓은 석등石燈은 바람에 흔들리다가 대웅전大雄殿 어간문 닫히는 소리에 조용히 허리 숙이며 수행修行은 받는 것이 아니라 불빛처럼 베풀어주는 것이라고 말한다.

숨으려 하지 않고 자신의 모든 허물을 드러내어 조용히 잿빛 승복으로 갈아입은 젊은 여인이 아닌 비구니比丘尼는 눈을 감으며 아직도 남에게 받을 것이 남아있는 끈질긴 연을 부끄럽게 버리지 못한다.

깨달음이 무엇인데 인연을 끊어야 할까. 깨달음은 곧 불살생不殺生이라면 너도 나도 죽지 말라는 것일까. 나를 죽여야만 깨달음을 얻는다면 어이 죽지 않고 깨달음을 오를 수는 없을까. 생사 밖의 생을 위해 고통의 언덕에서 나를 내처라는 뜻일까. 비구니比丘尼 된 여인의 가슴은 아직도 고해苦海의 바다를 건너지 못하고 있다.

"던져 버려라!"

마음을 열고 던지지 못하면 아무것도 쌓아둘 수 없는 꽉 찬 번뇌의 방이 될 것이나 자신이 들어갈 수 있는 빈 방은 오직 자신이 비워낸 몸뚱이뿐이다. 아직도 갈 길이 닿지 않았나. 무념으로 떠나지 않는 길은 무념으로 거두어들이기는 너무나 얇은 가슴의 비구니는 그 끝을 어디에서 찾을 수 있을까.

'소로'는 지혜의 가르침에 따라 단순하고 독립적이고 아량과 신뢰가 있는 삶을 살기 위해 지혜를 사랑하는 것을 의미한다고 말했으며 이것은 지혜를 찾아내기만 하면 다른 것은 저절로 얻게 되리라고 확신해도 좋다는 말을 비구니는 이 밤이 지나면 받아들일 수 있을까.

하얀 달빛은 법당 문틈으로 불향佛享을 내리고 피안으로 흘러가는 계곡물은 목탁木鐸소리를 담아 하늘높이 퍼 올린다. 마음을 버린 을야乙夜의 빈 절은 고뇌 밖의 도리를 끌어낸 불법으로 가득 차있다.

몸 안과 밖의 도리를 깨우치면 고통의 사슬로 묶였던 마음은 사라지고 죽었던 목숨이 되살아나는 잿빛 승복의 오묘한 비밀을 풀기 힘든 비구니를 가엾이 여겨 세속의 정을 품을 수 있는 불교 말고 또 다른 종교는 없을까.

"무간지옥無間地獄으로 가는 길이 보입니다."

시주施主가 주는 음식을 먹으면서 인과因果를 무시하고 집착을 버리는 수행을 못 이긴 비구니는 고하苦河에서 벗어나려고 석탑을 돌고 또 돈다. 보름달이 열 번씩이나 바뀌어도 세속의 질긴 악연에 묶인 비구니가 산목숨을 버리도록 만든 언덕에서 고깔을 벗고 소沼에 몸을 던진다면 마냥 보기만하는 만卍 자의 불살생不殺生 참뜻은 무슨 의미가 있느냐고 외치는 번민과 사계절을 보듬고 소沼에서 고운 연緣을 품은 연꽃의 알 수 없는 사유思惟도 함께 알아봐야 할 것이다.

"거기에서 못 빠져나오겠느냐!"

중심中心은 눈물과 웃음이 하나로 보일 때 삼매경三昧境에 이르고 불행이 행복을 일구는 밑거름이 되면 고뇌의 바닥에는 눈을 틔우는 맑은 정신이 깨어나 깨달음의 지혜를 얻는다고 했다.

사바娑婆에서 아담한 꿈 하나 피울 수 없어 불국佛國의 길을 도피처를 삼은 여인은 기어이 비구니가 되지 못해 부처님은 세속으로 회귀하는 불귀의不歸依로 돌려보내는 작은 문을 열어놓는다.

인간은 아무리 인연의 사슬에 묶여도 고뇌의 방에서 마음의 정定을 보기만 하면 만사가 귀의歸依라는데 여인은 깨닫지는 못해도 의미 있는 비구니가 될 것을 내심했지만 파계破戒로 향하는 사유는 어디서 오는 것일까.

"파계무참破戒無慚이야."

계율을 어기고도 부끄러워하지 않아도 된다는 주지住持스님의 인연을 여인 앞에 놓고 어간문御間門으로 나섰으며 비구니比丘尼는 빈 몸이 되지 못한 육신을 미혹에서 깨어날 수 없는 고통을 들고 초경부터 오경이 지나도록 부처님 앞에 엎드린다. 불법의 마당에는 누구나 다 만날 수 있는데 왜 자신만은 만날 수 없을까.

달빛은 산등성이에 고뇌를 넘는 법고法鼓를 내려주면 풀잎들은 각양각색으로 받들어 뿌리까지 내리는 삶의 본질을 깨달으며 번뇌로부터 빠져나오는데 시간이 흐를수록 자신을 만날 수 없는 비구니는 범종소리에 귀막은 새벽을 놓치는 농인聾人을 택한다.

인연을 떠나 무위無爲로 가는 길은 멀어지고 만유萬有를 보려는 눈도 감으며 스스로 아비지옥阿鼻地獄을 향하는 꿈 깨지 못한 비구니는 마침내 유아독존唯我獨尊을 외면하는데 부처님은 관조만 하신다.

"일주문一柱門으로 나가거라."

들어왔던 일주문으로 부끄러움 없이 인도되는 스님의 아량이다. 불법佛法의 길은 인도하는 것이 아니라 천상천하天上天下를 알고 깨달음을 얻으면 유아독존唯我獨尊 곧, 자기가 부처가 되는 길이다.

유위流議로 얽힌 비구니는 스스로 고해苦海를 담보하며 부처님께 마지막 합장을 올린다. 우리는 꿈보다는 마음이 가자는 데로 가야 할 때가있다. 불법이 모인 모든 지경地境에서 높낮이를 버리면 최고자리에 설 수 있으며 그 자리는 자신의 세계이자 마음의 중심인 만卍 자라는데 비구니는 내려놓는다.

밤은 깊어지고 보름달은 여인을 데리고 대웅전을 나선다. 돌계단에 벗어놓은 잿빛 승복과 하얀 고무신은 달빛이 내려앉아 온기를 더듬고 불 꺼진 석등은 어둠에서 침묵한다. 비구니를 버리고 속세를 찾아가는 여인이 되어 일주문을 마다하고 서쪽 문을 나서고 인경소리는 밤바람과 함께 배웅한다.

변화하는 인간의 심성心性 아래 세상의 중심이 있고 그중심은 자신과 세상을 이끌어가며 종교는 이성적理性的 해득解得에 초탈超脫해 있으므로 말과 생각과 행동에 집착執着하지 말라고 불가에서는 말했다.

세상만물 모두가 부처님 깨달음으로 인도되는데 연 하나 못 끊은 발자국 소리에 목탁소리는 멈추고 밤이 펴놓은 달 길을 밟으며 구름집 고개티 너머로 내려가는 길옆에는 여인을 닮은 목련 한 송이 첫 움을 틔운다.

우연偶然은 운명運命이 될 수 없으며 실체하지도 않는다. 운명은 깨달음보다는 고통의 소산물로 파생되어 파란만장波瀾萬丈한 물결에도 소박하게 떠있는 연蓮의 한 송이 소임所任으로 족할 것이다.

　보름달은 얽힌 가지를 벗어나 못다 비춘 만물을 환하게 비추고 밤새도록 웅성거리던 산골은 다시금 괴괴함에 젖어들어 산사山寺는 아무 일없다는 듯이 조용하다. 앞산을 넘어온 오경五更은 안개를 쓸어내리면서 범종을 불러 새벽을 깨우고 이슬은 맑은 아침을 준비한다.

한강漢江 ─────────────────

나는 백두대간골격이며 한강발원지인 태백대덕산 금대봉에 위치한 물의 전설 검룡소儉龍沼에서 태어났다.

어릴 때부터 넓은 도회지로 가는 꿈을 자주 꾼다. 꿈은 천연적 존립의 염원이며 신세계로 향하는 출발점역出發點役인 동시에 환희의 대모험이다. 소매를 잡는 부모님의 손을 만류하고 집을 나섰다. 콜럼버스는 산타마리아호를 타고 아메리카대륙을 발견했지만 나는 검룡소 명품의 물로서 흐름의 사명을 안고 바다를 향해 당당하게 흐른다.

처음 보는 들녘과 뭉게구름의 신천지환상에 계곡을 곡류하다보니 뱀이 몸을 비틀며 튀어나올 듯한 형상인 사행천까지 왔다. 사행천은 멋진 절벽과 깨끗한 백사장에서 놀다가라며 대관령으로 등산 가는 황병산을 소개한다.

목축업을 하는 황병산은 신선한 우유를 내밀고 험준한 석병산에서 왔다는 임계천이 나를 모시겠다며 고개를 꾸벅인다. 머뭇거리며 오는 오대천은 월정사에서 예불을 드리다가 보호어종인 열목어를 천렵한 것이 발각되어 쫓겨났단다.

봉평 메밀밭에서 시골냄새 나는 천川 자를 버리고 강江 자로 개명한 평창강이 220㎞나 되는 거만한 몸으로 주천강을 만나자마자 만나기 전에 곡류를 이용해 한반도 모형을 자기가 만들었다고 자랑을 한다.

주천강은 태기산에서 술에 취해 얼떨결에 평창강과 이름을 서강으로 바꾸고 오대산에서 수달과 버들치를 데리고 온 동강을 만나 함께 남한강 상류라고 으쓱거리며 주천이 자기소개를 한다.

옛날 주천에는 술 솟는 바위샘이 있었는데 양반이 오면 청주가, 천민이 오면 탁주가 솟았다. 한 천민이 양반 옷을 입고 왔는데 바위샘은 금방 알아차리고 탁주를 주자 화가 난 천민은 바위를 부셔버렸다. 그 후부터 술 대신 맑은 물이 흘러나와 강이 되었다고 자랑삼아 말하는데, 김삿갓에게 시를 배웠다는 옥동천이 탄광을 나왔다며 함께 가자고 사정을 한다.

이렇듯 나는 골지천 등 여덟 명의 친구들과 함께 남한강이란 이름으로 점잖게 흐르며 충주호에서 일박하는데 선비 차림의 단양천이 팔경에서 놀다가 형님들 마중을 못해 죄송하다며 허리를 굽힌다.

드디어 충주호에 왔다 충주호는 면적 67.5㎢, 높이 97.5m, 길이 464m, 저수량 27억 5000t이나 되는 1985년 충주댐으로 인해 조성된 인공호수이다. 소양호[29억t] 다음으로 담수량이 크며 경관이 뛰어나고, 붕어, 잉어 등의 여러 어종이 풍부하다며 안내자는 소개한다.

충주시를 벗어나는데 치악산에서 제천천이 아장아장 눈웃음치기에 볼을 한번 쓰다듬는데 속리산에서 도를 닦다가 수달을 잡아먹어 파계 당한 까까머리 달천이 울면서 내려온다. 태기산에서 산삼을 먹고 왕성한 힘으로 협곡을 두드리며오는 섬강에게 달래도록 했다. 달천은 오누이 전설의 주인공 달래강이며 탄금대에서 우륵이 가야금으로 망국의 한을 달래고 제자들에게 노래와 춤을 가르쳤다는데 어쩌자고 여기서 수달을 잡아먹었는지 모를 일이다.

저 앞에 경기남부지역에서 관개수원으로 일하다가 명예퇴직했다는 여주의 지방공무원 청미천이 악수를 청한다. 옆에는 양화천이 땀을 흘리며 쌀 한 포대를 지고 온다. 이천 마옥산에서 발원한 양화천은 충적평야의 발달로 유명한 이천 쌀 생산지라고 하며 쌀 포대를 내민다.

양화천과 형제처럼 흐르는 복하천이 지방하천의 설움을 벗고 국가하천이 됐다고 기뻐한다. 허나 과거에는 쌀을 실으려 남한강을 통해 드나들었지만 지금은 수량이 줄고 하상이 높아 운행하지 못한다며 눈물을 글썽인다.

강바닥에 돌이 흑색이라 얼굴까지 검다고 양평에서 왕따가 된 귀여운 막내 흑천도 함께 데리고 양수리 쪽으로 향한다.

태백산골에서 태어나 영월을 비롯한 충북 동북부와 경기남부를 돌아다니다가 희로애락을 겪으며 충주호에서 목욕재계하고 수종사가 내려다보는 양수리로 흘러들 준비를 한다.

지금까지 내 이름을 남한강이라고 불렀다. 흘러오면서 자란 키가 무려 375㎞이며 몸 둘레는 12,577㎢에 달한다. 거창한 몸매와 위용을 갖춘 태백 촌놈이 무진장 출세했다는 말이다.

내일은 양수리에서 북한강을 만난다. 혼자 하는 삶은 공허할 뿐 보람도 갖지 못하고 남에게 내세울 자신도 없다. 인생은 충분한 배려와 공평을 함께 하면서 선의의 다툼으로 성장한다.

날이 밝자 북한강이 환한 모습으로 내려온다. 제일 앞선 사람의 얼굴이 낯익다. 알고 보니 6·25전쟁 때 잃어버린 동생이다. 우리는 얼싸안고 눈물을 흘리면서 자초지종 얘기를 한다.

괴뢰군 등살에 못 견딘 동생은 금강산 옥발봉에 숨었다가 열목어, 황어가 많은 금강천을 데리고 오다가 매제가 통신장교로 근무했던 장바위산에서 온 금성천을 만나 남하하는데 또 다른 탈북자 금강천과 함께 화천읍에 초병을 서는 평화의 댐에서 귀순의사를 밝혔다.

남한을 수장시키겠다는 북괴 임남댐 수공을 막기 위해 국민성금으로 건설했다는 평화의 댐. 그래서 항상 물을 비워야 하는 비운의 댐에서 묵념을 드리고 파라호로 내려왔다.

동생보다 훨씬 동쪽 비무장지대 가칠봉을 넘어 북한을 탈출한 수입천이 철조망에 걸려 다리를 다쳤지만 다행히 서천의 도움으로 함께 파라호로 내려온다.

파라호에서 6·25전쟁 시 공산오랑캐 3만 명을 수장시키고 형체도 없이 죽어간 수많은 국군들의 넋이 편히 잠들길 묵념을 올리고 금강천, 금성천, 수입천, 서천을 데리고 춘천호에 도착하여 낚시꾼들이 쏘가리, 붕어 잡는 구경을 하며 춘천시가지를 둘러싸고 있는 의암호에 들어섰다.

1·4후퇴 시 피난 온 고성의 민북천과 속초의 북천이 형제처럼 내려오고 멀리 홍천군과 인제군을 기웃거리는 내린천도 단록령에서 오는 방대천과 서린천을 앞세우고 민북천과 북천을 만나 멋진 풍광을 자랑하며 소양호 북단에서 오랜만의 회포를 푼다.

전시에 행불된 사촌동생이 내린천에서 살다가 평화의 댐에서 우리가 왔다는 소식을 듣고 소양강을 따라 급히 내려와 의암호에서 두리번거리다가 대뜸 피를 나눈 가족임을 알고 부둥켜안으며 엉엉 울었다.

펜팔로 사귄 청평호 누님께서 매운탕을 끓여놓고 기다리신다는 기별이 왔다. 서석에 살고 있는 홍천강 조카도 온다. 조카는 팔봉산을 돌아오며 낚시꾼들에게 배스가 많이 잡히는 곳을 가르쳐주곤 한단다.

내일이면 꿈에도 그리던 남한강에서 형님과 친구들을 만난다. 현재까지 내 키는 15,586㎞이고 몸의 넓이는 북한을 포함하여 약 11,343㎢이며 양수리 합류지점까지의 이름은 북한강이었으며 한강의 제1지류 중 가장 긴 하천이다.

우리는 양수리에서 만났다. 인생이란 사는 것이며 사는 일만큼 즐거운 일은 없다. 이 즐거움을 우리는 언제나 함께 할 것이다. 두물머리에서 당산제를 지내고 한강이란 새로운 이름을 내려 받았다.

지금부터 내 이름은 위대한 한강이다. 한강이란 옛 부터 큰 물줄기를 의미하는 '한가람'에서 비롯됐다. 즉 큰 강이다. 삼국시대는 대수 또는 아리수라고 불렸고 백제가 동진과 교류할 그때부터 한수漢水 또는 한강漢江이라 불렸다.

미국의 미시시피강이나 영국의 탬즈강보다 더 아름답고 의미 있는 이름이다. 조상 대대로 이어온 이름에 영광을 부여하며 최선을 다하는 진정한 강물이 되어 흐를 것이다.

명색이 낙동강, 금강, 영산강 등과 4대 큰 강으로 불리는데 나라의 체

면을 위해 미국 테네시강의 월슨댐을 능가한다는 생각에 팔당다목적댐을 만들었다. 총저수량 2억4400만 톤의 물을 저장하여 식수와 수력발전, 관계, 유량조절, 공업용수 등의 여러 목적으로 이용할 수 있도록 했다.

팔당대교에서 많은 민물고기들과 놀다가 용인에서 오는 경안천을 데리고 미사대교를 건너면 포천, 남양주, 구리의 건달 왕숙천을 째려보고 강동대교에서 손 씻고 광진교 기능을 대신한 천호대교에서 잠시 쉬노라면 고덕천과 성내천이 커피를 건넨다.

제24회 서울올림픽개회를 기념하며 국내 최초 콘크리트 사장교斜張橋 형식의 올림픽대교를 어루만지며 잠실철교에서 잠시 기대다가 도심의 인구를 외곽으로 분산 균형 있는 도시 발전에 거장 잠실대교에 경례하고 청담대교를 지나면 비 오는 영동대교에서 탄천과 양재천이 우산을 들고 기다린다.

붕괴 참사를 빚은 성수대교에서 묵념하고, 지하철 3호선과 복합교량을 자랑하는 동호대교와 경부고속도로 진입관문 역할을 하는 한남대교를 건너면 반포대교와 물에 잠기는 잠수교에서 반포천이 어깨를 주무른다.

우리나라 최초 병용교량인 동작대교를 지나 인도교와 아름다운 6경간의 타이드아치인 한강대교에서 상념에 빠지다가 노량대교와 경부선의 동맥인 한강철교를 지나면 안양천이 헐떡이며 내려온다.

천천히 원효대교, 마포대교, 서강대교, 당산철교, 양화대교를 지나면 김포공항에서 오는 손님맞이 성산대교가 보인다. 조금 쉬다가 가양대교, 마곡철교, 방화대교, 신행주대교, 김포대교를 지나면 고양에서 흘러나오는 조카 곡릉천을 앞세우고 일산대교를 지나면 총 31개의 다리를 건너고 공산독재에 견디다 못해 마식령에서 탈출한 임진강을 데리고 대망의 서해로 가면 나의 임무는 훌륭하게 완수된다.

인생은 흐른다. 흐름에서 의미를 찾는 환희는 혼돈과 다투지 않는다. 수억만 년 전부터 조상님들은 한 치의 거슬러 오름도 없이 흐르기만 하면서 달관된 인생을 살아왔다. 삶은 흐르면서 생명과 빛을 태동한다.

　바위에 앉아 진실과 허구를 어설피 논하지 말고 그냥 풍덩 뛰어들어라. 모든 것이 단숨에 환히 보일 것이다. 그래서 인생은 흐르는 것이라 하지 않던가.

뱀

조물주가 뱀을 만들 때는 인간과 마찬가지로 몸에다 팔과 다리를 만들었다. 따라서 뱀은 머리만 다를 뿐 인간과 함께 대화도 하며 재미있는 생활을 하였다. 그런데 뱀은 조물주가 몰래 숨겨놓고 혼자만 먹는 신비한 보약이 있다는 것을 알았다.

보약의 효험이 어떨까하며 무척 궁금해 하는 뱀은 조물주가 멀리 여행하는 틈을 노려 안방을 뒤져 보약을 냉큼 마셔버렸다. 여행에서 돌아온 조물주는 보약을 몽땅 도둑맞은 것을 알고 화가 머리끝까지 났다.

눈치를 챈 뱀은 도망쳤다. 도망쳐봐야 부처님 손바닥 안이다. 잡혀온 뱀은 형벌로 손과 다리가 댕강 잘렸고, 마신 보약은 치명적 독으로 바꿔버렸다. 그래서 뱀은 기어다닐 수밖에 없으며, 독샘에서 나오는 독은 신경기능이나 모세혈관의 벽을 파괴함과 동시에 적혈구도 파괴하여 용혈작용을 일으키게 하는 여러 가지 무서운 독성을 지니게 되었다.

아직도 화가 안 풀린 조물주는 뱀을 평생 기게만 하고 절대로 걷지 못하는 무한의 형벌을 주었다. 사람들은 뱀이 언제쯤 형벌이 풀릴까하며 노심초사하는데 신기하게도 뱀은 기어 다니는 것을 후회하지 않는 것 같다. 어쩌면 두발로 걷는 것보다 기는 삶을 더 즐기는 것인지도 모른다.

만물은 원래 모습 또는 변형된 모습에서도 거역 없는 만족을 느끼는 환경과 접목하는 생명원리작용에 부응한다 할 것이다. 허나 고등동물인 인간만이 조물주의 의도와는 달리 완전한 원리에도 틈만 있으면 불응하려는 환상의 정신과 왜곡된 질환으로 가득 차있다.

그래서 팔다리를 잘라야 하는 것은 보약을 훔쳐 먹은 뱀이 아니라 기회만 있으면 불완전과 욕망을 좋아하는 인간이다. 허나 마음 좁은 조물주는 자신의 보약을 남김없이 훔쳐 먹은 괘씸한 뱀을 인간보다 더 싫어하는 모양이다. 그래서 간사한 인간들은 어리숙한 뱀 덕분에 팔다리가 잘리지 않고 오늘도 잘 걸어 다니고 있다.

인간과 뱀은 아주 깊은 관계에 있다. 중생대 백악기부터 존재한 뱀은 전설과 민속적의 신성과 불사 혹은 사악한 존재로 인간에게 접근하였다. 예컨대 인간을 돕는 구렁이와 뱀을 수호신으로 하는 민속신앙이 있나 하면 상원사의 설화처럼 인간을 해치는 뱀 등 여러 형태로 관계를 맺고 있다.

계절이 바뀌고 벼가 팰 때쯤에는 산골아이들은 늦잠 잘 틈도 없이 바빠지는 계절이다. 해뜨기 전에 일어나 등 너머 논으로 가서 물벼를 빨아먹는 참새를 쫓는다. 기다란 장대로 바위를 치면서 "후여후여 우리 논에 오지 말고 철수 논에 앉아라."하며 쫓는다.

한 시간 가까이 새를 쫓다보면 해가 솟고 배부른 새는 다른 곳으로 날아간다. 그러면 집으로 달려가 조밥 한 숟가락 뜨며 책 보따리 둘러매고 학교 가는 일이 바쁘다. 벼이삭이 여물 때까지 초여름 내내 아침부터 참새와 씨름을 해야 한다.

작은 능선을 넘어 논으로 갈 때는 늘 걱정거리가 있다. 거기에는 나무보다 청석돌이 많아 기슭에는 오만 군데 구멍이 뚫려 수많은 뱀들이 살고 있어 뱀과 마주치면 겁보다는 그냥 찜찜하기 때문이다. 어른들은 이곳을 사산蛇山 혹은 뱀골이라고 부른다.

모든 생물들은 개체진화에 따라 번식력의 비율이 적용되지만 환경과도 밀접한 관계가 있다. 이 능선은 남북으로 뻗어 아침에는 따사로운 햇살을 받고 오전이 지나면 바로 그늘이 형성되므로 뱀들에겐 천연적 요새다. 특히 인근 야산과 논밭에는 개구리와 들쥐들이 많아 뱀들의 먹잇감이 지천으로 널려있다.

사산의 뱀들은 아침 햇살을 받으려고 수많은 구멍에서 한 뼘 정도 목을 내밀고 있음으로 온 능선이 뱀 대가리로 가득하다. 똑같은 색깔의 뱀이 아니라 여러 가지 색깔이다. 검은색, 파란색, 노란색, 갈색, 흰 뱀 등등의 색깔과 크고 작은 뱀들이 공평하게 분양받아 사는 대단위 아파트단지다.

파충류에게는 지성이나 덕의 존재는 없지만 어째서 이렇게 공동체 사회제도는 뛰어나게 발달했을까. 아마 천공동물설답게 수족이 없다는 이유로 집단생활에서 서로의 부족한 힘과 이해를 함께 하는 형태로 발달하지 않았을까.

뱀들은 사람이 지나가도 겁을 내거나 굴속으로 들어가지 않고 꼼짝도 않는다. 뱀은 귀가 없어 땅을 통한 소리를 온몸으로 듣는다. 눈은 심한 근시로 5m 이상은 잘 보질 못하지만 혀를 날름거리면서 방향과 거리감을 알아낸다. 자신을 헤칠지 안 헤칠지는 땅의 울림과 감각으로 알아차리기에 쉽사리 도망가거나 안 가는 이유가 거기에 있는 것이다.

동네 사람들은 뱀을 잡으려고 길옆에다가 항상 납작하고 묵직한 바윗돌을 여러 개 갖다 놓는다. 뱀들이 모가지를 내밀고 있을 때 바윗돌을 가만히 들고 내려치면 온 산이 쿵 하고 울린다.

그러면 뱀들은 모가지를 동시에 쏙 집어넣는다. 감쪽같이 사라졌다가가 시간이 지나면 또다시 머리를 내민다. 하지만 여태껏 한 마리는커녕 한 번도 잡는 꼴을 못 보았다. 그러나 사람들은 지날 때마다 재미삼아 돌멩이를 내려치곤 한다.

뱀뿐만 아니라 사람도 뱀에 대해서 무신경이다. 밤길을 가다가 굵은 먹구렁이가 가로질러 있으면 발로 툭 차버리거나 막대기로 걷어버린다. 할아버지는 밭일을 하시다가 독사가 보이면 말없이 손으로 집어 휙 던져버린다. 팔공산 자락에 사는 우리 동네 사람들은 뱀에 대하여 별로 상관치 않는다.

뒷간에서 일을 보고 엉덩이를 닦으려고 짚단을 들치면 독사가 냄새난다며 화를 내고, 엄마가 간장 뜨려고 장독대에 오르면 파란 뱀이 웃고, 댓돌에 벗어놓은 신발 속에는 작은 뱀이 들어가 잠을 자고, 담을 타다가 떨어진 뱀은 똥개와 한바탕 난리를 치는 등 뱀과의 생활은 일상적이며 심지어 더울 때는 팔뚝만 한 구렁이를 잡아 등허리에 넣고 다니면 최고의 피서법이다.

우리는 이렇게 뱀과 함께 살다시피 한다. 같은 동네에서 걷고 기는 차이 일뿐 별다른 문제는 없다. 이것은 애당초 인간과 뱀에 부여된 동일한 태생적 행동작용이 변했을 뿐 사는 데는 서로의 간섭도 없다.

어느 날 증조부님께서 건강한 살모사 두 마리를 약탕관에 넣어 불을 지피고선 잘 지키라고 하셨다. 심심하여 별일 없을 것이라 생각하고 친구들과 밭에서 볏짚으로 만든 볼을 차면서 놀았다.

다 끓었을 거라 생각하고 돌아와 약탕관 뚜껑을 보니 새끼손가락만큼 열려있었다. 뚜껑을 열어보니 한 마리도 없다. 물이 뜨거워오니 모두 도망갔다. 얼른 개골창에 가서 비슷한 놈 두 마리를 잡아 다시 끓였지만 증조부님은 이 사실을 아직도 모르신다.

동물과 인간의 상호인식은 학습이 아닌 자연적 생활의 교감에서 이루어진다. 개별적 교감이 완성되고 집단적 교감이 일반화된다면 인간과 뱀은 옛날처럼 사이좋게 대화도 하며 괴이한 결혼정책이라도 나올지 궁금하다.

치우친 상념과 고정된 관념을 씻고 일반보편성의 마음과 생각을 길러 바른 지성과 성숙된 사고를 키워야 한다. 우주에서 생성된 만물은 알고 보면 동종이며 하늘 아래 새롭게 바꿔지는 것은 아무것도 없다고 들었다.

사고의 내막과 목표물이 동종의 하모니를 못 이루는 것은 사유의 판단이나 명백한 오차범위 밖이라 해도 좋다. 그래서 인간은 안경을 끼는 선입관을 버려야 내적 오심을 깨트릴 수 있다.

동식물의 삶과 환경은 인간이 머무른 자리마다 엄청난 파괴와 변화로 바뀐다. 자연을 마치 개인의 소유인양 착각된 만용과 우월의 지위를 보장받은 것처럼 자연의 질서나 원칙을 모조리 꺾어버린다.

고향의 사산에도 수많은 뱀들이 서서히 사라졌으며 지금은 한 마리도 보이지 않고 청석돌 구멍 자체도 없어졌다. 몇 감으로 연못에 가면 둑에서 쉬던 물뱀들이 줄지어 텀벙대던 소리도 멎은 지 오래다. 빨간 옷깃의 유혈목이는 뽐낼 때가 없어 사라졌으며, 달빛에 검은 정장을 하고 걸어가는 흑 구렁이는 정말로 한 번만이라도 인사를 나누고 싶다.

오랜만에 친구들과 함께 초리골 삼봉산에 올랐다. 십여 년 전에 올랐던 산이다. 반가움에 나무를 만지며 잎을 쓰다듬는다. 산은 온통 가뭄으로 말랐으며 인간들이 버린 물통과 술병들이 수두룩 널렸고 비닐봉지는 나뭇가지에 걸려 펄럭인다. 늦었지만 인간에게는 절대로 산을 오르는 방법을 알려 줘서도 안 되고 발자국만 남기는 예절을 가르치기 전에 절대로 등산화도 줘서는 안 된다.

기슭에 마른 낙엽을 깔고 옹크리고 있는 까치살모사를 만났다. 일명 칠점사라고 하는 놈은 우리 동네에서 제일 잘나갔던 녀석이다. 무리를 지어 다니고 움직임이 빠르며 성질이 아주 사나운 놈이다. 몸에서는 비릿한 기름 냄새를 풍긴다. 어느 날 멍멍이 똥개가 칠점사에게 입술을 물려 소죽 푸는 바가지보다도 크게 붓다가 괜찮아졌다. 칠점사는 무리 중에 가장 독이 센 녀석이다.

암튼 고향에서 살던 녀석과 똑같이 생겼다. 반세기를 넘어 서로 마주보는 눈동자는 교감을 이루어낼까. 피곤에 지쳤는지 꼼짝도 않는다. 감정을 주고받지 못하는 아쉬움이지만 헤어지면서 목마를 때 먹으라고 커다란 칡넝쿨 잎에다 물을 부어 놓았다. 자연의 빛을 변색시키는 오염된 환경과 이상기후변화는 흙을 산성화로 만드는데 오늘도 억지로 버티고 있는 동식물은 앞으로 자연에 안길 수 없다는 비애에 빠질지도 모른다.

인간은 자신의 무한만족을 위해 자연을 절멸시키겠다는 사고는 자신이 먼저 절멸된다는 이치를 모른다. 빛없는 날개옷을 입고 용수철처럼 튀는 인간에게 '가장 진실하고 고귀한 것을 정말로 모르겠느냐'고 기기만 하는 뱀을 대신하여 다시 한번 묻고 싶다.

늑대 이야기 ────────────

　손자 녀석들이 오는 날이면 밤잠을 설치는 날이다. 일곱 살 다섯 살 두 녀석에게 밤새도록 옛날이야기를 해줘야 하기 때문이다. 올 때마다 이야기를 해야 하기 때문에 귀찮을 때도 있다. 어떤 날에는 두 녀석이 빨리 잠들도록 머리를 쓰다듬어 주거나 귀를 만져주면 그냥 잠이 든다. 하지만 다음 날 아침에는 옛날이야기를 못 들었다고 울고불고 난리다. 할 수 없이 아침나절에 해 줄때도 있었다.

　그중에서 손자들이 가장 좋아하는 이야기는 호랑이얘기와 늑대 이야기다. 밤을 홀랑 새우고 아침이 되어도 온통 옛날이야기로 흥분하며 아침밥을 먹다가도 난리 블루스다. 즐거움에 불이 붙으면 마음은 필요 없는 것일까.

　이야기가 있다는 것은 꿈과 희망으로 인도되는 아름다운 세상을 만날 수 있다는 것이다. 그것이 무한이든 유한이든 마음속의 커다란 꿈을 피어내는 신비의 마법이기 때문이다.

　손자들에게 들려주는 이야기는 내가 대부분 경험했거나 나의 조모님에게 들은 이야기를 해준다. 먼 훗날 이 녀석들도 자기 손자들에게 들려줄 때 마찬가지로 내 얘기를 써먹으면 나는 죽어서도 상당히 기분이 좋을 것이다. 아름다운 꿈의 이야기는 재미있게 살아가는 가족을 만들어내는 작은 방편도 된다.

　오늘은 무시무시한 늑대 이야기를 해줘야겠다. 녀석들은 어느새 눈을 동그랗게 뜨고 이불깃 속에서 콩닥거리는 가슴을 안고 숨소리만 도근거린다. 손자들의 마음을 여는 순간이다.

　옛날 팔공산자락에 고정리라는 마을이 있었단다. 여기에서 할아버지는 태어났고 그 이듬해 공산괴뢰도당이 6·25전쟁을 일으켜 쳐들어왔단다. 그 난리 통에도 워낙 산골이 깊어 1960년대 초반까지만 해도 맹수와 많은 산짐승들이 살고 있었단다.

워낙 골이 깊고 산이 높은 외진 곳이라 대낮에는 바람소리와 새소리만 들리고 밤에는 달빛도 짐승들 때문에 소리 없이 조용히 내려앉는 마을이야. 그런데 특히 이곳에는 늑대들이 많이 살고 있단다. 대낮에도 마을근처에 늑대를 흔하게 볼 수 있었으며 부모들은 어린아이들은 혼자서 못 돌아다니게 했단다. 늑대는 어른들한테는 덤비지 않지만 어린아이들에게는 깔보고 덤비기 때문이야.

할아버지가 초등학교도 들기 전 어느 날 밤잠을 자다가 오줌이 마려워 할머니를 깨워 뒷간에 가려 했으나 할머니는 조용히 하라면서 요강에다 쉬를 하라고 하신다.

보름달이 휘영청 뜬 마당은 대낮처럼 훤히 밝았고 할머니는 방문에 비친 그림자가 마루에 앉아 보름달을 쳐다보는 늑대라는 것을 알았기 때문이었단다.

보름달이 뜨는 날이면 늑대들은 떼를 지어 다니며 괴상한 울음소리를 내며 사람들을 불안에 떨게 하였으며 그중에 잿빛 늑대무리가 가장 무서운 존재란다. 그래서 사람들은 항상 늑대를 경계하지만 늑대는 아랑곳없이 돌아다니면서 먹잇감을 찾곤 하였지, 늑대가 나타나면 동네 어느 집 개도 한 마리도 짖지 못한단다.

오늘은 보름달이 휘영청 올랐고 늑대는 우리 집에 토실토실한 새끼강아지 냄새를 맡은 모양이야. 이런 사실을 잘 알고 있는 할머니는 저녁때만 되면 언제나 개집 출입구를 벽 쪽으로 돌리고 그 위에다 맷돌을 얹어 움직이지 못하게 하신단다.

아침에 일어나니 새끼강아지 한 마리가 눈알이 빠지다가 매달려 덜렁거리는 것을 보았어. 늑대가 벽으로 향한 문에다 발을 집어넣고 강아지를 끄집어내려다가 그만 눈알만 할퀸 거지. 어미 개는 새끼가 눈알이 빠져도 아무 소리도 못 내고 있었던 것이야.

날이 밝자 콩밭 매러 가는 할머니는 나를 데리고 밭두렁에서 놀게 했었어. 집에 두면 늑대 때문에 불안하기 때문이야. 밭두렁에서 놀 때 붉은 늑대 한 마리가 언제 나타났는지 내 근처에서 먼 산을 바라보는 척하고 기회를 노리고 있었단다. 할머니가 돌멩이를 던지자 늑대는 힐끔 쳐다보고서 천천히 사라졌단다.

인간과 늑대가 함께하는 공간은 공존이 아니라 상반된 흐름의 싸움터야. 먹으려는 자와 먹히지 않으려는 자는 동질보다 이질을 원하지만 언제나 다양으로 변하는 자연 전체 삶의 작은 분열일 뿐이야. 따라서 평등한 자연규칙에 따라 먹고 먹히는 것은 엄선된 산출물이지 균형을 깨는 엄청난 내적 분열까지는 아니란다. 서로가 좇는 허상이 있어야 삶을 이루나봐.

세월이 흘러 할아버지는 중학생이 되었단다. 팔공산에서 대구의 번화한 도시로 나와 중학교에 다녔지. 나의 아버지는 하숙을 시켰으며 버스비를 아끼라고 투박한 짐자전거 한 대를 얻어주셨단다. 보기는 미련해보여도 타이어가 굵고 튼튼하며 힘이 좋아 타고 다니기엔 무척 편했어. 날씬하고 아름다운 삼천리 자전거가 너무 좋지만 그래도 나는 이 짐자전거를 무척 좋아했단다.

토요일은 고향 가는 즐거운 날이지. 대구에서 팔공산 기슭에 있는 서촌까지는 약 사십 리 정도가 된단다. 어느 날 자전거를 타고 시골로 가고픈 호기심이 들었지 뭐야. 산길은 온통 굵고 작은 돌멩이로 가득 찼고 자전거 바퀴는 돌멩이를 피해 요리조리 피하고 나는 휘파람을 불면서 신나게 달렸단다. 고향에 도착하여 어린아이들을 불러 학교운동장에서 태워주면서 재미나게 놀았지.

밤에는 혹여나 극성스러운 쥐 떼들이 고무 냄새를 맡고 타이어를 물어뜯을까봐 자전거를 마루 위에다 올려놓고 잔 거야. 바람이 빠지거나 고장이 나면 자전거점포도 없는 산골에서 큰일이기 때문이야.

일요일 오후에는 언제나 대구로 내려오기 싫어 꾸물댄단다. 부모님께 인사하고 골목길을 나섰는데 누렁이는 꼬리를 흔들며 앞질러 가다가 동구 밖을 벗어나자 컹컹 짖으며 배웅을 했고, 나는 핸들에 달린 거울로 뒤를 보며 누렁이에게 손을 흔들었단다.

산골 오후는 한가했으며 간간히 들려오는 새소리에 바람이 앉으면 시집간 예쁜 막내고모 마음씨처럼 너무나 시원하단다. 따르릉 따르릉 종소리를 울리며 콧노래 부르면서 신명 나게 자갈을 피해 밟는 짐자전거의 멋은 나 혼자밖에 모를 거야. 사십 리 자갈길을 어느 맥 빠진 녀석이 한 번이라도 와봤겠냐 말이다.

한걸마을을 지나 중리에 있는 서촌초등학교를 뒤로하고 집이 두 채밖에 없는 메골로 접어들면서 한참 신나게 내려오는데 뒤에서 개 한 마리가 따라오고 있었지. 처음에는 우리 집 누렁인 줄 알고 혼내줄 참이었으나, 백미러로 가만히 보니 우리 집 개가 아니었어. 잿빛 나는 동네 개쯤이라 생각하고는 별 관심 없이 내려왔단다.

메골을 지나면 명박골이 나온다. 그 사이는 약 오 리 길 정도가 되며 산세가 너무 험하고 워낙 무서워서 사람들이 지날 때는 사오 명씩 모여서 함께 지나가는 곳이란다. 메골을 지나자 머리카락이 주뼛거리는 계곡 모퉁이를 돌아 나오는데 등 뒤에서 투박한 발자국소리와 헐떡거리는 소리가 들렸단다.

백미러로 보았더니 어느새 수십 마리의 개가 달려오는 것을 보고 깜짝 놀랐지 뭐야. 그런데 그것은 개가 아니라 바로 늑대였어.

순간 소름이 쫙 끼치며 있는 힘을 다해 페달을 밟았지, 동네가 많은 지묘마을까지는 아직 너무 멀었어. 돌멩이에 튕겨 넘어질 뻔도 했고, 고함을 지르며 정신없이 마구 달렸단다. 그때 늑대의 헐떡거리는 소리가 귓전에 들리는가 싶더니 그중 한 마리가 휙 하고 내 키를 넘어서 자전거 앞에 우뚝 서버린 거야, 나를 넘어뜨려서 잡아먹기 위함이었지.

늑대의 오판이었어, 쏜살같이 달리는 자전거는 서질 못하고 사정없이 늑대의 뒷다리를 짓뭉개고 그대로 달렸지 뭐야, 순간 늑대는 캥 하는 신음과 함께 뒹굴다가 숲속으로 도망쳤어, 이상한 일이 벌어졌어, 득달같이 달려들던 늑대 무리는 한 마리도 남김없이 모두 그 녀석 따라 숲속으로 사라져버렸단다.

키를 넘던 녀석은 대장이었을 테고 대장이 도망가면 모든 늑대들은 대장을 따라 도망간다는 사실을 훗날 누가 말해주더라. 그래서 늑대 밥이 될 뻔했던 할아버지는 운 좋게 살아서 지금 너희들에게 재미난 이야기를 해주고 있단다.

어느새 녀석들은 잠이 들었다. 이불을 뒤집어쓴 머리에는 땀방울이 촉촉이 베어 흐른다. 이 녀석들도 지금쯤 마루에 보름달을 보며 앉아있는 늑대와 콩밭의 붉은 늑대도 보았고 자전거를 타고 늑대를 쫓아가며 통쾌하게 잡아채는 꿈을 꾸고 있는지도 모른다.

여기는 밀폐된 곳이거나 직선을 향해 날아가는 화살이 과녁을 벗어나 이상한 형태로 엇갈린 춤을 추며 다양으로 표적 되는 활터가 아니라 자연과 한층 더 조화된 여러 개 중에서 작지도 크지도 않는 공존의 장소다.

지금은 이 공존에서 인간과 다투던 늑대는 온데간데없이 사라졌다. 생존경쟁에서 밀렸을까, 아니면 인간과 하나 되기보다는 더 현명한 선택으로 서로 다투는 세력을 마다하고 정당한 삶의 좇아야 할 미래를 본 것일까.

그래서 조물주는 하나를 원치 않는다. 서로 간의 경쟁과 얼룩진 땀으로 배신을 사랑하며 분열되는 여러 개의 분노를 반긴다. 그것이 모두의 생존을 지탱해주는 유일한 열쇠일 뿐만 아니라 윤회하는 우주법칙의 우리가 모르는 근사한 책임일지도 모른단다.

그래서 일찍 돌과 창을 들었던 고대의 앞선 사람들이 더 현명했을까.

하나라는 공식을 외면하고 다투며 살아온 태초의 역사. 이제 우리는 또 다른 다툼의 역사를 창조해야 한다. 인간의 역사에는 반드시 무서운 늑대가 무리지어 밤마다 공격하는 보름들판의 업적을 보태야만 한다.

　새근거리며 잠든 어린 용사들이야말로 용감무쌍하게 늑대와 거룩한 싸움을 하며 애정의 손짓을 보태는 잉여공간에서 진정한 대자연의 주인공이 되길 빌어마지 않는다.

산중에서 ────────

　일상생활에서 별로 관심을 두지 않았던 것이 등산이다. 허나 깊은 계곡을 품은 팔공산 기슭이 태생이라 어릴 때는 산과 함께 살다시피 했다. 눈만 뜨면 온 산을 뛰어다니며 산토끼를 잡고 백도라지를 캐며 돌배를 따던 산은 신명 나는 놀이터였다. 그토록 좋아하던 산을 도시로 나와 중학교에 입학한 후부터는 까맣게 잊었다. 무얼 했는지 40대 중반까지 그렇게 살았다.

　휴일이면 날마다 소파에 비스듬히 기댄 체 먹을 것만 찾는 애완견의 꿈을 빼앗는다. TV가 보여주는 아름답게 물든 가을단풍을 감상할 때는 팔공산 구석구석이 떠오르지만 게으름의 대가는 허망이라 소파에 불이 붙어도 좀처럼 일어나지 않는 게으른 인생이다.

　오랜만의 친구들과 만나 식사를 하고 차를 마셨다. 가을이 다가왔으니 이번 일요일에는 등산을 가자고 한다. 물론 허락을 안 해도 그들은 가게 되어있기에 쫓아가지 않아도 될 하루를 막걸리와 소주 한 병을 들고 산을 누벼볼 결심을 한다.

　모두들 찬란한 패션이지만 등산복과 등산화가 없어 운동화에 면바지 잠바 한 벌의 모습은 내가 봐도 어색하고 부끄러운 태가 줄줄 흐른다. 그동안 산을 몸과 마음에 담지 못한 결과로 참 딱한 신세가 되었다.

　등산복이 없으면 입산금지라는 법은 없다. 허나 방치해둔 잉여공간에서 집단이 요구하는 새로운 성장을 몰랐던 왜소한 생각과 개인적 폐풍으로 눈뜨지 못했던 시간을 버리고 지금에서야 문을 연다.

　웅장한 산세와 가슴 탁 틔는 푸름은 어두운 동굴에 갇혔다가 풀려난 햇빛과 바람을 갈망하는 도시의 전쟁포로다. 자연 전체가 아니라 기껏 한 자락 숲에서 풍기는 바람에 정신줄을 놓았다면 모든 부분의 전체는 얼마나 장엄할까.

강원도 가리산을 오른다. 성산을 지나 야시대리로 들어서면 계곡의 물줄기는 웅대한 굉음으로 바닥을 두드리고 푸른 잎들은 충분한 초록에 싱그럽다. 양옆으로 우뚝 선 봉우리는 말 그대로 수려한 천연 원시림이다.

고약교를 지나 '품걸분교장'을 못미처 '작은 지당골'에서 해발 1,051m 가리산을 향한다. 모든 일행들이 향하는 정상의 등산 코스보다 지름길로 가면 더 빨리 오를 수 있다는 앞서 와 본 친구의 말을 믿고 우리 3명은 대열을 이탈하여 그의 뒤를 따라나섰다. 필요든 불필요든 이탈의 대가는 희생이 아닌 책임이며 변명은 미봉책에 불과하다.

숲에 들어서니 조용함에 질식한다기보다 가슴 벅차다. 온통 거칠고 가파른 큰 숲의 세상이 웅대한 모습으로 느릿느릿 나를 향해 움직인다. 햇살도 바람도 가렸다. 풍부하게 기름진 흙을 밟기에 운동화는 아무래도 초라하다. 그러나 어린 시절 팔공산 규격에 알맞은 발바닥으로 뼈를 단련하고 몸을 키우던 검정 고무신을 생각하며 생에서 가장 즐거운 진수성찬을 차려주는 산에게 감사하며 걷는다.

처음에는 순조로웠으나 가면 갈수록 깊은 숲만 나온다. 기슭을 두세 번 올라도 또 다른 기슭이 기다린다. 숲은 처음이나 지금이나 별반 차이가 없는데 우리는 마법에 걸린 미아가 되어 현재에서 과거 혹은 미래로 끌려가 위험도 모르는 미궁으로 빠져드는 느낌이다.

경험의 길과 현재의 길을 혼돈한 친구는 고갯마루에서 정상을 상상하며 좌우를 둘러보는 시야는 아무래도 좌표를 잃은 난파선이다. 이제 숲의 세계는 황홀한 감옥이 되려나 보다. 산은 마술을 그만 부려도 우린 꼼짝도 못한다. 느긋이 우리가 가는 데로만 바라보면서 쾌재와 흥분을 맛볼 것이다. 개인적 관심사에는 초연하다는 자연도 별 수 없이 못된 인간의 속내를 닮아간다.

완전히 길을 잃었다. 김밥 한 줄 달랑 먹은 배는 물조차 달라는 소리를 죽이고 오전에 큰길을 기억하려는 머리에게 초조하게 매달린다. 해는 중천에서 기울어진 지 오래고 두려움과 절박한 위험이 발목에 매달리는데, 산이 내쉬는 커다란 숨소리는 공포 그 자체이다.

길을 찾으려 해도 오른쪽은 큰 소나무가 왼쪽은 검은 숲이 막고 위는 칡넝쿨이 당기고 아래는 가시넝쿨이 옷을 찢는다. 아침과 지금 사이에 생성된 블랙홀은 계곡 몇 개를 넘었을 뿐인데, 영원한 안식처로 안내하려는 산은 정말로 좋아하는 관조의 축복을 내리려는가.

통신은 두절된 지 오래고 해는 서쪽으로 확실히 기울어졌으며 모기와 날 파리는 땀으로 얼룩진 얼굴과 온몸을 뜯어먹고 일정한 시간이 지나면 산새우는 소리도 없어진 숲은 천연덕스럽게 어둠을 끌어 덮어준다.

앞선 친구의 생각을 놔두고 팔공산 어둠을 생각하면서 기슭을 올라 고개에서 지형을 살핀다. 하늘에는 초록불이 켜졌는데 아무리 둘러봐도 어둑한 산의 형태만 보일뿐 불빛은 없다. 서쪽 하늘의 붉은 노을도 엷어졌다. 노을을 바탕으로 동쪽을 찾아냈고 남쪽을 예측하면서 길게 뻗은 어둑한 등성이를 타고 북쪽 반대 방향을 내려오기 시작했다. 내가 앞장섰다.

어릴 때 산에서 보내던 기억의 상상으로 산등성이를 더듬는다. 어제까지 심심한 밤을 혼자서 보내야 하던 신은 우리가 살든 죽든 개인자유의지에 맡기며 고통과 두려움에 떠는 인간냄새를 오랜만에 맡으며 쾌재를 부른다. 그러나 자연은 인간을 일부러 죽음의 문으로 인도하지는 않는다. 인간스스로 삶과 죽음을 선택하여 과녁을 향해 날아가는 화살을 바라보기만 할 뿐이다.

칠흑같이 어두운 밤이다. 아무리 동공을 크게 떠봐도 검은 천으로 드리워진 숨 막히는 장막뿐이다. 불안의 예감과 안도의 감각으로 안전하고 편히 쉴 자리를 찾는다. 등성이를 조금 내려선 기슭 움푹 들어간 자리에 바위를 뒤로하고 털썩 주저앉았다.

기진맥진하여 배고픔과 두려움이 비례하는 육신의 불쌍함을 해결해줄 수 있는 방법은 아무리 생각해봐도 전혀 없다. 가소로운 재능으로 모든 일을 명쾌하게 해결한다던 건방진 사람의 종자는 찍소리 한 번 못하고 밥 한 술과 물 한 모금만 지독히 원할 뿐이다.

팔공산자락 파계사 스님이 가끔씩 새파란 솔잎 씹는 모습을 보았기에 더듬어 솔잎을 훑었다. 기온이 낮아 온몸은 사시나무 떨듯 떨리고 땀에 젖은 옷 속으로 배어 나오는 배고픈 소리는 오장육부를 쥐어짠다.

짐승들의 울음소리가 밤공기를 가르면 온몸은 소름이 돋는 두려움에 말없이 밀착된다. 무기가 안 되는 막대기를 옆에 두고 위안을 삼으며 불안을 불러들이는 낯선 밤은 짐승소리를 앞세워 가슴을 갉아먹는다.

부스럭거리는 소리에 혼절하다시피 몸을 돌려 보았다. 물체는 보이지 않으나 분명 가까이에서 나는 소리다. 우리를 잡아먹으러 온 짐승이다. 갑자기 노래가 생각났다. 무조건 불러댔다. 막대기로 바닥을 치면서 죽어라 목청을 높여 불렀다. 가만히 있어도 잡아먹히고 노래를 불러도 먹이가 된다면 간이 잘 들게 멋들어지게 좋은 노래를 불러 줄 테다.

잠을 자면 죽음은 검은 가지에 앉아 빙그레 웃는다기에 눈을 부릅뜨고 견뎌내는 고통은 인간의 마지막 초인의 힘을 내는 것 같지만 사실은 풀어진 눈꺼풀은 벌써 물기 젖은 장막이다. 교대로 보초를 서자는 말에는 동감했으나 죽음의 장소가 집이든 병원이든 상관없다는 듯 오들오들 떠는 산속에서 구부린 채 모두 혼절상태를 맞이했다.

깨어나지 않고 며칠만 참으면 지나던 등산객에게 발견되어 일간신문에 "가리산 초보 등산객 4명, 길을 잃어 사망하다"라고 대서특필된 신문을 나를 아는 사람들이 읽는다면 얼마나 창피할까. 실은 이런 소문이 무서워 해가 떠서 한나절인데도 우리는 풀어진 눈꺼풀을 들쳐 올릴 힘조차 없었다.

저체온증으로 기진맥진한 몸을 일으켜 서로를 위로하면서 비틀거리는 걸음으로 능선에 올라서니 눈앞에 펼쳐진 거대한 바다가 보였다. 우리는 그것이 동해바다로 착각했지만 허나 그것은 알고 본즉 춘천호였다. 물가로 가면 살 수 있다는 반가운 생각에 허겁지겁 숲을 헤치며 내려왔다.

검푸른 물결이 출렁이는 산 아래는 아무래도 사람 흔적이라곤 보이지 않는다. 사방을 둘러보아도 인기척은 없고 짙푸른 물결만 춤춘다. 오도 가도 못하는 절망의 신세가 되었다. 산을 다시 오르려는 기운도 없고 물을 헤엄쳐 건너는 것은 스스로 물고기 밥이 되라는 것이다.

그런데 저 아래쪽에서 한 사람이 우리 쪽을 향해 올라오고 있었다. 등산복차림도 아닌 노인이 올라오고 있었다. 알고 보니 심마니였다. 우리의 사정을 들은 그는 지금은 강을 건널 수 없고 저녁때가 되면 배가 낚시꾼들을 데리려고 오니까 그때까지 기다리란다. 점심으로 가져온 김밥을 우리에게 건네주며 산에 올랐다가 내려올 테니 꼼짝 말고 여기서 기다리면 강 건너까지 데려다 준다고 하였다.

삶과 죽음은 자신의 결정도 요행도 아니며 운명이라고 할까. 어떻게 하면 살 수 있을지를 미리 결정할 수 있다면 삶은 간단하겠지만 우리는 그것을 알 수 없기에 오늘은 진짜로 요술처럼 느껴진다.

자연은 인간과 하나이나 보이지 않는 간극을 두고 있다. 자연은 항상 거기에 서있지 내 앞으로 걸어오지 않는다. 반대로 인간이 자연을 대할 때는 속박으로부터 벗어나는 감사의 관점에서 투쟁을 삼아야 한다. 정당한 투쟁은 개인의 의지를 가지고 자연의 관점에서 보는 눈을 떠야 한다.

하지만 깊이 생각하면 우리가 살았다는 것은 운명이라기보다 자연이 주는 선물이다. 가리산 정상쯤은 정복해보라고 말이다. 그 후 나는 가리산을 좋아하는 등산객이 되었다. 작년만 해도 수차례 올랐다. 어린 시절 팔공산처럼 이제 가리산은 나의 놀이터다. 항상 내 배후에는 든든한 가리산이 있다.

다가오는 9월 말쯤 혼쭐났던 그때 4명이 잃어버린 그 길로 똑같이 가서 정상을 향해 오르는 멋진 약속하면서 야릇한 흥분에 취하는 밤이다.

황구렁이

　휴일이 되면 야생동물을 닮으려고 숲이 내뿜는 숨을 들이마시며 이른 아침에 온 산을 기어오르는 두 발 달린 수컷 노루로 변한다. 나의 조상이 태곳적부터 심산계곡에 사는 산짐승의 피가 섞인 반인반수였을까. 아마도 야생의 본능을 가졌기에 도심의 철창 속에 갇힌 것보다 언덕바지에 걸어둔 명줄이 다 풀리면 꼭꼭 되감아놓고 죽는 산짐승이 되겠다고 나섰겠지.

　오늘도 산속의 비밀을 훔치고자 욕심 부리는 덜 착한 노루가 된 나는, 잠든 식구들 몰래 어두운 새벽을 나섰다. 여름 장마철답게 소낙비는 밤새도록 내리고 옛날부터 인간이 산짐승으로 변하는 달 없는 그믐밤에는 먹장구름이 짓눌러 짜내는 뜨거운 소낙비가 억수로 온다고 하더라.

　도시를 탈출하면서 주룩주룩 쏟아지는 가장 좋은 짐승의 DNA를 흠뻑 마시며 소리 없는 회심의 포효로 동종의 무리들을 불러들인다. 누군가를 부른다는 것은 나와 그들은 동일화한다는 뜻이다.

　동녘 하늘이 부옇게 따라오고 쏟아지던 소낙비는 햇살을 막느라 산발적으로 흩뿌리는데 고삐 풀린 짐승들은 횡성계곡을 지나 강림을 접어들면서 치악산 부근 매화산이 비를 흠뻑 맞은 체 숲을 안은 곳으로 들어섰다.

　영리함보다 손을 내밀 줄도 모르는 우직한 짐승은 인위적이지 않는 순수자연을 만났을 때만이 자신의 미소를 풀어 숲의 비밀을 알아보려고 한다. 그래서 산과 인간과의 관계 중에서 얼마나 잘 맞는가 보다는 산의 신비와 인간의 마음을 어떻게 극복해나가느냐가 우선이다.

　매화산은 청석이 잘게 부서진 돌산이다. 비탈진 기슭을 오르는 돌산은 빗물에 젖어 쉽게 미끄러지며 버티는 양다리의 근육질을 저울질한다. 인간인내의 한계성을 밝히려는 자연은 무한의 시험으로 인정된 자만 받아들이는데, 오늘같이 비 오는 날은 너무 빡세다고 욕을 먹을 것이다. 누군가를 욕한다는 것은 자신의 나약함을 감추려 함이지만 소낙비가 내리는 날에는 한 번쯤 모른 체해도 좋을 것 같다.

비는 멈추고 굵은 빗방울이 나뭇잎에 앉았다가 후드득 떨어지며 낮게 깔린 물안개로 뒤덮인 숲은 한치 앞도 분간할 수 없는 낭만의 무대이다. 아무도 없는 깊은 숲에서 자연의 오묘한 마술에 걸려 신선 흉내를 내는 애완용 앵무새의 자연예찬론은 물안개를 웃기게 만들었다.

갑자기 다급한 비명소리가 났다. 높은 나뭇가지에 올라있던 황구렁이 한 마리가 빗물에 미끄러지면서 철퍼덕하는 둔탁한 소리를 내며 바닥으로 떨어졌다. 내 종아리만큼이나 굵고 양팔을 벌려도 반이나 더 모자라는 길이다. 번들거리는 황금빛 눈동자로 우리를 쳐다보다가 나무둥치를 서서히 오르기 시작한다. 아마도 구렁이는 비가 많이 오면 나무 위로 올라가는 습성이 있나 보다.

그런데 나무 위에는 또 다른 구렁이 한 마리가 내려다보고 있다. 3층 높이 나무 위에서 몸을 감고 내려다보는 모습은 밀림 속의 제왕처럼 위용을 갖춘 위대함에 일행의 발길은 얼어붙었다. 처음 보는 모습에 놀라움뿐이다. 만물의 삶이란 모두 서로서로가 모르는 사이에 이루어지나 보다.

시간이 정지된 순간이다. 허나 두렵다기 보다 무언가 가슴에 요동치는 알 수 없는 희열을 맛보는 순간이다. 여태껏 심신계곡을 누볐지만 때를 벗지 못한 인간에게 쉽게 보여주지 않는 엄청난 형상은 선택받은 무한의 행운아가 숲의 주인과 진정으로 악수하는 순간일까.

모두가 넋을 잃고 바라보기만 한다. 떨어진 황구렁이는 나무를 오르다 말고 미끄러지지를 반복한다. 물기가 흠뻑 젖은 나무둥치에 몸을 이리저리 밀착시켜 도 좀처럼 달라붙질 않는다. 자꾸만 미끄러진다. 권위가 있는 숲에서 선택된 권력자라 할지라도 모든 질서는 상부상조와 원원win-win의 입각한 상호 조화로운 결합에 의해야만 빛의 원형을 살릴 수 있다.

불현듯 의지와는 상관없이 나도 모르는 순간 배낭을 벗고 나무 위로 오르려는 황구렁이 곁으로 가서 두 손으로 몸통을 받치며 나무에 오르기 좋게 밀착시켰다. 힘을 준 구렁이 몸의 근육질이 형용할 수 없는 미묘한 감정으로 와락 몸속으로 스며든다. 오르는가 싶더니 또다시 미끄러지면서 내 몸을 깔고 말았다.

동료들은 한 발짝도 오지 못하고 나보고 빨리 피하라고만 한다. 이번에는 구렁이 목을 안고 나무에다 받치고 구부러진 몸통을 균형 있게 부착시켰다. 모두 와서 도우라고 소리쳤다. 그제야 동료들은 구렁이 몸을 받들어 올린다.

가까스로 몸을 올린 구렁이는 서서히 나무 위로 오르기 시작했다. 천천히 아주 천천히 오르며 구렁이는 몇 번이고 고개를 아래로 내려다보면서 무슨 말을 하려는 듯 기다란 혓바닥을 천천히 내밀었다가 들인다.

나무 위에 구렁이도 꼼짝 않고 아래로 내려다보며 혓바닥을 내민다. 나무에 완전히 오른 다음에야 우리는 고개를 숙이며 합장을 하며 염려를 표하고 또다시 기슭을 올랐다.

겉바람이 아닌 속바람이 숲을 시원하게 맴돈다. 발에 걸린 청석돌이 미끄러지자 두 뼘쯤 되는 굵은 홍지네 한 마리가 벌떡 일어선다. 저 녀석을 잡아 구워먹으면 관절과 정력에 참 좋겠다는 생각을 하면서 바라본다. 지네는 슬금슬금 다른 돌 밑을 찾더니 재빠르게 숨지만, 나의 뇌리에는 나무 위에서 나를 바라보던 구렁이의 눈동자가 자꾸만 가슴속 깊숙이 스며든다.

매화산 전설에 따르면 나무꾼이 나무하려 왔다가 이상한 새를 만난 덕으로 신선을 만나 놀다가 도끼자루가 썩고 삼 년을 굶었어도 죽지 않고 집으로 다시 돌아왔다는 것이다. 그러나 1,000m 매화산을 오르는 객은 황구렁이와 매화 숲에서 맺은 교감으로 가슴 벅찬 황홀함만을 간직할 따름이다.

산을 오름에는 그저 비밀을 훔치려는 숲의 배반자가 아니라 야심을 버린 다양성에 포괄적 목적을 바탕에 둔 인내하는 인간이 되어야 한다. 자연에는 알게 모르게 준엄한 규칙과 여백이 없는 규율로 꽉 짜여 질서정연한 흐름으로 일관하기 때문이다.

규칙된 숲을 걷는다. 인간의 의지가 아닌 자연의 안내로 걷는다. 모든 상념을 무로 돌리고 원죄를 못 벗는 인간의 숙명도 여기서는 필요치 않다. 불공평의 부존재로 공평조차 없어진 숲에서는 사실상 모든 것이 자유다. 개인적 자질과 능력도 소용없으며 앞을 보는 눈조차 중요치 않아 오직 무념으로 걷기만 하면 비밀은 풀릴 수 있다.

1,000m 능선에서 산 아래를 내려다본다. 아무리 둘러봐도 인간들이 좋아하는 권위와 욕망 간계 따위는 보이지 않는다. 여기서는 어떠한 증오와 분노를 퍼 부어도 용서의 관념이 생길 것이며 한술 더 떠서 당돌하게 신선과 함께 선뜻 술잔도 부딪칠 수 있는 구름바위에 올라도 꾸중치 않을 것이다.

따라서 삶이란 현재는 세상만사 힘들고 지치겠지만 지나고 보면 추억이 된 아름다움을 안고 자신만의 영원한 주거지를 향하는 여행이라 하겠다.

햇살이 숲을 뚫고 쏟아지며 바람에 이끌린 발길은 동북 방향 평지에서 서성이는데 저만치에서 인기척이 들린다. 천천히 걷히는 안개 따라 고개를 들어보니 높다란 나무에 희미하게 걸린 두 가닥 천이 길게 흔들리며 손짓을 한다.

이 깊은 산속에 누가 무슨 천을 걸어놨을까. 나 말고 누가 또 먼저 왔다 간 사람이 있다는 것일까? 발길은 나도 모르게 너풀거리는 천 쪽으로 향한다. 걸린 천은 엷은 하얀빛을 발하며 서서히 나의 마음을 감싸 당기는 듯하다. 순간 온몸에 경련이 일어나고 가슴은 서서히 굳어진다.

이것이 환상이라면 환상은 현재의 지각보다 훨씬 더 야릇할 때가 있다. 지금이 바로 그 순간인가보다. 환상을 느끼지 않는다면 매우 흥미롭지 않을 것이며 만나고 느끼는 것은 환상과 현실이 양극 간에 극적으로 존재한다할 것이다.

눈앞에 펼쳐진 광경은 차마 입을 다물지 못할 것이며 무슨 말을 하여도 이보다 더 극적으로 표현하지 못할 것이다.

엄청나게 큰 구렁이허물이다. 길게 늘어진 허물은 살아 움직이듯 펄럭인다. 그런데 허물 끝자락이 펄럭이며 닿는 숲속에는 사람 키만 한 커다란 산삼이 우뚝 서있다. 갑자기 눈앞이 아찔해지며 현기증이 솟아 온몸의 힘이 쫙 빠지며 그 자리에 털썩 주저앉고 말았다.

목이 메어 소리도 나오지 않는다. 경배도 없이 주저앉아 폐부에서 끓어오르는 눈물만 어깨를 들먹이며 주룩주룩 흘릴 뿐이다. 환상이 아닌 현실 속에서 우리는 실제로 느끼는 감정을 꼭 감출 필요는 없다. 감정은 맞춤 인식이 아니라 그냥 몸으로 타고 나오는 제어할 수 없는 생리현상이다.

온 산을 헤매며 그토록 찾아 헤매던 6구만달의 비밀은 풀리고 그 옆에 또 다른 6구 산삼이 천천히 모습을 내민다. 두 뿌리다. 물방울이 맺힌 설익은 딸(열매)은 완전히 황구렁이의 노르스름한 피부색깔이며 말할 수 없는 미혹한 향내는 하늘로 넓게 퍼진다.

'심 봤다!'

그제야 목청이 터져라 지르는 소리에 허물은 춤추듯 펄럭이고 바람은 황급히 내려앉는다. 막연한 기대에만 게을러빠진 망나니가 더러는 자연도 가끔 속여먹는데 커다란 비밀까지 쥐어주면서 건방지게 숲의 자유인으로 내버려 둔 신령의 진정한 의중은 과연 무엇일까.

황구렁이는 허물을 벗으며 새로운 육체와 정신력으로 숲의 불꽃을 살피다가 우연히 만난 내가 죽기 전에 타인의 행복을 위해 머슴처럼 살다가 꽃상여 없이 가도 좋다는 내용도 읽어보지 않고 덥석 쓴 몹쓸 계약서 때문에 눈감아 주는 것인지도 모르겠다.

산들거리는 바람은 네 박자를 부르고 햇빛은 자욱한 안개를 걷는다. 소낙비를 머금은 나뭇잎이 향내를 뿜는 숲속 친구들의 배웅을 받으며 내려가는 발걸음에 아직은 쓸모 있는 마음을 매달아놓는다.

벌 떼

숲의 자유는 자연섭리에 따라 흐르는 잔잔한 리듬의 정적 멜로디다. 인간도 여기서는 숲의 외형이 아닌 특별한 본성을 가진 내형의 일부이므로 공존으로 잇는 자연의 한 부분에서 과욕을 부리며 삼천리 강토의 도도한 주인인 척해서는 안 된다. 자연에 대한 저항이 강해지면 강해 질수록 궁극적 피해는 결국 자신에게 돌아가기 때문이다.

오늘은 춘천시 신북면 발산리를 지나 삼한골로 해서 약 640m의 수리봉을 오르는 초행길이다. 명산과 인간의 관계성은 서로 간의 융화의 통섭보다 긴요한 일은 없을 것이다.

낯선 숲에서 유한적 존재인 나는 내안의 삶과 초록언어를 친교의 표적으로 삼는다면 신령의 보살핌이 나의 행동을 석명釋明할 이유 없이 욕망 위에 설 수 있는 상상을 쫓는다.

뜨겁게 끓인 햇살은 쏟아지고 가파른 기슭을 오를 때는 숨소리조차 쏟아버리고 싶다. 바람이 멈춘 골은 엎드리며 자성自醒을 가져라하지만 기슭의 참나무는 달아오르는 열기에 뿌리부터 곰지락거린다.

고개티 넘어 대낮에도 달빛이 내리는 영산靈山골을 암만 물어봐도 숲은 침묵만할 뿐 미동도 하지 않는다. 자신의 사명을 아는 영산은 사명 이외에는 어떠한 인과적 관계나 연쇄충돌을 외면하는 다언수궁多言數窮만 내민다. 정치인처럼 거짓말과 쓸데없는 막말을 쏟아내면 훗날 자신이 궁지에 몰릴 때가 많다는 것을 익히 잘 알고 있기 때문이다.

해를 가리는 동 숲으로 들어서니 시원한 속바람이 내 안의 욕망과 자만심까지 날려 보내면 찾던 영삼靈蔘의 환영幻影은 미봉지책에 불과한 것일까.

명당이 있는 구름고개를 찾으려고 또 다른 계곡을 들어서니 설익은 다

132

래가 지천으로 열렸고 골짜기를 가득 메운 으름은 철이 일러 아직 내가 누릴 호사는 아니었으나 이토록 귀중한 보고寶庫와 절경은 만물을 보듬어 키운 어머니 같은 큰 산의 희생이 아닐 수 없다.

더위가 아무리 기승을 부려도 구릉성 산지와 산록 완사면이 넓게 발달된 수리봉은 보물창고를 함부로 열지 않을 것이며 어떠한 인간도 호객하지 않을 것이다. 내 것 외에 다른 것을 탐하면 현재소유의 귀중함을 일깨워주지 못하고 하나를 주고 하나를 받는 모자람 없는 계산은 자손만대의 정직을 계승하자는 것이 여기의 규율이다.

숲속에서 보는 수리봉 역시 인근의 마적산, 구봉산, 대룡산처럼 아무리 심심해도 비상을 외면한 뛰어넘지 않는 보통의 존재로 살면서 맑고 깨끗한 영혼의 산객을 기대하지만 상대적 욕망과 박탈감이 강한 나를 어떤 식으로 자연의 정당성 통합을 주입시켜야 할지 의논하고 있을 것이다.

벌써 동북쪽 편편한 골짜기에는 폐비닐과 빈병의 사체로 나 같은 동종의 인육人肉냄새로 가득하다. 아무리 숲의 그늘이 넓게 드리워 인간의 황폐한 혼을 정화시켜준다 할지라도 오만과 독선으로 행하는 인간사유의 공간은 항상 위험하고 충격적이다.

자연과 인간은 아주 작고 미묘微妙한 일탈에서 문제가 생긴다. 가져가면 돌려 줄줄 모르고 버리면 가져갈 줄 모르는 못된 인간과 절교할 수 있는 형편도 아닌데 실용적 대안을 외면한 채 자연을 정복할 공허한 구호와 욕심만 진력하는 인간을 장차 어찌하면 내칠 것일까.

잣나무가 즐비한 기슭을 오르니 나처럼 성질 나쁜 청솔모가 채 여물지도 않는 잣 열매를 갉아 여기저기 바닥으로 떨어트렸다. 떨어진 열매는 영금을 멈춘 자신을 비우는 거부감 없는 순응이라 하지만 남몰래 흘리는 진액의 눈물로 생명의 허무함을 감당하기에는 너무 슬프다.

숲의 공간이 뚫려 햇살내리는 곳에는 화사한 양장차림의 금낭화가 기다리고 가시오가피나무 아래 기린초와 꿩고비는 웃는데 도깨비바늘과 개

차고사리는 날마다 티격태격하지만 그래도 함께 지내는 것을 보니 모든 것이 아름답고 고마울 뿐이다.

따가운 기슭에서 수천 년 동안 묵묵히 자신을 비운 저 큰 바위는 맨몸으로 흙 한 줌 없이 작은 소나무 한 그루 키워낸 기적이야말로 겁진劫盡을 뛰어넘는 강인한 인내와 생명력에 사뭇 놀라울 따름이다.

그래서 자연은 나에게 체념의 끝을 잇는 외계에서 타임머신을 타고 온 수족의 인간이지만 반목과 대립을 버리고 운명추존결핍사상을 공동체 의식으로 채워나간다면 내가 찾는 숲에서 누구나 염원의 영광이란 눈부신 열매를 만날 것이라고 말한다.

인간은 고뇌를 버리고 배려와 존엄을 그려야 하고 간악한 애고이즘으로 치닫는 암울한 사회를 숲의 일환으로 바꾸는 일은 설사 안 된다 할지라도 기적을 바라며 외면하지는 말자는 것이다.

청석이 많은 곳에서 놀란 홍지네가 돌 밑으로 들락거린다. 20㎝ 이상이나 되는 독성이 강한 녀석들이 지천으로 깔렸다. 한 번 물리면 세상 고통 무엇보다 더 아프단 사실을 물려본 나는 잘 안다. 허나 사람들이 녀석을 선호하는 것은 관절염, 신경통, 어혈해소에 좋으며 최근에는 암 치료에도 부분적 효능이 입증되었다 하기 때문이다.

순간 동료 K가 지네잡기에 혈안이다. 아무리 말려도 막무가내다. 낯선 생명포획에 대한 나의 기표記標를 거부하니 이미 화합의 극진極盡은 희박하다. 모든 만물을 친밀의 주체로 행하면 얼마나 좋을까마는 그래서 사랑은 당신의 업적이 아니라 우리 모두의 책임이다.

씁쓸함을 안고 고개 마루에 오르니 고슴도치 한 마리가 그늘에서 쉰다. 사진을 찍고 돌아가라고 했으나 지네 잡은 K가 키우겠다며 냉큼 배낭에 집어넣는다. 놔주라는 나의 명령에 거부다. 산대장의 임무와 권위는 동료와 산을 위해 책임의 주권은 물론 자부심까지 포함된다.

산을 숭배하는 심마니의 정체성은 최고의 주견을 담아 신령의 잔심부름을 하는 작은 머슴이다. 왜곡된 마음은 진실 된 사고를 지배하며 조직의 목적을 일탈하려는 K는 자신의 행동을 변화시킬 기미가 보이지 않는다.

많은 산을 오르고 흙을 밟았으면 이제는 숲의 숨소리를 느끼고 들을 줄을 알아야 한다. 욕망을 향하는 이분법의 마름질은 공공의 적이며 무시와 생명멸시는 산새가 쪼아 먹다버린 빈 열매껍데기다. 그래서 산중에는 용서라는 테두리를 정화시키는 가마솥은 옛날부터 없다.

조직이 와해되려는 불확실성에서 심蔘을 포기하고 돌아갈 채비를 하지 않으면 안 된다. 숲과 계곡의 대상을 두루 사고하며 추리를 행하는 인간의 이성작용을 가장 존중받아야 할 참된 순간이 사라진다.

이왕 점심을 먹고 가자는 P는 내 눈치를 보며 웃으며 말한다. '배고픔의 죄는 부모에 대한 최고의 불효'라는 말에 바람처럼 자유로운 마음으로 바닥에 앉았다. 시장기가 가득한 뱃속에는 앞선 사건을 버리는 빠른 발상 전환이 필요하며 최고의 성찬은 불편의 편린片鱗을 바람과 함께 날려 보낸다.

부모에게 받는 성스런 DNA를 숲에다 소중히 심겠다는 역설力說을 이끌어낸 정신적 탈공해는 이 산 어디쯤 가면 만날 수 있을까.

땅벌 한 마리가 반찬 위로 날아든다. 그냥 두라했으나 고슴도치를 잡은 K는 손가락으로 벌을 튕겨 죽인다. 한 마리가 또 왔다. 또 손가락으로 튕긴다. 근처에 벌집이 있어 냄새를 맡고 오는 모양이다. K는 날아드는 벌을 연신 신경질적으로 튕겨낸다.

하늘에서 '웅~'하는 비행기 소리가 들린다. 점점 가까이 들리기에 이상한 예감이 들어 고개를 돌리니 옆에 앉은 K의 등허리에 벌들이 새까맣게 붙어 내는 소리다. 등허리를 타고 목을 향해 오른다. 벌구멍을 깔고 앉은 모양이다. 절대로 움직이지 말라했다. 벌들은 이미 주위를 윙윙 돌며 움직이면 공격하겠다는 자세다.

그때 K가 점심을 꺼내고 배낭을 닫지 않아 고슴도치가 빠져나왔다. 비닐 속에 둔 지네도 기어 나온다. 얼떨결에 배낭을 닫으려는 K가 지네에게 물려 화들짝 놀라 몸을 움직이는 순간 순식간에 벌 떼들이 공격했다.

모두 산 아래도 뿔뿔이 흩어져 뛰었다. 머리, 목, 팔, 등허리, 쏘이지 않는 데가 없다. 비명을 지르며 무조건 달렸다. 멈추면 죽는다. 키 큰 나무도 큰 바위도 순식간에 뛰어넘는 초인이다.

순간 눈앞에 수직절벽이 나타났다. 약 20m 정도 사정없이 추락하여 의식불명상태에 이르렀다. 얼마나 지났을까, 무서운 벌들은 흔적도 없이 사라지고 숲 사이로 하늘의 흰 구름만 내려다본다. 몸을 살폈으나 허벅지가 찢겨 피가 흥건히 났지만 다행히 다친 데는 별반 없었다.

잡목을 잡고 일어서려는 순간 동공이 확장된다. 핏빛 같은 빨간 산삼열매가 눈앞에서 어른거린다. '심 봤다'라는 감성적 언어는 사라지고 폐부에서 북받쳐 오르는 어깨 흔들림의 눈물만 흐른다. 3년 전 한마음선원에서 부처님 앞에서 흘린 눈물일까. 지치고 맑지 못한 초라한 산객에게 큰 산 수리봉은 자애로운 모성애로 등을 쓰다듬은 것일까.

한두 뿌리도 아니고 만달, 5구, 4구 등 크고 작은 산삼들이 나를 응시한다. 위는 절벽 아래는 넝쿨로 싸인 천연 원시요새를 찾은 객의 깊은 상처를 다독이며 정신작업에 더욱 유의하라는 작위라도 내려주시는 의식일까.

인간이 자연생명력을 업신여기는 것은 우월해서도 아니고 생존가치의 존엄성을 몰라서도 아니다. 다만 자연의 부분만 알지 전체로서는 무지하며 유혹이라는 오만과 교만이 본성의 착한 부분을 가리기 때문이다.

고슴도치의 별난 사랑이나 땅벌의 생명무관심은 자연 전체로는 그다지 미움 받을 짓은 아니나 거시적 고찰 접근방식이 서툴다는 것이다.

사랑의 대가는 희생이나 사이에 간격을 채우는 춘추시대 장공처럼 미봉책은 안 된다. 과욕으로 누릴 차치가 아니라 시간을 품은 빈 동굴에서 내 마음을 심고 싶다.

환영幻影 ─────────────────

　산골짜기로 길게 퍼지는 늑대울음소리가 파리한 등성을 타고 그믐밤 하늘로 오르는 깊은 겨울밤의 파계사. 주지스님이 두드리는 목탁소리에 따라 부처님께 108배를 올리며 호악好惡과 평등平等, 고락苦樂과 사捨로 일어나는 모든 번뇌를 묶고 삼보三寶를 그려내는 보살이 일찍 사별한 남편과 6·25전장에서 이름 모를 땅에 묻힌 애처로운 자식을 위해 낮출 대로 낮추는 몸짓이다.

　한 번 절을 올릴 때마다 일심을 잃지 않으려고 애를 쓰며 수승隨乘한 과果를 얻으려는 보살이 온몸으로 바치는 절대하심下心은 불안佛眼으로부터 내리는 온화함에 더욱 낮아지고 대웅전 처마 끝에 인경소리는 불법을 담은 바람을 조용히 공중으로 띄워 보낸다.

　할머니를 따라 절에 온 열 살 남짓한 어린 손자는 심심해져 이곳저곳 기웃거리다가 법당 문을 열고 밖으로 나와 추운 줄도 모른 체 석등이 켜진 마당에서 나무그림자를 쫓으며 놀다가 원통전을 지나 돌계단을 돌며 적묵당을 따라 설선당을 둘러보며 처음 오르던 진동루를 내려서 절 밖으로 나왔다.

　산속은 구름 속에 달빛이 내리듯 희미한 광경으로 쌓였다. 희뿌옇게 보이는 길에서 어린 손자는 작은 돌멩이도 몇 개 줍고 무서움도 모른 채 산길을 따라 아침에 올라왔던 오리 길을 혼자서 집으로 내려온다. 절에는 할머니를 따라 자주 왔었으며 스님이 주시는 사과랑 떡을 먹고 심심해지면 혼자서 집에 오는 일도 종종 있었다.

　그러나 오늘처럼 한밤중에 내려오는 것은 처음 있는 일이다. 손자는 지금이 한밤중인지 대낮인지 관념 없이 그냥 집으로만 내려오는 것이다. 맞은편 산에서 들리는 수컷 늑대 울음소리가 길게 퍼지면 또 다른 곳에서 암컷 늑대 울음소리가 점점 더 가까이 다가감을 느낀다. 혼자서 마냥 우는 것이 아니라 함께 울어줄 상대방이 자신과 어떤 메시지를 보내느냐는 인간이나 짐승이나 매한가지인 모양이다.

경내를 벗어나 왕 소나무가 **빽빽**하게 서있는 산길을 내려오다가 개울을 건너 왼쪽으로 가면 우리 마을로 가는 길이다. 조금만 더 가면 작년여름에 멱을 감다가 물에 빠져죽은 영철이가 얼음을 허옇게 뒤집어쓴 체 둑에 앉아 울고 있는 무시무시한 저수지가 나온다. 밤의 그늘이 너무 깊어 혹여나 죽은 친구가 나타나 함께 가자고 하면 어쩌나 하는 조바심이다.

영철이와 마주치지 않으려고 저수지 둑 아래로 마구 달려 도랑을 풀쩍 뛰어 다시 정수네 파밭을 가로질러 콩닥거리는 가슴을 안고 뽕나무 사이 길로 허겁지겁 달려 마을 어귀까지 와서 한숨을 길게 내쉰다.

몇몇 사람들이 비 오는 밤에 영철이가 흰옷을 입고 제방에 앉아 울고 있는 모습을 봤다는 사람들이 더러 있었기 때문이다. 산골은 그 나름대로 귀신의 존재를 강조하여 호기심과 상상을 바탕으로 훗날 추억의 인자因子로 작용하기에는 매우 신선한 충격이다.

집에 들어오니 희뿌옇게 보이는 댓돌 위에는 엄마신발이 잠이 들고 코흘리개 삼촌 검정고무신도 쿨쿨 자고 있다. 나는 언제나 할머니와 함께 자는 큰방으로 들어갔다. 어두컴컴한 방에 익숙한 몸짓으로 검정이불 속으로 몸을 쏙 밀어 넣었다.

얼마나 잤을까. 오줌이 마려워 깼다. 손을 더듬어보니 할머니가 없다. 가끔 할머니는 뒷집에서 노시다가 늦게 오실 때도 있다. 절에서 혼자 내려왔다는 생각은 까마득히 잊어버렸다.

방문을 열었는데 사방이 온통 캄캄하여 어딘지 분간을 잘 못하겠다. 마루 끝에 걸린 기역 자 군용 플래시를 켜고 뒷간으로 가서 오줌을 눈 후 욕심도 집착도 모르는 작은 몸은 다시 방으로 들어와 물처럼 구름처럼 꿈속으로 흐른다.

불공을 드리다 만 할머니는 손자가 없어진 것을 알았다. 캄캄한 그믐밤에 어디로 갔는지 알 수가 없다. 법당을 나와 큰 소리로 불러보지만 밤의 정적만 깨트린다. 할머니의 빈 가슴에는 금세 불안과 초조함이 들어와 자리를 잡는다.

자유로운 영혼인데 아무 탈이 없을 것이란 주지스님의 위로에도 아랑곳하지 않은 할머니는 경내 외를 찾다가 급기야 등불을 들고 집으로 허둥지둥 내려오시며 오만가지 공포와 잡념을 떨치려고 고개를 흔들지만 무서운 늑대 울음소리에 나쁜 상상만 끝없이 떠오른다.

믿음도 사랑도 결국은 나의 자유로움을 위함인데 지금만큼은 세상만사가 모두 두려움이며 오직 눈앞에 밟히는 어린 손자의 무탈함이란 작은 생명을 당신의 생명보다 더 인식하며 부처님께 매달리는 할머니의 가슴은 눈물겹도록 애처롭다.

"인석아! 달도 없는 캄캄한 산길을 어떻게 내려왔어!"

할머니의 안도하는 꾸중이다. 잠이 깬 손자는 집으로 내려오는 길이 너무 환하게 밝아 돌멩이도 잘 보이고 눈싸움도 하고 빨리 오려고 저수지를 지나 샛길로 달음박질까지 하면서 왔다고 자랑이다.

"관세음보살 나무아미타불."

파계사 쪽으로 연신 머리를 조아리며 절을 올리는 할머니 눈에는 눈물만 흐른다. 달 없는 밤에 여린 영혼이 혼자 집으로 가는 길을 훤히 비춰주신 부처님의 염력에 한없는 감사의 절이다. 믿음에 대한 비장감을 더해주는 인자는 구원이라는 종교적 본질의 성스런 자극이다.

강원도 횡성 매화산의 등정이다. 아침부터 계속 내리던 소낙비는 정오무렵에야 그쳤다. 전형적인 여름 소낙비다. 햇살이 쿡쿡 내려쬔다. 시원한 바람은 사라지고 무더운 바람이 숲을 휘감아 쪄내는 커다란 찜통의 숲이다. 구름처럼 자유로움도 찜통의 고행을 벗어나야만 오를 수 있는 길인가.

방향을 잘못 잡았는지 높다란 절벽이 나타났다. 숲속에서는 사방을 분간하기 어렵다. 절벽이 가로막았다 해서 피해가면 앞선 동료들과 만날 약속시간이 부족하므로 기어이 절벽을 올라야 한다.

약 30m 높이의 절벽이다. 바위틈에 발을 끼우고 손은 벌어진 틈새와 작은 나뭇가지를 잡으며 오른다. 물기가 묻어 무척 미끄럽다. 신경을 곤두세우고 무사히 절벽을 올라 안도의 숨을 고르는 순간!

절벽 바로 위의 소나무 아래서 비에 젖은 몸을 말리고 있는 살모사와 정면으로 마주쳤다. 나는 절벽을 올라 불쑥 얼굴을 내밀고, 살모사는 깜짝 놀라 번쩍 고개를 쳐든 거리는 불과 한 뼘 사이다. 예기치 않는 상황에서 물리지 않으려고 본능적으로 바위를 잡았던 손을 떼는 순간 몸은 절벽 아래로 떨어졌다.

나락으로 떨어지는 몸은 참나무가지에 걸려 구르고 또 다른 가지에 걸리다가 땅바닥에 거꾸로 처박혔다. 머리가 돌멩이에 부딪치는 소리보다 평소 모자에 꽂고 듣던 소형 라디오가 퍽! 하며 깨지는 소리를 희미하게 들으며 혼절상태에 들어갔다.

인생이 이처럼 쉽게 끝난다는 것은 자연이 준 규칙에 위반한 일탈행동인즉 창조주가 정한 원초적 삶은 언제나 치열의 도를 외면하라는 절대교시에 복종해야 할 것이다.

어둠속을 간다. 걷는 것도 아니고 나는 것도 아니며 둥둥 떠돌며 답답함도 상쾌함도 없다. 생을 마치고 영원히 존재하는 죽음으로 가는 길인가보다. 개울을 건널 때는 발이 너무 시리다. 온몸을 부르르 떨고 있는데 갑자기 할머니가 나타나 팔을 당기며 얼른 일어나라는 재촉에 눈을 번쩍 떴다.

사방천지가 어둠이며 비를 맞고 젖은 채로 누워있다. 절벽에서 떨어진 뒤로 계속 혼절상태였던 모양이다. 조물주가 나의 생명포기를 착각하기에 절대 부족함이 없는 시신이다.

몸이 움직이지 않는다. 일어서려면 중심을 잃고 쓰러진다. 비바람에 흉흉한 소리를 내며 나무는 마지막 무도장에서 춤추다가 영혼을 낚아채가는 키 큰 저승사자다. 이것이 명재경각이라 하는가.

저 앞에 희미하게 보이는 숲을 헤집으며 골짜기로 기어 내려간다. 비 내리는 밤에는 달빛도 물에 젖나 보다. 도랑물이 불어 콸콸 흐르는 모습도 보인다. 어릴 때 할머니와 함께 파계사에 갔다가 혼자 집으로 올 때와 같은 희미한 밤의 모습은 오늘도 달 없는 그믐밤이다.

머릿속에는 배고픔과 귓전에는 도랑물소리와 빗소리로 가득하다. 세상에 모든 것은 자신이 어떻게 느끼고 듣고 말하느냐에 달려있다고 한다. 생명보존은 도전과 끈기의 산물로 평가되고 영혼은 체득이나 판별 이전에 자신의 본성에서 판가름되는 것인가.

미끄러지고 넘어지고 기다시피 골짜기를 내려온다. 삶과 죽음의 경계에서 반항 없이 죽는다면 말은 필요 없겠지만 삶이 절대의지의 소산이라면 주먹만 한 심장 하나로 수많은 생각과 육체를 이끄는 어자取者가 쓴 대서사시의 한 장면이라 하겠다.

간신히 산을 벗어나 벼가 춤추는 논두렁 가까이 와서 쓰러졌다. 밤새도록 쏟아지는 폭우로 논둑이 터질까봐 물을 막으려고 플래시를 들고 논에 나왔던 할아버지가 나를 발견했다. 처음에는 죽은 산돼지로 오인했다. 칠흑같이 어두운 그믐밤에 쏟아지는 폭우에 왜 사람이 쓰러졌는지를 모르는 할아버지는 나를 업고 마을로 향했다.

밥을 먹으면 배가 부르다는 것밖에 모르는 덕도 없고 선도 행할 줄 모르는 미물에게 부처님은 먹장구름 속에서 내가 위험하면 또 희미한 월광을 내려 보내셨나 보다. 타인 발걸음에 차이기만 하는 경시될 수밖에 없는 삶의 부끄러운 침묵이 숲에서도 안타깝게 생각했을까.

환영幻影은 언제나 산에서 살고 할머니는 언제나 파계골부터 산마다 찾아다니며 살 들린 손자를 위해 심장에서 피를 가르며 애절하게 부르는 소리가 오늘밤 폭우 속에서도 은은한 바람이 되어 돌아온다.

"관세음보살, 나무아미타불. 관세음보살, 나무아미타불."

맞수

　서로 노려본다. 잡아먹으려는 자와 먹히지 않으려는 자 사이에는 팽팽한 긴장감만 맴돌 뿐 어디에도 평화적 공존이란 없다. 삶이 아니면 죽음이다.

　만물은 공존과 분리의 양면성을 이리저리 헝클어트리면서 전체를 만들어내고, 인간은 그 과정에서 선택된 하나에 매달려 온갖 곡예를 부리며 불완전한 호흡으로 빚어낸 가슴을 안고 작은 동굴에서 살기를 꿈꾼다.

　강원도 태백 대덕산 1,300m 7부 능선에서 정체 모를 짐승과 맞닥뜨렸다. 온몸이 먹물 같은 새카만 털로 윤기를 자르르 흘리며 눈은 외등 전구알 만큼이나 큼직하고 몸체는 송아지보다 작지만 날렵하게 생긴 놈이 아마 이 깊은 심산 일대를 주름잡는 산적 두목일지도 모른다.

　이 거대한 녀석은 나를 한여름의 눈사태를 연상케 하는 절대로 애기치 못한 표층이 아닌 전층 눈사태의 매몰 위기로 내몰고 심장이 멈춰지려는 긴박한 생명 초침은 급한 호흡부터 먼저 몸 밖으로 피신시킨다.

　순간 머리카락이 곤두서며 본능적으로 손은 허리춤에 칼을 잡는다. 이 놈은 나를 공격할 것이라는 예감이 확실히 든다. 마주보고도 전혀 놀라지 않고 한 치의 빈틈도 없이 날카롭게 응시하는 모습과 검은 털에서 흐르는 웅장한 힘의 에너지가 부르르 떨리는 진한 전율을 느꼈기 때문이다.

　붉은 복장을 한 용감한 마사이족 전사는 아니지만 침착한 모습과 겁먹지 않는 움직임으로 허를 보이지 않는 것은 수년간 숲에서 싸우며 살아온 경험 때문이다. 자연스럽게 왼손으로 고무줄을 꺼내 오른손에 쥐어있는 대검크기의 칼과 함께 손목에다 칭칭 동여맨다. 놈이 공격했을 때 뒤로 넘어져도 칼을 놓치지 않기 위함이다.

심산深山을 다닐 정도가 되면 이정도의 준비성과 과단성은 기본이다. 산행은 두 사람 이상이 행하지만 오늘은 공교롭게도 혼자만 떨어져 동료들에게 도움을 요청할 기회도 놓쳤다. 잠시나마 혼란을 주기 위해서 모자에 달린 소형 라디오를 켰지만 주파수가 안 잡혀 직직거리기만 한다.

거칠게 살아가는 야생동물과 그들의 생피를 빨아먹는 인간과의 평화는 절대 로 없다. 잡아먹고 먹히는 것은 힘과 능력의 우위가 결정을 하고 지금은 독사를 밟았을 때와 산돼지를 만났을 때의 경우보다 확실히 다르다.

주춤거리는 행동을 하거나 뒤로 물러서면 백번 죽는다. 눈을 부릅뜨고 시선을 고정시킨 체 눈싸움을 하면서 한 발자국도 물러서지 않고 몸을 앞으로 최대한 웅크려야 한다. 그러면서 상대방의 행동을 예의주시하며 주변의 지형지물을 이용하거나 할 자리를 찾는다.

설사 이산의 맹수가 불안에 떠는 나에게 호흡을 멈추라고 협박하거나 내 안의 좌절이 그만 명줄을 끊어라 해도 지금의 역경을 딛고 모조건 살아서 우뚝 선다면 창조주를 감동시키기에는 결코 부족함은 없겠지.

난생처음 보는 놈이다. 무슨 짐승인지 알 수 없지만 버티고 선 두툼한 앞발의 위력이 대단해 보인다. 고개를 쳐든 자세는 공격 형태를 취하기 직전 나의 허점을 찾는 모양이다. 나도 눈동자를 마주치며 짐승의 버금가는 행동으로 발걸음을 천천히 뒤로 옮기며 큰 나무를 피해 넓은 공터로 유인한다.

짐승은 뒷다리를 박차고 뛰어올라 이빨로 무는 공격이 유리하나 인간은 뛰는 짐승을 제압하기는 순간 느리지만 두 발과 두 손의 무기를 활용하면서 지형지물을 이용하면 승산이 훨씬 더 크며 지금은 넓은 곳에서 대적하는 편이 오히려 유리하다.

모든 생물은 태어나면서부터 조물주가 그려준 설계도대로 살아간다. 오늘은 사나운 짐승과 만나야 하는 비정한 시간대이며 이미 삶과 죽음도 정해졌지만 누구도 앞장의 설계도를 알 수가 없다는 것이 아쉬울 뿐이다.

평화롭고 조용한 골짜기에서 두 목숨을 가운데 두고 삶과 죽음의 노래가 무겁게 퍼진다. 장송곡을 따라 공중에 올라서 이 광경을 내려다보면 넓은 산야에서 우리는 아무것도 보이지 않는 점일 뿐이지만 여기에서는 필살必殺의 위기감을 맞는다. 먹히느냐 안 먹히느냐 순간적 차이다.

소크라테스는 사람은 죽음을 앞두고 조용히 죽여야 하며 지금이 죽을 때이며 이처럼 훌륭한 때를 맞아하지 못하리라고 말했다. 사약으로 억울하게 죽는 줄 뻔히 알면서도 죽음의 시간을 찬양했다.

나도 맹수에게 죽음을 맞이하는 지금이 절명의 찬스라고 한다면 소크라테스는 박수를 치겠지만 싸움을 조장하는 조물주는 신경질을 낼 것이다.

놈은 또 다른 적은 없는지 천천히 둘러보고 날카로운 눈빛으로 쏘아보며 크르릉 하는 울림과 함께 이빨을 드러내며 어깨를 웅크리고 앞발을 약간 굽혀 뒷발로 차오르려는 전열을 가다듬는 최상의 공격적 자세를 취한다.

언어가 다르고 몸집이 달라 함께 살기 어렵고 너의 표독과 나의 온화가 평준을 이룬다 해도 서로 간의 불화를 원하는 창조주는 생과 사를 선악에 관계없이 이산에 걸어놓았다. 그래서 우리는 죽기 살기로 싸워서 이겨야 한다.

동풍이 불어온다. 바람이 불어오는 방향을 보며 짐승과 맞서려고 한다. 후각이 예민한 놈은 사람이 풍기는 냄새에 따라 승패를 감지한다. 산중의 놈들은 초조하고 불안해하는 냄새와 강력하고 강인한 냄새를 감지하는 능력을 가졌기에 나의 냄새를 숨겨야 한다.

오른손은 칼로 묶었고 왼손은 곡괭이를 들었다. 곡괭이자루와 팔이 일직선이 되도록 쥐었다. 팔을 물렸을 때 나무와 팔뚝을 함께 물게 되면 최소한의 상처로 방어하기 위함이다. 왼쪽 다리는 앞으로 약간 내밀어 굽히고 오른쪽 다리는 뒤로 빼는 안정된 수동적 방어형태를 취한다.

야생짐승들이 사람을 공격할 때는 거의 목덜미를 공격한다. 숨통을 끊는 것이 가장 짧은 시간에 재빨리 제압할 수 있기 때문이다. 그러므로 놈이 뛰어올라 덮칠 때 왼손은 굽혀 머리 위로 올려 방어하고 오른손은 칼로 배를 찌르기 좋은 자세로 취한다.

모든 것을 몽땅 이기려고 하면 실패한다. 놈이 뛰어올라 목을 물려고 할 때 없어도 괜찮은 방어하는 팔 하나쯤은 내어주고, 놈의 허점이 훤히 보이는 가장 취약점인 배대기를 푹 쑤셔야 한다. 이것이 방어의 기본이고 놈과의 거리, 높낮이와 위치 등에 따라 효과적인 방어를 택해야 한다.

나는 해를 등지고 놈은 해를 안고 서있다. 바람도 앞에서 분다. 최상의 방어형태다. 만만치 않은 상대인지 좀처럼 공격해오지 않는다. 나는 추호도 흐트림 없는 방어자세로 맞섰으며 숨소리조차 일정하게 내쉰다. 살아야 하기 때문이다. 드디어 놈이 크르릉 하는 소리와 함께 훌쩍 높이 뛰어올랐다.

악마처럼 벌린 입의 날카로운 이빨을 보며 팔을 머리 위로 방어했다. 몇 초가 아닌 눈 깜빡할 사이였다. 팔이 찢어지는 아픔을 느끼는 순간 짐승과 함께 뒤로 넘어지면서 무방비상태로 훤히 드러난 배를 오른손에 묶인 칼로 푹 쑤셨다. 확실히 찔렀다는 느낌이드는 순간, 캐깽 하는 소리와 함께 짐승은 내 위로 쓰러졌다. 아무생각도 없다. 승패의 관념은 사라지고 이대로 그만 멈추고 싶다. 놈의 가슴 사이로 쳐다보는 햇살은 눈이 부시도록 따갑다. 오른손을 적셔오는 느낌은 뜨거운 야생 피가 마지막 숨을 몰아 쉴 적마다 울분을 못 참아 울컥울컥 쏟아지는 느낌이다.

놈이 괴상한 비명을 지르면서 발악할 때마다 칼로 좌우를 돌리며 깊숙이 찔려댔다. 죽일 때는 끝까지 명줄을 완전히 끊어야 한다. 그래야만 또 다른 이행을 남기지 않는다. 천천히 늘어지는 놈의 무게를 느끼며 안도의 한숨과 피곤이 엄습한다. 황야의 무법자가 겨루는 석양의 결투는 끝났고 승자는 총구의 연기를 입으로 분다.

산은 조용한 침묵만 내린다. 아무도 없다. 박수 치는 이도, 칭찬하는 이도, 더구나 애도하는 이도 없다. 애당초부터 인간과 야생짐승은 전체를 위한 공통의 싸움이 아니라 어리석은 둘만의 사적 싸움이었다. 따라서 죽은 짐승도, 명줄을 부지한 나도 의미 없는 모두가 실패한 싸움이다.

우리는 눈만 뜨면 매일 똑같은 싸움질이다. 상대여하를 가리지 않고 자신과 맞지 않으면 무조건 싸움을 걸고넘어진다. 탐욕으로 빼앗은 모든 것보다 더 많은 탐욕을 위해 뺏고 뺏기는 것이다. 수만 년간 연구해도 알 수 없는 짐승의 뇌를 가진 생명체를 밑도 뜻도 없이 일순간에 죽여 버렸다.

낯선 인간과 한순간의 잘못된 만남으로 정당한 이유도 없이 허무한 죽음을 당한 이름 모르는 짐승은 자신의 지역방어를 위해 무자비하게 덤볐고, 나 역시 산이 감춘 심을 찾아 맹목으로 목숨을 담보하며 깊은 산속을 신의 허락 없이 헤매다가 남의 땅에서 일어난 어처구니없는 살해사건이다.

건강한 짐승 한 마리가 별다른 이유도 없이 그저 허무하게 죽어갔다. 손을 타고 흘러내리는 붉은 핏물은 아직도 뜨뜻하다. 짐승의 비참한 최후를 내려 보는 순간 가슴에 울분이 치밀어 오른다. 머리를 쥐어뜯으면서 목구멍으로 오르는 분노를 커다란 고함으로 토해낸다.

"으아!"

털썩 주저앉았다. 눈물이 주룩 흐른다. 지금의 내 모습은 인간이지만 행동은 야생동물과 다름없다. 우리는 왜 이렇게 쓸모없는 싸움질을 해야만 할까. 신이 만물을 창조할 때 먼저 자기만 생각하고 남에 대한 배려는 후에 생각토록 설계했기 때문일까. 이겼다는 승리의 의지보다는 배려할 줄 모르는 악의 본성을 언제쯤 깨달을까.

땅을 파고 묻을 수 없어 나뭇가지를 꺾어 덮었다. 옳고 나쁜 것을 알려주지 않는 자연은 죽은 자와 산 자의 행동을 평가하지도 않는다. 계곡을 내려가다가 또 다른 야생짐승을 만난다면 나의 행동은 어떻게 할까. 삶과 죽음에서 또 살 수 있는 방법을 택할까. 아니면 죽음으로 양보할 것인가.

동자삼

달빛이 조용히 내리는 산자락에 움막 한 채가 보인다. 움막 위로 희뿌연 물체가 부산히 움직이는 모습을 보고 가까이 다가갔다. 빨간 옷을 입은 두 소년이 소리 없이 움막을 타넘으며 놀고 있다. 누굴까? 이 달밤에 이상한 일도 다 있구나 하면서 소년을 바라본다. 새벽산행준비를 마치고 소파에 기댄 체 깜빡 졸면서 이상한 꿈을 꾸다가 일행이 부르는 소리에 잠이 깼다.

새벽 4시는 잠 없는 시골 늙은이가 우물에서 찬물 한 바가지 들이킨 후 풍년초 한 대 물고 헛기침하며 천천히 골목의 어둠을 쓸어내는 빗자루소리가 들려오는 시간이고, 도시에 있는 나는 언제나 그렇듯 휴일이 되면 철모르는 원시인으로 변해 동종의 무리를 거느리고 어둠을 밟으며 인적이 드문 새벽 산을 어슬렁거리며 오른다.

오늘은 철원 고대산으로 향한다. 높이 800여 미터의 높은 산은 경원선 철도가 휴전선에 가로막힌 원한이 이 산에 잠들어있다. 백마고지와 북대산 등 한탄강기슭의 종자산까지 한눈에 들어오며 멋진 풍경과 빼어난 산수로 웅장한 위용을 아낌없이 자랑하는 명산이다.

상상과 추상의 내면에서 갈구하던 웅대한 산의 실체적 모습이 눈앞에 완연히 들어오니 늘 맥없던 정신과 육체의 갈등은 환하게 치유되고 시원한 바람이 축축한 영혼까지 말려주는 충격적 감격에 사로잡힌다.

새벽부터 날씨가 흐릿하더니 기어코 구름이 햇살을 가둔 덜 밝은 시간에 빗방울이 뚝뚝 떨어지기 시작한다. 빗물은 모든 만물에게 영양과 번식의 힘이 되고, 더 깊게 들어가면 감각과 운동, 그리고 인간에게는 특별히 추리와 사고의 정교함도 만들어주는 생명의 원천이라고 한다.

산행목표는 고대산과 삼각봉 사이에 있는 7부 능선 동북쪽 기슭이다. 이곳은 지리적으로 신선한 기운이 감돌며 뜨겁지 않은 아침햇살을 좋아하는 식물들이 쑥쑥 자라는 아주 멋들어진 장소다. 여기서 우리는 영혼을 찾는 신을 뵙고 고개를 조아리며 삶의 해답을 얻을 것이다.

비가 내리는 새벽 산에는 아무도 찾아오는 이들이 없다. 전설에는 몇 백 년 묵은 산삼이 잠에서 깨어나는 시간이다. 동자삼은 대낮에는 사람으로 변해 양심 바른 사람을 찾아다니다가 해 질 무렵에야 돌아온단다. 그래서 산삼이 인간으로 변하기 전에 서둘러 만나야 하며 이 순간을 놓치면 돌아오는 저녁때까지 기다려야 한다.

나는 대부분 아침나절에 심蔘을 본다. 아니면 산행을 마치고 내려올 때 간혹 보는 수도 있으나 대낮에는 거의 볼 수가 없었다. 아마도 오전에는 맑은 정신으로 사물을 대하고, 대낮에는 왕성한 힘이 정신을 지배하고, 저녁에는 피곤 때문에 욕심의 포기로 사물이 보이는 모양이다.

바람과 온도, 환경에 알맞게 갖춘 상품을 자연이라는 마트에 진열하면 숲을 지나는 인간들은 경이로움에 탄복하며 각기 자신들의 정신적 욕망을 필요한 시간대에 유의미하게 접목하려 한다.

산삼은 멀리 있는 것이 아니라 우리 주변에 있다. 머리도 베고 몸통도 버린 후 발로만 다니면 한가득 담을 수 있는 것이 산삼이다. 인생은 찰라刹那를 어떤 리듬과 형태를 가지고 법당 문틈을 훔쳐보며 사느냐에 따라 다를 뿐이며 산삼 보는 눈 또한 자의식의 베리에이션이다.

오후 한 시에 삼각봉 첫째 골에서 만나기로 약속하고 우리는 정해진 골로 헤어졌다. 심을 보는 감동적 이미지를 만들어내는 극적 장면을 위해서는 깨끗한 꿈과 진정한 용기가 필요하다. 이것은 특별한 영혼이 만들어내는 하나밖에 없는 개인 걸작 예술품으로 봐야 할 것이나 명산의 명당을 독차지하려는 마음보다 동료들의 염려를 기원하고 많은 행운이 따르기를 기원해야 할 일이다.

기슭을 따라 큰 바위 위에서 숲으로 내리 딛으려다가 기겁을 한다. 맹독을 가진 굵고 짤막한 칠점사 한마리가 똬리를 틀고 머리를 곤두세우며 혓바닥을 내민다. 도망가지 않는 공격 자세는 방어만 하되 밟기만 하면 사정없이 물어 버릴 심산이다. 가슴이 철렁해지며 온몸이 움찔해진다. 전설의 고향에서 심을 지키는 뱀이 바로 이 녀석일까. 잘 달래서 물어봐야겠다.

고대산에는 다른 산과 달리 독사들이 자주 눈에 띈다. 뱀의 서식지로 적당한 환경인 모양이다. 독사는 다른 뱀과 달리 강력한 독이 있어 물리면 치명적 상태에 이른다. 이와 비슷한 굵기와 크기는 감악산과 가리산에서 산삼을 지키는 독뱀들과 거의 같은 수준들이다.

검은 돌들이 많이 쌓여있는 청석골에 들어섰다. 빗물에 젖은 돌을 밟아 미끄러졌다. 갑자기 30㎝나 되는 커다란 흑지네 한 마리가 화들짝 놀라며 튀어나와 땅을 짚은 손목 부위를 깨물었다. 재빨리 식수로 닦고 연고를 바르고 밴드를 붙였다. 시간이 지남에 따라 불주사 맞은 것처럼 화끈거리며 굉장히 아파온다. 그러나 독뱀처럼 사망에 이를 정도의 독성은 아니기 때문에 웬만하면 괜찮아진다고 한다.

모두들 삼각봉에 도달했다. 오전에 심을 본다는 것은 실패다. 정확한 직감과 예감은 동물적 감각으로부터 일어나는 감정과 뇌의 놀라운 원시적 활동이라 할 수 있다. 이럴수록 흐트러진 정신과 물질의 욕망은 절제된 감정으로 다스려야 심을 보는 눈을 가졌다 할 수 있다.

농무가 자욱이 깔린 삼각봉 골짜기는 아무것도 보이지 않는다. 심이 숨어서 돌아올 시간인가. 한 뼘 공간을 제외하고는 온천지가 하얀 안개 숲의 무대다. 여기는 신선도 따로 없고 불멸하지 않는 것이 없는 최대의 지상천국이다. 누구도 볼 수 없어 어설픈 음모 하나쯤은 적당히 꾸며도 좋을 것 같다.

지극히 아름다운 것, 지극히 자연스러운 것, 신이 허락하지 않는 금지구역까지 들어온 우리는 생명적이고도 창의적 형상화를 그려내는 자연의 연유를 알기에는 너무나 미약한 존재이지만 가슴 터지는 환희는 어쩔 수 없다.

소낙비와 독뱀이 길목을 지키고, 지네가 공격하며, 안개가 길을 가로막는 오늘의 운수는 심을 볼 수 있는 운명이 아닌가 보다. 그러나 인간의 집념은 금지된 자연주의로부터 독립되어 변화무쌍한 희망을 찾아내려고 안간힘을 쓰는 별스런 종자들이다.

하루 일을 접고 지는 해를 따라 삼각봉을 돌아 아침에 오르던 산자락 그 길을 내려온다. 산을 오를 때는 보이지 않았는데 안개 속에 언뜻 움막이 보인다. 가까이 내려오면서 보니 비워진 채 상당히 오래된 낡은 움막이다.

어디선가 보았던 낯익은 움막이다. 아무리 생각해도 기억할 수 없다. 갑자기 소나기를 동반한 세찬 바람이 불어온다. 움막으로 잠시 비를 피했다. 소낙비는 내리 퍼붓고 세찬 바람은 나뭇잎을 좌우로 마구 흔든다.

움막에 앉아 숲을 바라보는 마음은 무념이며 눈은 흔들리는 나뭇잎을 응시한다. 그때 10미터 정도 떨어진 나뭇가지 사이로 언뜻 스치는 빨간 열매! 가슴이 울컥하며 몸은 벌떡 일어나는 예지의 본질.

"심 봤다!"

새벽에 오르던 이길 바로 몇 미터 떨어지지 않는 옆 기슭에서 만난 심은 사람으로 변해 인간 세상으로 나갔다가 다시 산으로 돌아오는 길에 정통으로 마주친 것일까. 아니면 하루 종일 긴 고행의 여정을 마친 후에 만나도록 정해진 신의 각본일까.

두 뿌리의 엄청난 동자삼이다. 백 년을 넘게 살아 인간으로 변해 효행 설화로 선행의 진리를 깨우쳐주며 감동을 자아내게 하는 전설의 삼이다. 새벽에 얼핏 꾸었던 꿈결이 스친다. 움막에서 동자들이 뛰놀던 장소가 바로 여기였다. 현실을 알려주는 현몽이다.

왜 인간은 현재 상태에 만족하지 않고 내일 모래 찾아올 죽음도 아랑곳하지 않은 채 피곤한 영혼을 데리고 하루 종일 돌아다니며 신은 왜 엉뚱한 곳에서 느끼고 회개하고 깨닫게 하라고 할까.

지는 해를 따라 산골식당에서 비빔밥 한 그릇으로 가벼운 환담을 나누는 몸은 새털처럼 가볍다. 식당 문이 열리더니 후줄근한 저녁바람과 함께 또 손님이 들어온다. 젊은 부부와 아이 둘이다. 칼국수를 시켜먹는데 아이들은 먹기 싫다고 떼를 쓴다. 엄마는 먹어야 산다면서 달래다가 마구 나무란다.

고개를 돌려보았다. 병색이 완연히 짙은 아이들이다. 형제간이냐고 물었다. 열세 살짜리 쌍둥이란다. 어릴 때부터 이상하게 둘은 똑같이 아파하면서 지금까지 살아왔는데 병원에서는 병명을 모른단다. 기도원에 갔다 오는 중이란다.

인간의 영혼이 나약할 때는 신에게 의지한다. 믿음이란 다른 사람의 허락과는 관계없이 자신의 어려움과 불행을 종교라는 확고한 진리에 하소연하여 구원을 받으려는 개인적인 심리상태이다.

그래서 종교적 신앙은 인간들에게 신앙, 신심, 신앙심 등으로 모자라는 신념과 희망을 심어주는 최상의 가치라 하겠으며 또한 체력적 힘은 인간성장의 원천이다. 영양은 육체와 힘의 전체이며 영양 없는 육체는 힘의 성장을 촉진시키지 못한다.

시간이 지나자 우리는 자리에서 일어섰다. 식당 문을 열고 밖을 나오니 저녁 하늘은 서서히 노을을 지운다. 문을 나서다 말고 무심코 배낭을 열고 산삼을 꺼냈다.

"산삼입니다. 애기들 삶아 먹이세요."

젓가락을 떨어트리며 벌떡 일어나 나를 쳐다보는 젊은 엄마 얼굴은 혼이 빠져 아무것도 없는 텅 빈 동굴이다. 말도 못 하며 주춤거리는 손에 동자삼 두 뿌리를 쥐어줬다. 뒤따라 나오는 것을 마다하며 식당 문을 열고 훌훌 나섰다.

갑자기 하늘에서 시원한 바람이 불어온다. 차 안에는 맑은 목소리들이 바람에 흔들리며 가볍게 하늘로 오른다. 젊은 부부에게 나는 우연히 만나서 아픈 사람에게 산삼을 건네주는 전설의 동자삼이 되었다. 동자삼이 별건가. 돌아오는 길에 어둠은 짙어졌지만 마음은 한없이 밝게 피어오르는 별밤의 하늘이다.

공생

    사정없이 내리쬐는 한여름의 뙤약볕은 길게 드리워진 그림자조차 참다 못해 발목 아래로 모여들게 하고, 숲을 헤치며 오르는 산길은 온몸을 달 구다 못해 목구멍부터 말리기 시작한다. 하늘에는 바싹 마른 구름만 모여 비를 내리기에는 너무나도 빈약한 여인의 젖가슴이다.

    폭염주의보까지 내려졌으므로 오늘만은 산행을 취소하라는 집사람의 말을 들은 체 만 체하고 한평생 산에서 놀던 몸은 주섬주섬 배낭을 꾸리 며 포효하는 늑대가 되어 동족을 불러 모았으나 웬일인지 모두들 사정이 있어 함께 동행할 짐승이 없는 외로운 녀석은 홀로 산을 기어오른다.

    네 발로 걷는 산짐승이 아닌 다음에야 언제나 자신과 숲의 환경에 따라 오르는 것이 가장 안전하며 위험으로부터 피하는 현명한 방법이다. 무작 정 산이 좋아 오른다면 산객의 인격도 격하시킬 뿐만 신령도 반기지 않을 것이다.

    일상으로 산을 오르는 객은 마음 바탕에 어떤 표시도 없도록 자신에게 더욱 엄격하게 기준을 적용시켜야 한다.

    따라서 산은 적어도 두 명 이상이 함께하는 것이 기본이지만 오늘은 규 정을 외면하고 혼자 감악산을 오르는데, 나뭇잎은 비를 기다리다가 축 늘 어졌고 흙은 밟을 때마다 푸석푸석 먼지가 일며 골짜기에는 새소리조차 목이 다 익어가는 울음소리를 들으며 숲으로 들어섰다.

    높이 약 700m의 감악산은 경기 5악의 하나로 정상에 오르면 임진강과 개성의 송악산이 보이며 반대편에는 임꺽정 봉우리도 한눈에 볼 수 있다. 크고 작은 바위 사이로 검은빛과 푸른빛이 동시에 쏟아져 장관을 이룬다 하여 감악산紺岳山이라고 전해진다.

이 산에는 지형이 동서가 아닌 남북방향으로 독특하게 발달하여 정상부 바로 아래 7부 능선에서 아침햇살이 살짝 쬐는 동향을 따라가면 예로부터 산삼이 많이 자생하고 바위틈에는 독뱀도 많이 서식한다고 한다. 따라서 모든 심마니는 감악산을 선호하지 않을 수 없는 이유다.

심의 보려는 욕망은 오늘 같은 현실을 일순간이라도 착각하게 하여 잠재적 마술 같은 능력이 주어진다면 그보다 더 기분 좋은 일은 없을 것이다. 따라서 이 기슭에 내가 기다리는 심이 있을 것이란 상상으로 헤매는 숲은 어제나 즐거운 희망을 안겨준다.

몇 년 전 '세상에 이런 일이'란 TV프로에서 심마니가 개를 데리고 산삼을 캐려 다니는 것을 봤다. 신통하게도 개는 산삼을 발견하고는 주인이 오도록 짖는 모습에 탄복했다. 나도 시방 걸어가는 숲에서 초감각적 지각으로 소통하는 그날 바위에 앉아서 심을 볼 수 있는 또 한 개의 눈이 달리겠지.

더운 열기를 쪄내는 숲에는 모기와 날 파리들이 반갑게 나를 맞이한다. 목덜미와 귓불이 퉁퉁 붓고, 손등에는 쐐기에 쏘여 따끔거린다. 모기약도 벌레약도 잠시 뿐이라 효율적으로 퇴치할 방법은 없을까.

듀이의 자연주의적 도구주의의 개념에 따르면 '인간이 도구를 사용함으로써 다른 동물에 비해 환경에 보다 커다란 적응능력을 키운다.'라고 했는데 다음 주중에는 더 높은 산에 가서 모기퇴치에 필요한 약초를 찾아야겠다.

두 골짜기를 넘고 기슭을 오르는 마음은 땀으로 범벅이 된 혼란이 머리로부터 흘러나온다. 홀로 걷는 산속에서 무념으로 행하는 스님을 닮으려던 행동은 이제 그만 두자. 온몸에 힘이 들고 맥이 풀리기 시작하면 오만가지 사고로 혼란한 마음은 서서히 장삼을 벗기고 지팡이를 내려놓기 때문이다.

마음의 혼란이 생기면 찾던 사물은 보이지 않고, 발아래를 보던 눈은 자꾸만 더 멀리 보려는 없던 욕심뿐이다. 나는 무슨 운명이기에 왜 아무도 없는 숲에서 혼자 헤매고 있을까. 골짜기로 접어들자 메말라가는 개울가에서 목을 축이려는데 먼저 온 고라니 한 마리가 후다닥 일어서며 자리를 내준다.

젊음이 숨 쉬는 산속이라면 누구라도 상관없이 불러내어 끝이 보이는 처절한 사랑인줄 알면서도 밤새도록 상처받고 싶겠지만, 지금까지 걸어왔던 길보다 걸어갈 길이 더 짧을지도 모르는 해묵은 세월 때문에 미처 갖지도 않는 자아의 욕구를 지금부터 찾는 척이라도 해야겠다.

기슭을 오르려는데 갑자기 발걸음이 멈칫해진다. 소나무 아래 굵은 살모사 두 마리를 발견했다. 한 놈은 엄청 길고 굵으며 한 녀석은 짧고 굵은 것이 암팡지게 생겼다. 천년 그대로 살모사다. 움직임도 없다. 제아무리 땅꾼이라도 섣불리 건드리지 못하도록 사납게 생긴 무서운 놈들이다.

그런데 뱀들의 움직임이 이상하다. 몸이 굵고 긴 녀석은 몸부림을 치며 허리를 움츠리고 부들부들 떨면서 힘을 주어 누런 배가 보일 정도로 꼬리를 치켜든다. 수놈인지 모르는 짤막한 뱀은 옆에서 연신 고개를 움직이면서 몸부림치는 녀석을 바라본다. 간과할 수 없는 깊은 호기심으로 잇닿는 거친 호흡까지 멈춘다.

처음에는 먹이를 잘못 먹었나 싶었다. 그런데 놀라운 광경이 목격된다. 다름 아니라 살모사가 알을 낳기 시작한다. 조금 더 가까이 가서 보았다. 알이 아니라 물주머니 같은 액체덩어리 속에 새끼 살모사가 꼬물거리고 있다.

말로만 듣던 살모사가 새끼를 낳는 아주 귀중한 장면을 목격한다. 살모사는 아무도 보지 않는 곳에서 새끼를 낳기 때문에 그것을 관찰하기란 무척 어렵다고 한다. 감악산에서 이런 장면을 직접 목격하게 된 것은 살아생전 행운 중의 행운이라 할 수 있다.

꼬리부분을 아래로 구부리고 아랫배에 힘을 주면 물주머니와 함께 새

끼 한 마리가 나온다. 밖으로 나온 새끼는 얼른 물주머니를 뚫고 고개를
내민다. 새끼가 나오기를 계속 반복한다. 오랜 시간이 걸린다. 무려 아홉
마리나 낳았다. 새끼를 다 낳은 살모사는 축 늘어진 채로 전혀 미동도 없
다. 옆에 보고만 있던 굵고 짤막한 뱀은 어미 뱀이 새끼를 다 낳자마자 어
슬렁거리면서 주위를 둘러보고 숲속 어디론가 천천히 사라져버렸다.

　태어난 새끼들은 잠시 동안 어미몸통 위로 올라 다니면서 주위를 살피
다가 각각 자신이 살아갈 길을 선택하듯 형제들과 헤어져 숲으로 사라진
다. 어미만 그 자리에 기진맥진한 채로 움직임이 없다. 혹시나 물이라도
먹을까 하고 식수를 코펠 뚜껑에 부어서 조심스럽게 머리 주변에 갖다놓
았다.

　가까이서 보고 싶으나 만일을 대비하여 멀지 감치 떨어져 상태를 살핀
다. 한참이나 흘렀을까 어미 살모사는 힘겨운 듯 머리를 들더니 코펠 뚜
껑에 털썩 처박는다. 물을 먹으려는 행동인지 아닌지 알 수 없었으나 흥
분된 가슴에는 야릇한 감정이 일어나면서 어미 살모사를 응원한다.

　생명과 맞바꾸는 엄청난 산고 끝에 새끼를 낳은 어미 살모사의 소명은
무엇보다도 자식의 번성이던가. 미련 없이 떠나버린 새끼 살모사들은 어
미의 애틋한 사랑을 담보로 또 다른 야생의 처절한 삶에서 죽기 살기로
살아남아 어미 살모사가 되어 대를 잇는 훗날의 은혜를 보답하는 것인지
도 모른다.

　어제저녁 뉴스에는 L그룹의 자식들이 물욕에 눈이 어두워 형제 간에
처절한 싸움으로 치닫더니 결국 아비까지 몰아내고 최고 욕망의 자리를
차지하는 어처구니없는 장면을 보았다. 그들은 살모사 새끼들이 태어나
자마자 모두 뿔뿔이 헤어져 자신의 길을 걷는 의미를 배워야 할 것이다.
살모사 새끼보다 못한 야비한 인간들이 배워서 무엇 할 것이며 돈을 긁어
모아 어디다 쓸 것인가.

　어미 살모사가 움직이기 시작한다. 조금 더 가까이 다가가서 응원을 보

낸다. 서서히 아주 느린 동작으로 움직인다. 코펠 뚜껑이 넘어져 물이 쏟아진다. 저 물을 조금이라도 먹었으면 얼마나 좋을까. 그런데 벌써 가버린 줄 알았던 수놈 살모사가 바위 뒤에서 고개를 치켜들고 기다린다.

뱀을 뒤쫓아보려 했으나 방해가 될까봐 멈춰 섰다. 어미 살모사는 고개를 돌려 나를 바라보는 듯 혓바닥을 한두 번 쑥 내밀고서는 서서히 수놈의 뒤를 따라 숲으로 사라졌다. 코펠 뚜껑을 집어 들면서 뱀의 숨결을 느끼는 순간 마음은 야릇해지며 몸은 하늘을 오르고 발걸음은 한없이 가볍게 느껴진다.

이질적이라 하더라도 소통의 순간은 이런 것일까. 삶의 위치가 질적으로 다르지만 생각의 차이는 동질적일 것이다. 우리는 적이라고 생각하는 순간 틀림없이 벗이 될 줄 알고 적을 사랑해야 할 것이며, 벗이라고 생각하는 순간 어쩔 수 없이 적이 될 것이라고 생각하면서도 사랑해야 한다고 누가 말했다.

무더운 산중에서 무시무시한 독뱀으로부터 가장 부드럽고 귀중한 벗을 얻은 순간이다. 이러한 이질의 사고는 나 아닌 너란 특별한 존재와 함께 동기의 관찰이 없어도 사실에 직면하여 출발한다면 만사는 형통이라고 생각한다.

하산하는 시간이다. 오늘 마련한 시간은 모두 소진했다. 숲의 빈터와 시간이 버린 한 점에서 나는 언제나 혼자라는 개별적 존재이라 조물주는 원시림에서 사물과 통일성을 가지는 환상을 좇으라 한다.

이제부터 남는 시간은 덤으로 사용해도 좋다. 덤으로 걷는다. 버림은 정신적 활동을 가리는 홀가분의 객관성이고 의지는 소멸이 아니라 파괴되지 않는 활동이다.

움직임 없는 눈과 마음을 데리고 편편한 기슭을 오르는 순간 커다란 바위 옆에 끊임없이 내리는 태양을 닮은 새빨갛게 딸이 달린 5구 산삼 두 뿌리가 나를 기다린다. 옆에는 작은 산삼 아홉 뿌리까지 방실 웃는다.

큰 살모사, 새끼 살모사들이 모두 모였다. 에라, 모르겠다. 몸과 마음도 모두 내동댕이쳤는데 내친김에 너희와 함께 놀다 가야겠다. 이 산의 절대자에게 감사드리며 벌렁 뒤로 누웠다. 시원한 바람이 골짜기로 내려와 함께 주저앉는다.

심 봤다!

천렵

'와! 커다란 매기가 걸렸다!'

박 사장이 투망질을 하며 조심스럽게 끄집어 올리자 그물에 걸린 커다란 메기 한 마리가 빠져나가려고 발버둥을 치며 펄떡거린다. 우리는 그물을 들치고 양동이를 갖다 대며 두 손으로 메기를 집어 담는다. 수염이 달린 엄청나게 큰 시커먼 녀석이다. 인제 내린천 다리아래에서 한여름의 더위를 피한 천렵이다.

며칠간 불볕더위가 계속 되더니 급기야 폭염주의보를 거쳐 폭염경보까지 내린다. 금년 무더위는 30년 만에 찾아오는 무더위다. 사람의 체온보다 훨씬 높은 40도 내외를 유지하더니 결국 도시 전체가 찜통이다. 선풍기 바람은 더운 바람과 맞물려 돌다가 결국 자신의 존재를 상실한다.

자연의 위력 앞에서 하찮은 기계문명은 사회통찰력에 대해 인생관을 정립하지 못한 무색의 인간과 마찬가지다. 점점 더 심해지는 복사열은 정신까지 뜨겁게 익힌다.

용문동에서 지물포를 운영하는 박 사장에게 전화를 걸었다. 그렇잖아도 여름철이라 도배도 없고 하루 종일 푹푹 찌는 가게 안에서 구슬땀을 흘리는데 천렵이란 말에 눈이 휘둥그레진다. 박 사장의 물고기 잡는 요령은 누구보다도 일가견이 있어 천렵 갈 때는 이 사람을 대동하지 않으면 실탄 없는 빈 총을 들고 싸움터에 나가는 꼴이다.

토요일부터 일요일까지 1박 2일이며 장소는 강원도 인제천이다. 올림픽대로를 올라 춘천고속도로를 질주하다가 홍천에서 다시 국도로 갈아타고 인제까지 단숨에 달린다. 무더위도 불구하고 7명을 태운 봉고차는 식식거리면서 열을 올리고 괴성을 지르는 엔진은 뜨거운 아스팔트를 녹인다.

계절은 저마다 인간 세상에 필요한 효용을 제공해준다. 여름철의 지독한 더위는 열정을 발산시키는 힘의 원동력이 되고, 삶의 희망을 잃고 기력을 상실한 자에게는 정열의 열쇠를 건네주기도 한다. 이러한 자연에 대한 엄청난 비밀을 속속히 알기보다는 잘 알지 못할 때 비로소 우리는 잘 살아갈 수 있다.

설악로를 따라가다가 소양 강바람과 설악 산바람이 모여드는 기다란 대교 아래 여장을 풀었다. 때 묻지 않는 촌스런 모래와 사람 냄새를 한 번도 맡지 못한 자갈들은 나의 영혼을 유년으로 끌어들여 꿈의 세계로 떠난다. 이런 특별한 현실은 표상이나 이념의 산출물이 아니라 기원 전의 냄새를 옮겨놓을 수 있는 자연만이 할 수 있는 유일한 힘이라 하겠다.

천렵이라 하면 일반적으로 여름철에 무더위에 지친 몸을 추스르고 여가를 즐기기 위해 동인끼리 냇물에서 목욕도 하고, 그물을 쳐서 고기를 잡아 매운탕을 끓여 먹고 하루를 즐겁게 보내는 일이며 봄과 가을에도 좋지만 대개는 삼복 중에 행하는 일이 많다. 특히 농가월령가에도 천렵을 흥과 멋을 부리는 낭만의 서정으로 노래하고 있다고 한다.

하지만 우리는 남들이 전혀 흉내 낼 수 없는 우리만의 독특한 천렵 방식이 있다. 이것은 영원히 기억에 남을 뿐만 아니라 한여름에 놓쳐버린 영양을 충분히 보충해주는 일명 보신천렵이기도 한다.

일곱 명이 모두 각자 소임을 맡는다. 먼저 박사장은 두 사람을 데리고 투망질을 하려 물가로 간다. 물고기를 잡아 올리면 한사람은 양동이에 주워 담고, 다른 한 사람은 투망질 하는 이가 신호를 하면 소주를 따라 먹이고, 담뱃불을 붙여주는 등 서비스를 톡톡히 해서 죽을 똥 말똥 신명 나게 투망질을 계속하게 만들어 물고기를 무조건 많이 잡아야 한다.

다음은 두 사람이 점심 준비를 한다. 밥을 짓고, 삼겹살을 굽고, 나물을 무치고, 오늘 아침에 바로 털을 뽑은 암탉을 삶는다. 식성에 맞도록 삼계탕과 닭도리탕을 동시에 하며 삼계탕에는 옻나무와 엄나무는 물론 여러 가지 한약재를 듬뿍 넣고 공업용 버너로 펄펄 끓인다.

별 기술이 없는 나머지 두 사람은 식수를 떠 나르고 그릇을 씻으며, 물고기를 잡아오면 물가에 앉아 비늘과 내장을 긁어내어 매운탕, 도리뱅뱅이와 튀김을 만들 수 있게 뒤치다꺼리를 해야 한다. 나는 이런 저런 재주도 없으니 설거지를 담당하는 일밖에 없다.

다리 밑에는 계속 시원한 바람이 불어온다. 아무리 강한 뙤약볕이 내려도 전혀 문제되지 않는다. 그런데 이상한 일이다. 당초의 나들이 목적과는 전혀 반대 상황이다. 피서를 왔는데 모두들 싱글벙글 웃으며 땀까지 뻘뻘 흘리면서 각자 맡은 일을 열심히 한다. 이럴 바에야 집에서 편히 지내지 왜 여기까지 와서 야단법석일까. 어디서 나오는 쾌락의 즐거움을 만끽하는 것일까? 여기서는 감정이 아닌 감각의 쾌락으로도 충분하다 할 것이다.

늦은 점심식사가 모두 준비되었다. 나만이 아니라 엄청나게들 먹는다. 한시가 훨씬 넘어서 먹는 식사량은 평소의 배가 가깝다. 이런 맛을 풍기는 낭만이 있기에 휴가가 있고 휴가가 있으므로 다음생활이 활력을 찾는 것이다. 그래서 휴가는 우리들의 삶에서 없어서는 안 될 중요한 일이다.

한낮의 투망질은 끝났다. 이제부터 보약을 만들 참이다. 여기까지 와서 우리들만의 진귀한 보약을 먹지 않고는 절대로 돌아갈 수 없는 일이다. 도시 생활에 지친 자들에게 힘을 북돋우게 해야 한다. 새로운 힘의 산출로 모든 일상생활과 업무생활에 확대 적용시켜야 하기 때문이다.

대형 들통에다가 두 양동이나 되는 크고 작은 물고기를 잡아 몽땅 쏟아 넣는다. 가물치와 메기, 장어도 수두룩하다. 씻거나 내장을 따는 일은 없이 그대로다. 누런 호박과 더덕, 도라지 한 묶음, 통마늘 한 접, 영지버섯, 운지버섯, 꿀, 청미래, 칡, 삼지구엽초 등 각종 한약재를 듬뿍 넣고 푹 고아낸다.

오후 3시부터 다음 날 새벽 6시까지 16시간 동안 푹 끓여낸다. 아참! 황토 흙도 한두 삽 퍼 넣고, 비밀이지만 오다가 구한 염소머리와 독사와 화사도 몇 마리 넣어 함께 삶는다. 우리는 이것을 백전대보탕이라 부른다.

열 시간 이상 완전히 끓인 후 건더기를 양파자루에 퍼 담아 발로 꾹꾹 밟아 국물을 빼낸다. 국물을 쪽 뺀 후 완전히 녹아 문드러진 건더기는 버리고 2차로 국물만 다시 끓인다. 끓일 때는 얕은 불로 끓이며 위에 뜨는 불순물이 하나도 없을 때까지 계속 족대로 걸러낸다.

국물은 대형 들통의 약 1/4 정도 졸 때까지 끓인다. 양은 일곱 명이 국그릇에 두 그릇 정도 마실 수 있도록 끓인다. 많이 먹어는 안 된다. 욕심내서 더 먹으면 바로 설사를 한다. 두 그릇만 마시고 하루가 지나면 몸에서 굳기름이 배어나와 속옷이 누렇게 변한다. 이것이야 말로 천렵의 진수이며 백전대보탕은 우리들이 조제하는 최상의 보약이다.

무더위에 무더위를 더하면 찬 바람이 나온다는 사실을 별반 아는 사람이 없는 모양이다. 더운 선풍기 신세를 면하려면 현재의 환경 속에서 자신에게 적절히 맞는 해답을 찾을 줄 아는 자만이 찬 바람을 쐴 자격이 있으며 아무리 거만하게 놀아도 충분히 오만할 가치가 있는 것이다.

밤이 되면 강변에 누워 쳐다보는 밤하늘은 봉평 밭으로 쏟아지기 직전인 메밀꽃들의 축제장소다. 끝없는 우주를 바라보면서 미지의 동경과 현실의 바램 보다는 상대주의적 자연관에 근거하여 동등한 위치에서 우주의 그 무엇은 내가 바라보는 것과 마찬가지로 그도 나를 바라보며 동경할 것이다.

오늘 우리가 벌인 천렵을 혹자는 마구잡이 살생과 자연 질서를 교란시키는 인간만이 저지르는 범죄행위로 간주하고 비난할지도 모른다. 미시적 관점과 좁은 시각으로 보지 말고 거시적 관점과 자연 전체로 종합해서 따진다면 신이 비난할 정도는 아니라고 하며 누구도 눈총을 주지 말라고 당부할 것이다.

바람이 너무 차가워 몸을 부르르 떨며 머릿속으로 별을 몇 개 훔쳐 천막 속으로 들어간다. 별이 숨 쉬는 사랑과 나의 가슴의 사랑이 맞닥뜨려 환상의 궁합을 이룬 또 다른 별을 잉태한다면 하늘을 오를 필요도 없이 나는 평소에 꿈꾸던 똑같은 별이 되는 것이다.

그러나 우리의 현실은 누가 그렇게 했는지 알 수 없지만 자연 모두를 공존이 아닌 상대화하여 나와 나 이외의 것으로 갈라놓았다. 자연을 넘어서서 나라와 나라 사이의 정치, 경제, 문화, 사회, 심지어 가슴속의 사상에 이르기까지 확대하여 모두 같은 직선 위에 묶인 다른 상대화의 간판들이다.

작은 생각조차 교환하기 힘든 세상에서 약삭빠른 세포만 기르다보니 추한문제가 발생하면 폭넓은 수용보다 외면추구의 좁은 관념이 공존을 무너트리는 가장 큰 이유다. 나만 알고 과거 미래 구분 없는 고질적 망상만 키우다보니 행렬의 오류가 번져 순차적 병립이 어렵다는 것이다.

뇌가 무겁고 입이 가벼운 사람은 별개의 관용과 위선이 존재하며 사회적 행위와 인간 목적에 부합할 이유를 덧칠할 때만 공존의 테두리를 칠 것이다.

원시인들은 복종과 순응이란 자연환각제를 투여 받아 일탈행위에 대한 명령도 공존에 관계없이 수락한 유전자를 보관하므로 인간머릿속 뇌 질량은 반쪽만 있어 조물주는 나머지를 찾아 명품의 공존을 요구하는 것이다.

아무렴 우리는 개인의 집착과 얄팍한 지름길의 수단을 버리고 눈을 떠도 아무것도 안보일 때야 비로소 모두를 공존의 장으로 안내하는 가장 쉬운 길이 바로 이곳 인제천에 오면 알 수 있는 것이다.

오늘을 살 수 있는 선금만 지참하고 모두들 물속에 들어가서 바지를 걷어붙이고 천렵을 하며 함께 하룻밤만 자고나면 상대화는 사라지고 분명히 손을 맞잡은 아름다운 공존만이 보일 것이며 그때는 우리가 부레가 있는 물고기보다 약간 더 진화했음을 알게 될 것이다.

기연棄捐 ―――――――――――――――――――――

　오늘의 등정은 서울을 출발하여 춘천고속도로를 지나 동홍천고속도로 IC를 나와 구성포교차로에서 56번 국도를 타고 매봉휴게소를 거쳐 서석 면사무소를 보면서 검산1리로 들어서면 우뚝 솟은 960m에서 기다리는 아미산이 손짓을 한다. 유박골로 해서 정상에 올랐다가 승방터골로 내려 오면 처음 들어오던 검산의 효제곡길이 고단한 다리를 주물러준다는 소 문이 무성하다.

　새벽길은 언제나 뚜렷하게 기억할 수 없는 뭉클거리는 희망을 실은 호 기심 넘치는 꿈이 핀다. 새벽 3시에 출발하는 차 속에서 두 발 달린 여섯 마리의 짐승들은 어느새 털가죽으로 갈아입고 야생으로 돌아갈 준비를 마치며 환하게 반기는 산중의 암컷을 머릿속으로 그리며 흥분에 취한다.

　어느덧 동홍천IC를 빠져나와 신내사거리 전주 집에서 아침식사를 하면 산 아래 몇몇 굴뚝에서는 아침연기가 하얗게 피어오르는 이른 다섯 시가 넘는다. 잠시 쉬었다가 또다시 달리는 국도는 말이 국도이지 고속도로나 마찬가지다. 몇 개국을 다녀 봐도 우리나라만큼 도로사정이 좋은 나라는 없다. 우리의 멋진 도로는 세계 어디에 내놔도 자랑할 만한 최고의 도로다.

　신바람 나게 달리던 봉고는 삼포초등학교 맞은편에서 그만 오른쪽 뒤 타이어가 펑크 났다. 굵은 타래 못이 깊숙이 박혀있다. 차를 갓길에 세우 고 타이어 교체를 시도했다. 그런데 문제는 타이어를 들어 올리는 핸드자 키가 없다. 분명히 있었는데 큰일이다. 전쟁터에 나간 병사가 군화도 없 이 맨발로 싸우는 모습을 생각하니 웃음이 절로 난다.

　인가도 없을뿐더러 이른 시각이라 지나치는 차량도 별로 없다. 시골에 서 보험회사의 서비스를 받아본 적이 없지만 혹여나 보험회사의 도움을 요청하는 한편 틈틈이 지나가는 차량마다 손을 흔들었다. 모두가 바쁜 모양이다. 한 대도 멈춰 서서 사연을 물어볼 생각도 없단다.

아마 나도 많이 그랬다. 그런데 도움을 요청하는데도 그냥 지나치고 나면 머리 뒤 꼭대기가 조금은 근질근질거린단다. 보험회사는 길이 멀어 기다려달라고 하고, 도움을 주는 차량은 하나도 없지만 계속 질주하는 차량에게 머쓱히 손만 흔들어본다.

우리는 지성과 도덕적 인격을 갖춘 인간이라기보다 아직 동지섣달 그믐밤이다. 문명과 인격은 비례도 아닌 전혀 별개의 형태다. 똥개에게 너무 일찍 맛있는 고기 맛을 들이면 사료는 먹지 않는 법이다. 교육이 필요한 건가? 아미산은 멀찌감치 내려다보면서 자꾸만 뼈다귀를 물고 똥개가 운전하는 차량들만 보낸다. 개는 도덕과 양심을 모른 체 그저 사는 역할만 하고 여기 오는 인간은 개가 되려고 열심히 모른 척 하고 지나간다.

그렇게 한 시간이나 지났다. 그런데 오래전에 모두 폐차장으로 들어간 포니구형이 투덜거리면서 걸어온다. 그냥 지나치겠지 하면서 무심코 손을 내밀었다. 설 듯 말 듯 하다가 요행히도 덜커덕 섰다. 웬 스님이 고개를 불쑥 내민다. 가만히 쳐다보니 얼굴에는 심술이 두둑한 것이 스님처럼 생기지 않고 서투른 산적 두목처럼 생겼다. 대뜸 말을 놓으며 "무슨 일이냐?"고 묻는다. 타이어가 터졌으니 핸드자키를 빌려달라고 요청했다.

스님은 말없이 차문을 열고 나와 뒤 트렁크를 열더니 핸드자키를 끄집어냈다. 그러고는 "에이, 지긋지긋한 이놈의 자키. 여기 있어!" 그러고는 금방 차문을 닫고 가려는 것이었다. "아니 스님 자키를 갖고 가셔야죠. 조금만 기다리시면 됩니다."라고 말했다. 들은 척도 않는 스님은 "나도 그것을 길에서 빌렸는데 주인을 몰라 3년을 그냥 트렁크에 싣고 다녔잖아, 아이고 정말 고마우이!"하고 도적같이 생긴 스님은 뒤돌아보지도 않고 구름처럼 휭하니 가버렸다.

스님의 행동은 우리가 원하는 양심이나 마땅히 지켜야 할 관습이나 규칙이 아니라면 과연 무슨 행동에 해당된다고 할까. 확실한 것은 감정과 의지를 넘어선 깨달음을 행한 내면적 원리로 작용하는 아무것도 없는 텅 빈 주머니의 비밀이라고 한다면 괜찮은 말이 될까. 머리로 이해할 수 없다면 가슴으로는 이해될 수 있는 사건일까.

타이어를 교체하는 순간 내내 기분이 묘하다. 스님의 말씀대로 애물단지 자키를 이제는 내가 갖게 됐다. 나는 이제 언제 어디서 스님을 찾아 돌려줘야 하나. 말없는 자키는 공구통 속에서 이 사연을 알고 있을까. 스님 이전의 소유주도 어쩌면 스님에게 일부러 떠맡긴 것은 아닐까? 그렇다면 나는 또 누구에게 자키를 떠 안겨야만 할까. 타이어를 교체한 후 찹찹한 마음으로 달리는 차와 함께 바람을 가른다.

이상한 핸드자키 하나에 전설 같은 신비 속으로 빠졌다가 눈을 번쩍 뜨니 어느덧 차는 목적지에 도착했다. 자키에 관심 없는 동료들은 차에서 내려 등정 준비를 갖추느라 분주하다. 가시에 찔려도 상관없는 두꺼운 옷으로 갈아입고 뱀에게 물리지 않으려고 발목에는 각반을 차고 비상약품과 주요물품을 다시 한번 챙기고 산을 오를 때마다 듣는 행동준칙을 들으려고 내 앞에 섰다.

산을 오를 때 감정이나 행동은 갑작스런 환경에 따라 자칫하면 주관적 관념에 사로잡히면 인식하고 판정하는 객관적 능력보다 엄청난 위험과 커다란 사고가 생길 수 있으므로 사전에 철저한 교육과 이에 따른 실천능력을 숙지해야 하는 것이 필수적 목적이기 때문이다.

검산1리를 지나 왼편으로 들어서면 유박골이다. 여기서부터 등산로가 아닌 아침햇살을 받는 동편기슭 5부에서 7부 능선을 휘잡아 숲길로 들어선다. 기울기는 약 45도에서 85도 사이가 대부분이며 울창한 수림이 앞을 막는다.

그러나 우리는 숲의 유단자들이다. 당당히 도복을 입고 검은 띠를 두른 국가대표선수들이 아니라 숲과 친교함에 있어 누구도 따를 수 없는 마음을 소유하고 있다는 것이다. 규칙과 질서 그리고 존중과 복종의 미덕을 갖추고 숲이 허락하는 만큼만 행하며 욕심과 오만은 눈곱만큼도 찾아볼 수 없는 몸짓으로 발걸음을 움직인다는 말이다.

따라서 숭고한 자연실천자들의 모임이라고 한다면 동네 사람 모두가 코웃음 치고 나뭇잎은 배꼽을 드러내겠지만 키 큰 나무그림자에 감사하고 풀잎의 이슬을 사랑하는 자연의 질서정연한 행동준칙을 지키는 웃기는 인간들의 모임이라 생각하고 박수를 좀 쳐주면 고맙겠다.

바람 한 점 없는 숲이다. 가슴으로 스며드는 무더운 열기는 또 다른 희열을 맛보는 삶의 소중한 부분으로 받아들인다. 숲속마다 심을 찾는 눈동자는 심장을 가리고 점점 더 강렬한 눈빛으로 양보 없는 욕망으로 변질되기 시작한다. 그렇다. 여기에서도 핸드자키의 사연처럼 누가 앞선 사람으로부터 받은 산삼을 떠안기다시피 내게 인계하는 사건은 발생하지 않을까. 그것이 혹여 도적같이 생긴 스님이라도 좋고 사나운 야생짐승이라도 괜찮을 것 같다.

뜨거운 햇살을 데리고 온종일 산기슭을 헤맸지만 사랑의 눈길로 나를 바라보지 않으신 신령님은 문을 닫고 불어 닥친 편서풍을 타고 멀리 사라지자 곁에서 따라오던 시간이 나의 가장 진실한 친구인 척하며 이제는 해도 저물어가니 내려가라고 종용한다. 산은 가라고할 때 꾸물대지 말고 얼른 내려가야 또 다른 이유나 여백이 생기지 않는다.

저녁 해를 바라보며 승방터 골로 내려온다. 오늘은 심을 보는 행운보다는 내가 내 가슴을 들여다보는 시간이다. 인간의 양심은 언제나 가면을 쓰고 곁눈질하며 보이지 않는 구멍 속에서 살려고 애를 쓴다. 고개를 번쩍 쳐들면 얼마든지 쉽게 잘 살 수 있는데 왜 하필 숨어서 어렵게만 살아갈까. 인간관계와 물욕에 모두가 평온해진다면 이토록 산속을 헤매지 않아도 될 텐데.

자꾸만 온몸이 떨리고 으스스해지는 것은 이상한 스님이 던지고 간 핸드자키의 진정한 뜻을 몰라 지금까지 느껴보지 못한 불안과 야릇한 감정이 온몸을 소름 돋게 한다. 자키와 나의 구심점을 못 찾는다면 아무것도 할 수 없으며 신비를 건네준 논리적 이유도 찾지 못할 것 같은 혼돈에 빠진다.

신령님이 산을 헤매는 내 모습을 지켜본다면 자키스님은 언제 어디서 내 마음을 지켜보며 나의 마지막 행동을 판단할까. 암튼 나는 이제 유명인이 아니라도 덫에 걸린 어떤 표적의 대상이 되었음에 마지막 생을 이상하게 정리 당하기 전에 선수를 쳐야겠다.

다른 세계에서 날아온 핸드자키의 이유도 모른다면 정신적으로 죽어 어리석은 인간의 껍질을 그대로 입힌 채 138개 지옥문을 열고 차례로 고통을 맛보게 될 것인가. 아니면 자키가 내 마음이 성장할 수 있는 마지막 기회의 길로 들어 올리게 될지도 모른다. 질서에서 작은 오류가 일어나 깊은 숲처럼 오래된 신비로운 전설이 실수로 내게 보내준 것이라도 서투른 마음으로 사랑의 노래를 부를 채비를 해야겠다.

산짐승들은 다가오는 재앙을 감지한단다. 푸른 신호탄을 쏴 올린 시간의 알림은 또 다른 기회의 창이 되어 매일 매일 새롭게 자키의 노래를 부르다가 인생의 마지막 길에서 아름답고 아기자기한 이별을 해도 좋다는 생각이다.

숨을 쉬며 이상한 언어로 귓속말을 거는 핸드자키를 싣고 돌아온다. 정신을 흔들어 미안한 머릿속은 아직도 어지러운 한계점에서 얼떨떨해하지만 이 길을 내려가면 나처럼 자키가 필요해서 손 흔드는 사람은 없을까.

삶의 의미를 찾는다는 것은 인간의 본능이며 자키는 타이어가 터져 손을 흔드는 사람이 아니라 나만의 영역을 벗어나 많은 사람들에게 맘껏 봉사하라는 마지막 명령을 받은 선택된 인간의 행운이 아닐까하는 생각으로 아침에 자키를 받은 그 길을 지나치니 수상한 스님이 뒤에서 빙그레 웃으신다.

그렇다! 원하는 대로 마음을 보내자. 신비는 알고 보면 아무렇게나 오는 것도 아니며 내 머릿속이 정하는 관점도 아니다.

꿈

꿈자리가 뒤숭숭하니 차 조심하라는 집사람이 대문을 열며 배웅하는 염려의 말이다. 꿈이란 육체가 잠든 사이에 일어나는 일련의 시각적 심상작용이라 하며 수면상태에 들어가면 뇌수의 활동상태가 평시와 달라지는데, 이때 일어나는 표상의 과정을 꿈의 의식이라고 꿈 전문 해석가들은 말한다. 개미들은 폭우의 예감을 감지하고 더 높은 곳으로 올라가듯 집사람은 자동차사고란 예지 몽夢의 재앙을 미리 조심하라는 당부다.

푸른 숲을 걸을 때는 싫증나지 않는 즐거움이 있고 고된 땀방울은 초롱초롱 한 보석이 되고 산마루에 올라서면 하늘을 나는 매혹의 환상도 있다. 오늘은 숲에 사는 착한 정령이 선악인善惡人에 관계없이 정신적 변화를 분배하는 날이라 머릿속의 낡은 세포를 치유하려고 일찍 나섰다.

인간은 자신과 적합한 의도를 찾으려는 행동은 선천적 본능이다. 나의 첫 산행도 생존에 눌린 무거운 몸이 더 가라앉기 전에 숲에서 재부팅하려는 것이었다. 하지만 30여 년간이나 계속된 리부팅에서 지금은 피곤과 함께 묘한 쾌감으로 잇는 현실과 환상의 윈윈win-win 게임을 즐긴다. 상호배타적이면서도 함께 공존하는 신기한 내 머릿속 일은 마치 진리의 핵심을 벗어난 환각제를 복용하고 아무 데서나 노는 속없는 미물인가보다.

숲에 서노라면 알게 모르게 타인이 살다버린 잉여의 삶을 탐내는 근성은 누구에게나 있다. 그래서 산을 오르는 시간만큼은 일상의 어떤 일보다 허락된 감미로운 현실과 낭만의 꿈을 만끽하는 산의 비밀을 훔치는 일이다.

오늘은 둘만의 산행이다. 맑았던 날씨는 임진강이 보이는 자유로를 들면서 밝은 해를 감춘 하늘은 구름을 끌어들여 모종의 큰일을 꾸민다. 자연이 정해준 일상에서 멋진 하루를 찾으려는데 불화를 원하는 먹구름과 천둥의 방해로 엄청난 소낙비를 예견하고 당초 계획된 철원 고대산을 취소하고 가까운 연천 학곡리로 향했다.

학곡리는 2002년 문화재적석총이 발견된 곳이다. 발굴조사단은 백제 건국의 의문을 풀어낼 고고학적 열쇠라고 야단법석을 떨며 극찬했지만 20년이 다 된 지금은 역사적 유물보다는 그냥 방치되어 팽개친 길거리 돌무지다. 야단을 떨던 얼굴들은 또 어디서 법석을 떨며 밥을 먹을까.

9여 년 전까지만 해도 이곳은 인근의 노곡리, 구미리, 아미리까지 넓은 원을 그리며 촘촘히 다녀봐서 지리적 환경적 내용이 머릿속에 훤히 그려지는 산이다. 오늘도 영산의 기운이 달빛밖에 없는 불가해한 심산으로 데려다 줄 것만 같아 원인도 결과도 없는 자존적 세계를 슬그머니 감추고 따라 나선다.

중심도로를 벗어나 오랜만에 보는 왼쪽의 반가운 산길로 접어들었다. 갑자기 낯선 광경이 목격된다. 아담한 오솔길은 온통 파헤친 흙탕길로 변했다. 대형 트럭과 레미콘 차량들이 줄지어 땅을 울린다. 공사장 입구에는 "백학관광리조트 공사현장"이란 큼직한 글자가 푸른 나뭇잎을 깔아뭉개며 오만과 만용을 부린다. 그동안 발길이 뜸했던 불과 2년 전만해도 없었던 산중의 대 사건이다. 트럭은 이 사실을 처음도 원인도 못 본 것처럼 머리에서 지우라며 붕붕거린다.

40년 전 공무원시절 내무부에서 경찰대학건설기획단 감독관으로 발령이나 근무하던 가건물현장이 떠오른다. 경찰대학건설신축현장이란 간판은 조용하던 언남리 계곡을 뒤 흔들었고 농사만 짓던 시골사람들에게 엄청난 위용을 부리던 모습과 꼭 닮았다. 나 역시 그들에게 뒤로 한걸음 물러서라고 목청을 높였다.

지휘봉을 들고 현장을 순시하며 건축, 기계설비, 토목, 조경 등을 지휘하던 젊은 시절의 추억은 재현되지만 옆에서 보는 어떤 이에게는 오늘의 나처럼 숲을 절단 내는 슬픈 현장에서 나뭇잎이 흘리는 피눈물을 보았을 것이다. 산은 조물주가 만들었지만 인간은 가늘고 구불구불한 비선형적 환상으로 엮어내는 탐욕과 욕망으로 재생시킨다.

임시 정문을 통과하여 급경사를 올라 포장 안 된 질퍽한 터널로 들어갔다. 터널을 지나자마자 별안간 수직으로 깎인 급경사 내리막이다. 45도 경사의 가파른 언덕바지 양쪽에서는 크레인이 절벽에 매달려 흙을 파는 웅장한 소리와 함께 정신없이 되돌아 나오는 순간 왼쪽 타이어가 진흙에 빠져 기우뚱하면서 옆으로 전복되려는 위기의 순간이다.

자칫하면 100미터 넘은 언덕 아래로 굴러 떨어진다. 놀란 단계를 넘어선 머리털이 삐쭉 서는 몸서리치는 공포의 절망이다. 공사를 하던 인부들이 깜짝 놀라 달려와서 쇠파이프로 봉고차 옆면을 받치고 재빨리 밧줄을 크레인에 걸어 간신히 끌어올렸다. 가슴을 쓸어내리며 감사의 인사를 드리고 되돌아 나온다. 덜컹거리는 심장을 누르고 창밖을 쳐다보니 하늘도 놀라 먹장구름을 부르더니 엄청난 소낙비를 뿌린다.

주변이 컴컴해지면 지나가는 소낙비가 아닌 뇌성을 동반한 엄청난 폭우를 예고하는 하늘의 조짐이다. 폭우의 신神 '바알'이 하늘과 대지의 중간 계층에서 살다가 싫증이 나서 번개를 쥐고 창을 휘두르며 온 산의 나뭇잎을 뒤집고 바닥을 사정없이 강타하며 내려오는 모양이다.

산행 중에 비를 맞으면 계속 전진할 수밖에 없지만 산행 시작부터 비를 맞으면 뙤약볕보다 더 힘들고 온몸이 무거워 쉽게 피로하여 몸과 마음이 지쳐 골병이 든다. 소낙비의 추이를 살핀다. 경험으로 비춰볼 때 오늘의 소낙비 행동은 도저히 알 수 없어 산행을 취소하고 마음을 데리고 내려온다.

그래도 폭우의 거친 행동과 위력에도 미련이 남아 시간이 해결해줄 직관이 아닌 논리적 이유를 찾기 위해 인부숙소와 건축자재창고 근처에 어물거리며 하늘과 타협점을 찾는다. 올바른 타협은 선견지식과 예지력이 필요한데 그것이 배낭에 몇 개나 들어있나 하고 뒤적여본다.

간식을 들며 하늘의 눈치를 살피는데 갑자기 옆에 있던 신전무專務가

지난밤 꿈 이야기를 한다. 처음에는 무덤덤하더니 들을수록 말이 되어 현실에서 이루어질 수 있는 일이 꿈의 예견으로 기웃거린다. '바알'의 번개는 망막에 번뜩이고 성난 빗물은 차창에 부딪치는데 신전무의 꿈 이야기는 계속된다.

'비가 내리는 대낮에 어딘지 알 수 없는 곳으로 걸어간다. 쭉 뻗은 가로수 길이다. 왼쪽으로 난 작은 오솔길을 쳐다보다가 계속 앞으로 간다. 지나온 오솔길에서 "신전무!"하고 부르는 소리가 들렸다. 낯익은 목소리다. 외진 곳에서 나를 부르는 사람이 있다는 것이 신기해서 귀를 기울이니 과거 백화점 근무 시절 알만 한 동료의 목소리인 듯싶기도 하였다.

누굴까 하고 고개를 돌려보는 순간 오솔길로 접어드는 작은 산에는 하얀빛이 쏟아져 온통 눈부신 설국의 천국을 보는 듯 황홀하였다. 동산 꼭대기에는 대형 십자가가 높이 세워져 금방이라도 축복의 은혜가 내려질 것만 같았다. 거기에는 예수동산이 조성중이였으며 지금은 마무리공사로 분주한 모습이다. 공사장 중앙에는 인자하신 "프란체스코" 교황님이 건축공사를 직접 진두지휘하시며 양손을 들어 모든 인부들에게 축복을 내리고 계셨다. 이름 하여 "예수그리스도동산"이었다.

신전무 역시 고개 숙여 축복받으려는 진심어린 행동으로 공사장에 참여한 인부들과 함께 고개를 숙이는데 불현듯 아까 부르던 사람이 누굴까 하고 고개를 돌려 얼굴을 찾으려는데 교황님이 우산을 들고 빙그레 웃으시며 비에 젖은 어깨 위로 손길을 내리시자 온 동산에서 종소리가 울려 펴진다. 놀라 깨어나니 새벽 5시반에 맞춰놓은 레인드롭 알람소리였다.

신기한 꿈이다. 공교롭게도 꿈에 본 예수동산건물은 현재 공사가 진행중인 본관 건물의 둥근 아치 모양과 흡사하고 십자가는 높다란 건축물 외벽에 엮은 철골 자체가 전부 십자가다. 꿈의 세계가 현실세계이고 현실세계가 꿈의 세계라면 나는 지금 우주공간에 서 있다.

우리의 삶은 대체로 무의미하며 허무다. 몽유夢遊길에서 환희를 느끼고 빛의 굴절현상에서 헛것을 봐도 잠에서 깨는 순간 꿈의 희망을 만끽하려 한다. 아름다운 꿈은 세상의 보잘것없는 일보다 비교할 수 없을 만큼 소중하다.

집사람 꿈에서 차 조심하라는 말에서 알게 모르게 급박한 위기에서 벗어났고 신전무를 부르는 낯익은 목소리는 산행을 중지하라는 경고의 목소리로 해석하여 알 수 없는 횡액을 면했다면 우리는 선몽先夢이던 흉몽이던 꿈보다 해몽이 더 좋아야 인생에서 꿈꿀 맛이 난다 할 것이다.

나의 꿈은 수면 중에 머릿속이 약간 비워진 틈새를 비집고 들어오나 보다. 꿈은 자각을 벗어난 무의식적 생성이 아니라 깊은 내면에서 미리 계획되어 일정한 방향으로 인도되면서 의식의 세계로 향하는 것이라고들 한다. 꿈은 어떤 암시적 존재인 동시에 예방적 차원의 예고성이 아닐까 하지만 꿈의 의미를 이해하기에는 익숙지 않다. 어쩌면 영원히 꿈의 미로를 찾아내지 못할 아니 찾아서는 아니 될 신비한 비밀일지도 모른다.

허공에서 뛰어내려 바닥으로 먼저 부서지려고 다투며 쏟아지는 만용의 소낙비를 뒤로 하고 내려온다. 자연이 다투는 것은 우주에서 정해진 법칙이고 인간이 다투는 것은 상대성 있는 몸과 마음이 서로 진실하지 못할 때다.

절벽을 오르든 평지를 걷든 산을 오르면 된다는 무지의 산객을 제외하고 항간에 떠도는 야만인들처럼 보기흉한 굴지의 R그룹 형제들이 피를 튀기며 싸운다. 우리는 백만장자의 허황된 꿈 다툼보다 아름다운 사람들이 다퉈 꾸는 작은 꿈 하나에 서로 싸워도 괜찮다는 다수 사람들 의견에 맞장구를 치면서 몸과 마음을 말끔히 씻고 우리들의 꿈을 꾸려고 뜨거운 온천탕으로 향한다.

허수아비의 친구

    고교동창 선우의 전화가 왔다. 이따금씩 전화를 하는 친구이며 조만간 시간이 되면 영동으로 한번 내려오라는 것이다. 학교 다닐 때는 거의 몰랐으나 동창회에서 몇 번 만나 서로 친밀감을 갖게 되었다. 아마 선우는 군인이었고 나는 공무원이었기에 일말의 상통하는 맥이 있었나 보다.

    인간이 살아가는 데 가장 행복한 것은 나를 알아줄 한 명의 친구가 있다는 것이며, 나를 향한 그 친구의 숨소리가 바로 우정이다. 따라서 진정한 우정은 나누지 않은 혈맥 속에 하나로 살아가는 영혼이라 하겠다.

    헌병대 원사였던 그는 항상 군복을 입고 지휘하는 것을 좋아했으며 규칙적으로 통치되는 강제적 조직 안에서 부하들에게 약간의 자유를 제한함으로써 그들로부터 빼앗는 것보다는 오히려 군인정신과 개인적 인권에 대해 비평과 조절을 거처 철저하게 자존감을 심어주는 이상적 지휘관으로써 최선을 다한다는 소문이 자자하다.

    겉모습과는 달리 걸맞지 않는 영혼이 그의 머릿속을 들락거리더니 외부적 유혹이 아니라 스스로 텀벙 빠진 종교에 마음의 분열을 가다듬어 의심 없는 믿음이 확실성으로 도래하자 장로로써 인간과 믿음 사이에 부정적 혼란을 대처하는 방법론을 열변으로 토하며 많은 신도들을 위해 합목적적 희생을 자처한다는 소리가 이태원에서 강변북로를 타고 마포나루터까지 들린다.

    종교로 하여금 정신적 고통을 넘어서는 끈질긴 힘이 생긴다면 신앙이란 세상의 이성적 판단을 초탈한 것이며 희로애락은 딜레마를 벗어난 동일한 영혼이라 할 것이며 이 모두의 정점은 진리의 정신으로 이어지는 것이라 하겠다.

재대 말기에는 몇 해 동안 소식이 없었다가 어느 날 갑자기 시흥인터체인지 부근의 DH통운 경비대장으로 근무한다고 연락이 왔다. 호박을 무진장 재배하였으니 와서 갖고 가란다. 얼굴도 볼 겸 겸사겸사 들렀더니 온 동네가 호박밭이며 주인 없는 밤나무도 군데군데 알밤을 떨어뜨린다. 시흥지구 도시계획 확정발표 후 보상받고 나간 빈 터 전체에 초봄부터 호박을 길러 친구들과 지인들에게 나눠준다고 한다.

친구들이 싫어하든 좋아하던 관계없이 자신의 억견을 드러내고 편견 없는 마음으로 세상을 대화함에 어디서나 편안함과 소박함을 맛볼 수 있는 친구이다. 때로는 손해와 비난을 받을 수 있는데도 불구하고 아랑곳하지 않는 남대문시장의 정직한 짐꾼의 얼굴로 항상 만면에 웃음을 띠는 그는, 고집 많은 나와는 서로 다른 영혼을 데리고 살아왔다.

정신이 과거로 돌아가 지나온 발자취를 조사 분석하여 올바른 검토를 하기 전까지는 진정한 자신의 얼굴을 찾을 수 없으며 마냥 앞으로 나아가도 쓸모없는 세월만 갉아먹는 게으름뱅이 역할로 비난을 면치 못할 것 같기에 지금부터라도 친구처럼 짐꾼의 얼굴을 닮으려고 지게를 만지작거린다면 시장상인들이 욕을 하지는 않을까.

전화를 했던 이유는 다름 아닌 친구가 사는 영동 인근 산에서 누군가가 귀중한 산삼을 캤다는 소문을 들려주면서 그 장소를 안내해줄 테니 산신령이 한번 내려와서 둘러보라는 것이다.

산삼이란 본디 인간이 작명한 이름에 불과하다. 허나 심산유곡에서 전설을 먹고 사는 신비한 몸으로 대접받는 것은 두말할 것도 없지만 만병통치약이라기보다는 이 시대에 귀중한 존재로 자라는 한 그루의 다년생 산야초로 이해하면 족할 것이다. 그러나 인간세상에서 올바르게 사는 것이 결코 쉬운 게 아니듯이 깊은 산속에서 산삼채취역시 만만한 일은 아니다.

휴일을 이용하여 동료 4명과 함께 서울역에서 새벽 6시에 출발하는 새마을열차를 타고 영동으로 내려갔다. 역 부근에서 아침식사를 하고 택시를 이용하여 약속장소인 심천역을 못 미쳐 단전사거리에 도착하니 10시가 다되었다.

시간이란 존재는 자기 맘대로 스물네 개로 쪼개어 우리를 옥죈다. 시간과 인간과의 관계는 우주의 무한한 원인과 체제 속에 얽힌 준엄한 법칙이라 하더라도 인간이 없으면 시간은 무용지물이다. 구석기 이전 원시인들도 하루가 이십사 시간인 줄도 모르고 살았다. 시시콜콜한 시간에 얽매이지 말자. 열 시면 어떻고 열두 시면 어떠리.

우리가 가야 하는 최종 목적지는 단전사거리에서 산 정상을 향해 약 한 시간가량 더 올라가야 친구가 기거하는 산장이 나온다. 핸드폰이 통하지 않는 고산 지역이다. 선우는 나와 한 번의 통화를 하려해도 산꼭대기에서 한 시간씩 걸어 내려와야만 했다.

오늘아침에도 몇 시에 열차를 탔는지 궁금해서 새벽부터 내려와 몇 차례 통화를 하고 단전사거리 철책 난간에 걸터앉아 지루함도 잊은 채 책을 보며 무려 네 시간이나 기다렸던 사실에 놀라지 않을 수 없었다.

모든 인간들은 항상 원대한 꿈을 꾸고 있다. 어떻게 하면 내가 저 인간보다 주머니가 두둑할 수 있을까 하고 말이다. 허나 진정한 친구는 머릿속의 재빠른 계산보다 진실로 마음의 감정으로 맺은 우정이 들어있다.

황금벌판에 서있는 허수아비의 순진한 얼굴 같은 선우를 바라보며 어떻게 하면 이런 우정이 생기는가를 파헤칠 것이 아니라 어떻게 하면 내가 그 우정에 걸맞은 허수아비가 되겠는가를 염려하면서 얄팍한 그의 손을 꽉 잡는다.

약 4년 만에 잡아보는 손이다. 잡는 순간 너무 야위어 깜짝 놀랐지만 그는 내색 없이 웃는다. 얼굴도 너무 야위었다. 마음속으로 약간 미심쩍었으나 미소 짓는 얼굴만큼은 누구보다도 환해 보인다. 마음이 없는 심산에서 자신의 공간을 느꼈고 계곡에서 중 늙은 선녀가 목욕하러 내려올 때 때밀이 생활을 해서 그런 얼굴이 달렸는가.

함께 왔던 동료들과 인사를 나누고 산장을 오른다. 선우는 날마다 이 길을 오르면서 좌우에 널려있는 자연과 함께 나누던 얘기를 오늘은 우리들에게 들려준다. 복숭아는 누구네 것이고, 저 집은 어떻고 저 나무는 얼마나 오래됐는지를 쉴 틈 없이 말한다. 바람에 흔들리는 설익은 복숭아는 혹여나 자기 흉을 볼까봐 잎사귀 뒤에 숨어 발그스레한 얼굴로 안절부절못한다.

높은 산이다. 완벽한 남향이며 좌청룡 우백호의 정좌로 앉은 산세는 절묘하고 웅장한 기운을 품은 명당이다. 불행히도 40만 평 대부분이 벌목을 당하여 희망했던 산삼은 사라졌다. 숲을 잃어버린 고산은 아무리 깊이 들어 가드래도 인간들은 끝까지 쫓아와 못살게 한단다. 내년은 옆 산이 벌목을 한다며 걱정이 태산이다.

산장에 도착했다. 거기에는 선우의 또 다른 친구가 와있다. 알고 보니 이산 40만 평의 주인이다. 같은 교회장로로서 선우가 필요로 할 때 언제든지 기거해도 좋다고 했단다. 아름다운 우정이 담긴 신의 땅이다.

정면으로 탁 트인 무진장 넓은 하늘은 올라올 때까지만 해도 가슴에 헐떡이던 고단한 찌꺼기를 완전히 뽑아버렸고 무아지경으로 다가온 시원한 바람은 팔월의 더위를 쫓아 만면의 웃음을 희롱할 때 선우의 장로친구가 뒷산을 구경시켜주겠다며 슬며시 나를 끌고 나와서는 뜻밖의 말을 한다.

선우는 지금 전립선암 말기라고 하면서 혼자서 투병생활을 한단다. 직장을 마치고 휴일이면 여기 와서 쉰단다. 도움을 주어야 할 하느님도 대답 없이 산에서 관조만 하는데 본인이 말하지 않는 한 일체 아는체하지 말란다. 이 산의 숲들조차 몰랐다는 소리에 갑자기 머리에서 낯선 공복이 느껴진다. 저 높은 하늘에 하고많은 구름 중에 왜 하필 저 구름만 홀로 검을까.

선우에게 함께 산행하자고 했으나 웃음을 만면에 띠며 점심을 짓고 기다리겠다며 고개 넘어 뒷산에는 또 다른 무엇이 너를 기다릴지 모른다며 우리더러 휘휘 한번 둘러보고 오란다.

장엄하고 엄숙한 감동을 한몸에 녹아내리도록 만든 자연과 그것을 여과 없이 순수하게 흡입하는 인간정신은 동일한 주체라 할 수 있으나 각기 다른 의식을 가짐으로 해서 상호작용이 아닌 불가분의 결합과 통일인 오직 하나의 실제라 하지 않았던가.

인간은 누구나 육신과 영혼이 서로 헤어지기 전까지는 죽음에 대한 불안을 떨치지 못하지만 선우와 나는 헤어지기 전까지는 따뜻한 사이로 남고 싶은 마음 간절하다. 불가능이 인간에게 미치는 영향이 어떨지는 몰라도 언제나 패배하기 때문에 굳이 실망하거나 이길 필요는 없을 것 같다.

생각 없이 산을 오르다가 이산에서 엉뚱하게 영혼의 실체를 벗겨낼 수 있다면 삶과 죽음은 아마 바람이 다니는 숲이란 증거를 찾아낼지도 몰라. 그래서 여기는 불행한 상태에 놓인 육체와 맹목의 영혼이 다투는 필사의 투쟁장을 만들 필요가 있다는 생각이 든다.

가파른 봉우리를 넘어 깊숙한 계곡에는 우리가 찾던 천년원시림이 잠을 자고 있다. 인적이 닿지 않는 신비와 마주했을 때 언제나 내 모습은 때 묻은 인간이 아닌 이 자리에 존재하다가 바람결에 사라지는 순백의 사물이 된다.

다시는 찾지 않을 이 산에 들어온 어설픈 객이 당신께 무릎 꿇고 비는 것은 자신의 이익을 위해 깊은 맹목에 물들지 않는 바보 같은 선우의 마지막 남은 한 가지 소원을 들어주기 위한 간절한 마음뿐이며 이 물음에 당신은 대답을 해야만 할 것이다.

친구는 삶과 죽음의 경계선에서 야단스럽지 않게 조용히 침묵하다가 염려와 공포가 없는 시간을 틈타 나의 모습이 보고 싶어서 불렀을까. 선우는 쾌활했고 정체를 알아버린 나는 오히려 하늘을 바라보며 신이 인간을 창조할 때의 이유와 버릴 때의 이유를 따져 물어봐야 한다.

침묵의 함성을 하늘높이 퍼진다. 놀란 해는 서둘러 내려가고 어쩔 줄 모르는 무더운 저녁바람만 들락거리는 대답 없는 영동의 밤은 후덥지근하기만 하다. 조물주는 사람을 아무런 생각 없이 들쑥날쑥 만들었기에 지금까지 살아온 나는 잔금만 남았을까 아니면 덤으로 매도하려는 걸까.

실신 ─────────

연말이라고 찾아온 손자 두 녀석과 밤새도록 옛날이야기를 들려주고 아침까지 흥분에 겨운 나머지 다시 똑같은 이야기를 하느라 야단법석이다. 한편 녀석들과 술래잡기 하다가 도망가려고 일어서면 아직도 허리가 아프다. 허리는 한 달 전에 심한 운동으로 다쳤지만 거의 회복되어 간다.

갑자기 배가 아파 화장실에 가고픈 생각이 들었다. 문을 열고 들어서는 순간 타일바닥에 미끄러져 중심을 잃고 넘어지면서 뒷목을 세면대 모서리에 부딪침과 동시에 통나무처럼 뒹굴며 의식을 잃었다.

머리의 조종간이 멈추는 정점에선 신체의 모든 부위가 중단된다. 아무리 좋은 기억이나 시의 노래를 불러본들 무의미한 도로徒勞다. 의식불명은 갑자기 찾아오는 불청객이 아니라 자신의 존재가 생성되기 이전 질료시대부터 미리 윤곽을 다잡아 놓은 계획이다.

빌딩도 짓기 전에 설계도가 있듯이 조물주도 인간을 설계도에 따라 조립했을 것이다. 조립 후에는 설계도를 저승사자에게 인계했기 때문에 인간은 자신의 운명에 불행이 닥치면 재앙으로 알고 슬퍼만 하는 것이다. 나도 설계도만 있었더라면 미리 알아채고 다치지 않았을 텐데…….

정신이 들었다. 천정은 빙글빙글 돌아가고 몸은 옆으로 쓰러져 있다. 회복되던 허리는 또다시 극심한 통증과 함께 완전 마비가 되고, 팔다리는 강렬한 전류가 흐르는 실험실의 청개구리다. 일어서려고 안간힘을 썼으나 온몸이 움직이지 않는다. 뇌리는 발자국의 흔적을 못 남길까봐 불안이 엄습하고, 화장실 구석에는 발목 없는 절망이 휠체어를 밀고 웃으며 다가온다.

우리는 신체에 대해 잘 모를 때만 행복하다. 그래서 조물주가 설계도를 안줬나보다. 쓰러지기 이전까지는 허리통증만 빼곤 모두 다 좋았다. 1급

장애가 어른거리는 불안의 고뇌는 옆집남자에게 잠시 빌려온 복사본이라면 참 좋겠다는 간절한 희망에 빠진다. 운명을 앞세운 고통의 피난처는 어디쯤 있을까. 극락에 이르는 불확실성을 탐험할 때야 비로소 인간은 묵주를 쥘 수 있나봐.

오른쪽으로 쓰러졌나 보다. 오른팔은 전혀 움직일 수 없고, 사투 후에 왼팔만 미미한 움직임이다. 왼손으로 오른손을 잡아당겨 본다. 감각이 없다. 다리도 당겨본다. 움직임이 없다. 온몸은 수만 볼트 전류 속에 주권을 놓쳐버렸고 각막은 품격 어린 눈물을 귓속으로 흘리고 귓속은 의지로 막기를 거부한다.

희망을 상실할 때는 체념보다 절망이 먼저 오나 보다. 절망은 쥐가 입을 벌리고 있는 뱀 앞의 모습이고, 체념은 쥐가 발버둥 치면서 입속으로 들어갈 그때쯤이겠지. 허나 우리는 끊임없는 절망과 체념이 희망을 옹호하는 순간 작은 트라우마도 소중히 받아들일 것이며 절 마당에 흐르는 식수에 몰래 발을 씻다가 들켜 스님께 억수로 꾸중을 들어도 좋을 것이다.

갑자기 허리가 엄청나게 찌릿찌릿하더니 반사적으로 왼쪽 다리가 약간 움직이며 동시에 오른쪽 다리도 같은 느낌으로 저려온다. 육체의 본능적 충동은 무질서한 고통에 앞선 존재의 소중함을 지속시켜서 살려는 의지인가. 의지는 무감각적 절망의 의한 두서없는 행동이 아니라 움직이려는 생각과 결단에 의한 신념을 행동을 이끌어내는 것이라 하겠다.

119구급대가 도착했다. 들것에 타라고 하지만 손을 저으며 걷는 의지의 절박한 정신으로 감각 없는 육체를 이끌고 계단을 나섰으나 역시 들것이 필요했다. 구급대원이 코와 입과 목에 묻은 피를 닦으며 목을 다쳤을 위험이 크다는 말에 심장은 멈추고 굳어오는 마음은 지하에 묻히는 관이 된다. 사고는 신정 연휴 마지막 날 집에서 오전 10시 20분에 발생하여 구급대로 S병원 응급실에 도착한 것은 오전 11시였다.

119구급대는 내무부 소방국에 근무할 당시 대민봉사의 새로운 시책으로 서울시 5개 소방서에 시범운영으로 시작하여 남다른 애정과 관심으로 성장시켜 전국적으로 파급 눈부시게 발전되어 지금은 모든 국민들에게 귀와 눈과 팔다리가 된 지 오래다. 공무원으로서 한 시대에 몸담고 정열의 동력을 쏟아 넓은 안목으로 만든 국가시책이 오늘은 자신에게 사용토록 허락될 줄이야 꿈엔들 알았으랴. 원수는 외나무다리에서 만난다.

응급실은 인산인해를 이루었다. 침대하나 배정받지 못한 체 의자에 기대어 차례를 하염없이 기다린다. 간호사는 분주한걸음으로 링거를 꽂으며 엑스레이 찍어요. 시티 촬영해요라는 진료좌표를 기계적으로 알려준다. 허리통증과 신경계통, 코 골절과 목 디스크가 주문하는 특별대우로 엑스레이와 시티를 몸 전체와 부위별로 찍고 또 찍었다.

응급실에서 오전이 지나고 오후가 지나고 밤 8시쯤에서야 통증도 기진맥진한 시간 밤 9시쯤 응급진료를 마치고 겨우 병실로 옮겼다. 병원에 실려 와서 응급으로 보낸 시간은 인내, 가치, 그리고 폭넓은 다양으로 향하는 소중한 순간이 아니라 헛웃음도 나올 수 없는 현실에 말문이 막힌다.

치료 받고 싶은 부위는 팔다리 저림의 신경관계인데, 신경내과는 목 디스크는 괜찮다 하고, 신경과에서는 신경이 어딘가 눌려서 팔다리가 저리다며 그런 것은 정확하게 찾기가 매우 어렵다고 한다. 따라서 저림을 호소하면 링거에 통증지연제만 투입할 뿐 별다른 치료가 없다. 의술이 아닌 인술로 화려가 아닌 맑은 손길로 깊게 목과 허리를 만져준다면 금방 나을지도 모르는데 너무 아쉽다. 생명선처에 무릎 꿇지 않고 자존감의 회복도 가능한 시대는 어디에 있을까.

엑스레이에 코뼈가 부러졌으니 코 수술을 해야 하고, 허리가 아프니 통증클리닉에서 고주파 마사지를 하라는 중심외적 치료의 선회유도다. 코뼈가 부러졌는데도 고통이 없음으로 수술을 거부했다. 훗날 코가 기형이 된다고 했지만 지금까지 아무런 이상이 없는 정상이다.

열흘간 하라는 허리통증클리닉도 하루만 하고 거부했다. 1회에 12만

원 하는 금전 문제 때문이 아니라, 허리는 때가 되면 알아서 낫는다. 허리 통증은 20년 전에 운동을 하다가 다친 통증과 똑같은 현상이다. 당시에는 한의원에서 일주일에 한 번씩 4번의 침을 맞고 운동을 병행하면서 이상 없이 나았다.

자가진단은 냉혹한 오류로 치명타를 당할 수도 있지만 경험과 산지식으로 얻은 합당성의 자기치료는 경외적인 회복이란 극대화에 힘입어 검증되지 않는 진료에 역주행할 수도 더러 있다는 어떤 의사의 말이다.

병원에서 내가 스스로 할 수 있는 것은 치료가 어렵다는 팔다리 저림은 어쩔 수 없이 그대로 두고 먼저 허리통증을 위한 운동을 결심했다. 병실은 2인실이다. 간호사의 마지막 투약이 끝나고 불이 꺼지는 밤 10시부터 시작했다. 침대에서 일어나는데 10분, 링거막대를 잡고 출입문까지 걸어나오는데 약 10분. 복도양쪽 끝까지 걷기운동을 하면 새벽 4시다. 어차피 저림 때문에 일순간도 잠들지 못할 바에야 밤새도록 걸었다.

다음 날 주치의에게 밤새 걸었다고 말했다. 절대로 안정하라는 꾸중이다. 이틀이 지났다. 날마다 링거만 맞는 일이며 통증이 심할 때는 통증완화제를 링거에 삽입하는 일이 치료의 전부다. 허리통증과 코를 제외하고 신경계의 확실한 진료가 없으니 불행하게도 퇴원하겠다고 말했다.

절대로 안 된단다. 의사의 허락 없이 함부로 못나간단다. 환자와 의사 간 영혼의 농락으로 공감의 동맹은 결렬이다. 내 손으로 링거바늘을 추수할 수 없을 때 낙심을 동반한 갈등의 나락으로 떨어지며, 흰옷의 승자는 회심의 미소를 짓고 패자는 줄무늬환복에 목을 매달기전에 병실에서 탈옥하려는 도망자다.

다음 날 회진 시에 통증이 완화됐다고 거짓말했다. 눈물을 머금고 팔다리를 활짝 움직이며 웃음까지 보이며 허리역시 머리의 요청대로 흔들어댔다. 퇴원해도 좋단다. 2인실 입원비만 하루에 24만 원, 5일간 120만 원이다. 돈도 돈이지만 효과 없는 치료라면 아무렴 어때. 스티브 맥퀸의 빠삐용 후편을 썼다.

집으로 와서 무조건 운동을 결심했다. 한강 변을 다니며 허리통증을 위한 걷기운동 2시간, 오후에 헬스장에서 팔다리 저림 운동 2시간이다. 처음에는 100m 가는데 1시간이 걸렸다. 그래도 계속 걸었다. 한의원에서 일주일에 한 번씩 침을 맞으며 한 달간 걸었더니 허리통증은 거의 사라졌다.

문제는 저림이다. 팔다리, 목 운동을 계속해도 저림은 여전하다. 저림으로 인해 한순간도 수면을 취할 수 없자 코피는 시도 때도 없이 흘렀다. 더 격하게 운동을 했다. 특히 머리를 앞으로 숙이면 등허리부터 발끝까지 심하도록 찌릿하게 저려온다. 죽더라도 운동을 해야 한다. 이를 악물었다.

운동 시작 9개월에 접어들면서부터 의지와 꿈이라는 상상력이 병실의 링거와 대응하는 육체적 변화에 경이로움의 힘겨운 역주행이 나타났다. 거의 80% 회복이다. 운동의 다듬질로 만든 절반의 완성품은 남은 미래를 담보할 수 있다. 치료방법이 무식했다고 비판할 사람은 나와라.

눌린 신경 줄이 약간 수작을 부려도 괜찮다. 통증이란 원상태로 되돌아오는 아픔이란 것쯤은 누구나 다 안다. 너무 일찍 완쾌되면 미안하며 천천히 회복되는 시간을 줘야 화장실 바닥과 세면대도 명분이 서지 않을까. 그래서 2년 반이 지난 지금도 잔잔한 저림과 함께 즐긴다.

아들 녀석이 독일제 전신마사지기계라며 육백만 원을 주고 사왔다. 꾸지람범벅이다. 미국의 딸애가 최신식 통증고주파기계라며 부쳤다. 고함소리다. 집사람이 종로 5가에서 목 찜질기라며 잡다한 것 몇 개 사왔다. 무반응이다. 시골친구가 도덕산에서 잡은 흑지네 술을 보냈다. 기특한 녀석이다.

우리는 인생에 대해 너무 깊이 생각하면 우울하다. 빤히 보이는 고속도로보다 핸들이 잘 듣지 않는 고물차를 조심스럽게 모는 골목길도 필요하며 고난을 모험의 징표로 삼고 남모를 고통 속에서도 희망으로 가는 존재론적 현실에서 조화로움과 통증의 신비로움의 악수도 함께 나눠야 할 것이다.

겨울 여행길에서 ─────────

아침에 일어나 창밖을 보니 정원에는 서리가 잔뜩 내렸다. 입동이 엊그제 같은데 벌써 소설小雪이다. 옛날 같으면 흰 눈이 내릴 절기인데, 요즘 하늘은 너무 맑고 청명하여 늦가을 정취를 연상케 한다. 담장 옆의 국화는 벌써 노란 옷으로 갈아입고 이른 아침부터 누군가를 기다리며, 키 작은 단풍은 어젯밤 달빛을 밟으며 지나가는 처음 본 여인을 생각하며 혼자 얼굴을 붉힌다.

언젠가부터 겨울이 오기 전에 혼자서 여행을 즐기는 버릇이 생겼다. 작년에는 서해안으로 해서 목포까지 갔다 왔다. 이번에는 강원도 고성 최북단 통일전망대에서 동해를 거쳐 강릉으로 해서 돌아올 2박 3일의 계획이다. 이번에도 물론 사전에 별달리 세운 세부계획은 없다마는 갈아입을 옷 가지 몇 벌만 들고 그냥 집을 나서면 된다. 명소도 알 필요 없다. 가다가 마음에 들면 그곳이 명소이고 바람이 불면 또 길을 재촉하면 된다.

인간의 마음형성은 잠재적으로 인식되고 한정된 내재적 규칙으로부터 나오는 것이 아니라 오감이라는 자유로운 판별로부터 형성되는 것이다. 해서 경험으로부터 생성되는 인식이야 말로 미완성의 마음을 순백의 마음으로 형성시킨다 할 것이며, 따라서 우리는 여러 형태의 여행이라는 독특한 외형적 감각으로부터 내재적 규칙에다 덧칠을 해볼 필요가 있다는 것이다.

아침을 먹고 출발하자마자 쌀쌀맞은 비가 내린다. 상대적이지 않는 변화무쌍한 계절을 앞에 놓고 나무라는 것이 아니라 그 나무람 속으로 내가 웃으며 스스로 들어가야 한다. 해서 우리는 부정적 감정에 의한 인식이 아니라 긍정적 감정의 인식을 위해 행동과 생각, 그리고 그러한 경험을 만나려고 날씨에 관계없이 여행을 다독이며 사랑해야 한다.

사업하는 아들 녀석이 제법 효도를 한답시고 며칠 전에 사준 외제차를 타고 나섰다. 겉으로는 윽박지르면서 왜 샀느냐고 꾸중을 했지만 사실은 밤새도록 창문을 열고 고함을 치며 자랑하고 싶었던 마음 누가 알겠느냐마는 이렇게 들뜬 마음을 집사람에게도 숨겼다. 이중적이고 얍삽한 나의 마음을 모르는 집사람은 아들을 너무 무안케 하지 말라며 핀잔까지 준다. 미안하고 고마운 마음으로 그들을 뒤로 두고 어느덧 양평을 지난다. 이 길로 쭉 가면 강원도 고성이 나오기 때문이다.

흔히 여행은 우리에게 무엇이 "최선이다"라는 것은 가르쳐주지 않지만 그렇다고 꼭 그렇게 "하지 마라"고도 하지 않는다. 그래서 필연도 우연도 아닌 여행은 호기심보다 정신적, 시각적 자극에 의해 덤덤한 일상생활을 신선한 욕망의 생활로 치료하는 방법의 하나인가 보다. 따라서 여행은 정신적 의식과 경험의 인식을 안내하는 무슨 버스를 타야 할지를 말해주는 시골 종합버스터미널의 꽤 괜찮게 생긴 예쁜 여자 안내원이다.

낙엽으로 발만 덮고 있는 가로수는 맹목의 세월을 살면서 옷 한 벌 없이 헐벗고 무언으로 서있다. 매년 겨울 삼동을 지나며 흘리는 눈물이야 그렇다 치고 오늘따라 마르고 창백한 얼굴은 누구 하나 붙잡고 울고 싶은데, 혹여 한 사람쯤 아는 사람이 오지 않을까 하며 마냥 곧은길만 응시한다.

이 나이가 되면 그동안 몰랐던 신발 치수도 알게 되고 주름살도 깊이를 모르는 강이 되어 간다는 사실도 알게 되는 것이다. 인생이 별건가.

상념에 잠긴 체 어느덧 홍천까지 왔다. 읍에서 만물상을 경영하시는 큰 처남에게 들렀다. 나를 바라보며 겨울만 되면 역마살이 껴서 큰일이라고 핀잔 반, 부러움 반으로 따끈한 오미자차를 건넨다. 띠 동갑인 큰처남은 언제나 묵묵하지만 속으로는 나를 최고로 좋아하며 무조건 신뢰하는 것을 다 안다.

그 이유 중 하나라면 큰처남 막내딸 즉, 처 질녀가 홍천시내버스터미널

매표소에 근무할 때 두말없이 서울로 끌고 와 취직시켜 2년 동안 큰처남보다 더 무섭게 감시하다가 멋진 공무원 신랑을 얻어 시집까지 보냈으며 지금은 팀장 사모님이 되셨으니 부녀가 더 이상 내게 무슨 할 말이 있을 것인가. 으흠!

인간이 어깨를 으쓱거리는 것은 특수한 감정의 오르가즘이다. 보편적 감정에다가 번뜩이는 옻칠을 해놓으면 사방팔방 퉁퉁 부어올라 제어할 수 없는 쾌감이 춤추는 특수감정이 되어 절대로 가려움을 참질 못한다. 그래서 우리는 이러한 인간을 감정의 속물이라 부르며, 나무라는 것보다 마음대로 뒹굴다가 절로 돌아오게 그냥 두는 편이 훨씬 더 낫다고 한다.

큰처남은 보온병에다 오미자차를 가득 넣고, 과자며 빵이며 손에 잡히는 데로 넣어준다. 밤중에 마시라며 팔뚝만 한 더덕주도 한 병 실었다. 그런데 꼭 한 번은 하고 싶었던 말을 넌지시 던진다. "왜 동생하고 같이 안 다녀?" "혼자 다니면 뭐가 그렇게 좋아?"라고 의미심장한 속내를 던지곤 차 조심하라며 손을 흔든다.

젊은 시절 관음사 법당에서 인생이 뭔지 몰라 실컷 통곡하며 울었던 길목인 철정을 지나고, 한때 안양에서 꽃가게를 하는 키 작은 여인과 짙은 농을 던질 때 고향이 신남이라고 하던 다리를 건너며 지금은 어떤 남정네와 뭘 할까 생각하며 추억에 잠긴다.

인제천으로 들어서니 원효로 박 사장과 밤새도록 물고기를 잡고 모닥불을 피우며 텐트를 치던 자리에는 작년에 세상을 먼저 떠나간 박사장이 저만치 앉아서 시를 읊고 있으며, 미국에 살고 있는 사위의 친척들이 살고 있다는 어딘지도 모르는 동네도 여기저기에 앉아 있다.

용대리를 거처 향로봉을 왼편에 둔 채 간성을 가로질러 화진포에 도착했다. 화진포는 언젠가 꼭 한 번은 와 볼 참이었다. 30년 전 어떤 여름파도를 지금까지 가슴에 잠가놓았던 아무도 모르는 비밀을 이제는 이 자리에 묻고 가야 하기 때문이다. 저만치 선 겨울노송들이 백사장을 바라보며 정말로 사랑했고 청춘시절의 여인과 울면서 듣던 소리 나지 않는 음악들을 말이다.

해안을 따라 철썩대며 웅장한 기염을 토하는 바다는 언제나 거기에 있다. 검푸른 물결의 출렁임이 파도의 의지라면 그 의지는 고난의 바다다. 의지자체는 몸부림이고 몸부림은 바다에 의한 오갈 때 없는 억압이기 때문이다.

따라서 해안가로 밀려오며 탈출구를 찾는 바닷물은 파도라는 익명으로 떠나려하지만, 계속 달아나려고 몸부림치는 내가 집으로 되돌아가듯이 바다로 돌아간다. 그래서 내가 기억하는 것은 새롭게 느끼는 여행의 추억이며, 파도가 기억하는 것은 해안에서 오르지 못하도록 방해하는 모래톱이 아니겠는가.

통일전망대! 운수 좋은 날에 똑같이 운수 좋게 보이는 비로봉과 해금강, 선녀와 나무꾼이 되어 살고 픈 감호監護도 한눈에 바라볼 수 있어 더욱 좋았다. 꿈속의 이 경치를 보려고 날마다 역마살이 낀 채로 여기까지 왔는가. 아니면 멸공의지로 6·25전쟁 당시 북녘 어느 계곡에서 산화한 얼굴도 모르는 스무 살의 앳된 삼촌의 목소리를 들으려고 칠순초의 늙은 조카가 엎드리며 눈물 한 방울로 가끔씩 죄를 면하려는 행동을 보이려고 왔는가.

그래 이제 그만 내려가자! 아니, 지금부터 나만의 여행이 시작된다. 훌훌 털고 맘껏 춤추는 자유와 욕망의 여행에서 숨어있는 유령을 만나자. 텅 빈 "마차진 해수욕장"을 지나 여름을 꿈꾸는 작은 식당에서 혼자 먹는 밥 한 그릇, 무한의 욕망이 한정된 금단의 세계에서 단지 오늘의 숨만 쉴 수 있는 한 줄기 명줄을 위해서지만 입은 그래도 맛을 기대한다.

허나 자신을 방치하면 아무것도 못하고 저 세상으로 가야 해. 그때는 할 얘깃거리도 별반 없어, 그래서 우리는 마음속에 숨어있는 것보다 길거리에 나가 여행을 하며 누구에게라도 발각되는 것이 훨씬 더 좋아. 아니면 평생을 후회하게 되고 이룰 수 있었던 꿈이 물거품이 되고 말지.

간성을 건너뛰고 천진리 청간정에서 낙조와 해돋이 풍경을 보기 위해 1박을 예정한다. 이승만 대통령의 친필의 현판이 걸린 청간정은 관동팔경의 하나, 예로부터 많은 시인과 묵객들의 심금을 울린 명소에서 타임머신을 타려고 움직이는 떠돌이 객은 지금 입석표라도 구할 수 있을까?

여장을 풀고 밖으로 나서는 발길은 경계선 없이 방사되는 한 마리의 황소다. 고개를 들고 코를 벌렁거리며 아무 데나 입을 대며 걷는 황소는 옆 우리에 있는 예쁜 암소도 풀려날 것으로 기대했지만 오늘만큼은 생각지 말자. 춤을 대신할 선물은 없지만 가슴의 자유로 만끽하자.

해변에서 마른 바람이 내는 차가운 음의 가락을 들으며 시름에 잠긴 삼류 모델 흉내를 내면서 보온 통에서 싸늘하게 식은 오미자차를 마시며 바닷바람에 정신을 씻는다. 때마침 바람소리와 함께 뒤에서 들려오는 소리.

"따끈한 차 한 잔 주실 수 없겠습니까?"

중년을 넘길 듯 말 듯 여인의 조용한 목소리다. 알 수 없는 기대와 호기심을 품기에는 너무나 쉬운 시간이다. 이성이 욕망에 쫓기면 야릇한 감정은 이유 있는 박수를 치고 난데없는 겨울사랑은 야릇한 속임수에 속아주고 열정의 거짓말 같은 뜨거운 여인을 몰랐더라면 간성은 내게 아무런 의미가 없었겠지.

"너무 뜨겁습니다. 천천히 식혀가면서 마시세요."

대답을 다시 바꾸라며 환하게 웃는 입 가장자리에는 아름다운 사랑은 어둠에 숨지 않고 뜨겁게 다가오는 밤의 동반자의 숨소리가 거칠다.

긴 밤은 파도를 부르고 파도는 밤의 바다에서 춤을 춘다. 춤은 점점 더 거칠어지고 팔과 다리는 또 다른 파도를 부르며 밤새도록 해안을 뒹군다. 쾌락은 인생의 자극인 동시에 현실인가. 지금 이시간은 내일을 위해 억지로 잠을 자야 하는 현실이 아니라면 잠들지 말고 그냥 춤추는 파도에 내버려 두자.

어떤 눈물 ───────────────

한여름 무더위도 이제는 서서히 지나간다. 아침저녁으로 부는 바람이 제법 선선한 기운이 감도는 10월 초순이다. 역시 세월은 속일 수 없다. 그래서 우주의 섭리는 직선이 아닌 원으로 돌고 만물은 원을 따르는 순환 법칙에 순응한다. 그러나 인간만이 순환법칙을 일탈하여 "덥다! 춥다!"라는 피켓을 들고 처음부터 잘못된 고난의 세계라며 개혁을 요구한다.

나는 이러한 개혁을 요구할 힘도 없는 달동네에 살고 있다. 어찌하다가 1년 이상 이곳에서 거주해야 하는 사정에 처해있다. 금년 1월에 왔으니까 벌써 10개월이 다됐다. 전깃불이 나가도, 공동수돗물이 안 나와도 뭐라고 하는 사람 없다. 달을 가까이 보는 달동네에 산다는 것은 낭만적인 것 같지만 사실상 형편이 개떡같이 어려운 사람들만 모여살고 있는 곳이다.

나의 집은 도원동 달동네 중턱에 있다. 집들이 게딱지처럼 다닥다닥 붙어 있다. 옆집사람의 등이 가려우면 우리 집 벽을 밀치고 손으로 긁어주기에 충분할 정도로 딱 붙어있다. 내리막길은 비가 오면 구두와 바짓가랑이에는 온통 흙탕물로 범벅이지만 역시 골목문제로 누구 하나 군소리 없다. 매일 이 길을 걸어야 밥을 먹고 살기 때문에 이 길이 없어지면 생존이 위태하므로 현재에 고개 숙여 감사하며 침묵으로 다녀야 한다.

아래로 쭉 내려가면 길모퉁이에 도원미장원이 있다. 미장원 바로 옆 한 평도 체 안 되는 덜렁거리는 쪽문은 창고인 줄 알았는데 사람이 살고 있다. 어떤 사람이 살까. 인간의 끊임없는 욕망 중에 환경과 아주 밀접한 관계도 있다.

하루를 연명하는 달동네 사람들에게 무한욕망이란 말은 별로 필요 없다. 듣기만 했던 달콤한 꿈과 아늑한 행복이라는 단어는 낯선 세계에 존재하는 질 좋은 전설일 뿐이다.

미장원을 조금 더 내려가면 구멍가게가 있다. 담배도 팔고 라면도 팔고 문구류와 군것질 여러 가지가 있다. 그런데 종종 구멍가게 앞에 앉아있는 네댓 살 되는 눈이 큰 머슴애와 마주친다. 왜 날마다 가게 옆에 앉아있을까. 어느 날 열 서너 살로 보이는 여자애가 울면서 꼬마를 끌고 가는 모습과 동시에 가게주인의 큰 목소리가 골목을 메운다. 빵을 훔쳤기 때문이다.

녀석이 가게 앞에 있는 이유는 간절히 먹고 싶은 것이 거기에 있기 때문이고, 그것을 사줄 수 있는 누군가가 없기 때문에 훔친 것이다. 알고 본즉, 둘은 남매 사이이며 부모는 제 작년에 화재로 죽었고 죽은 엄마와 잘 아는 미장원 주인이 당분간 창고에서 지내도록 해주었으며 누나는 미장원에서 허드렛일을 하면서 동생과 함께 밥을 얻어먹는다. 허나 이들은 누구하나 돌보는 이 없이 창고에서 지내는 그저 거지일 따름이다.

가난한 사람의 얼굴은 배고픔의 고백을 토하고 목구멍은 먹는 기술이 발달하는 것인데 배부른 사람은 그저 "세상의 모두는 평등하다"는 헛소리만 한다. 그것은 두 남매처럼 인생이 뭔지 모를 때만 평등할 뿐이다.

그래서 이 남매에게 점잖은 말로 "고난은 삶의 근본적 바탕이고, 가난은 운명의 회피이기에 개인의 인생은 지독하지만 만사는 평등하다"라고 하면 안 된다.

괜히 꼬마에게 신경 쓰인다. 출퇴근 시에 가게 쪽을 힐끗 쳐다본다. 녀석이 안 보이는 날은 궁금하고. 보이는 날은 안도의 숨까지 나온다. 인연은 기다릴 줄도 알아야 되나 보다. 누군가를 생각한다는 것은 나와 같은 존재로 생각한다는 것일까.

며칠 전부터 제법 쌀쌀한 날씨가 하늘에서 내려온다. 연탄불을 피워야 할까보다. 없는 사람들에게 오는 겨울은 가장 엄혹한 계절이라 두려움과 함께 더 바쁘고 쪼들리게 살다가 분노조차 못 느끼고 당연히 떨어야 한다.

퇴근길에 가게 앞에 쪼그리고 있는 녀석과 마주쳤다. 얼굴에는 온통 때

국물이 흐른다. 빵과 우유 몇 개를 사서 욕심이 앉지도 못하는 작은 손바닥에다 쥐어줬다. 얼른 받아들고 창고 쪽으로 쪼르르 걸어간다.

없는 사람의 성취는 무엇일까? 누군가로부터 몇 조각의 빵을 얻는 것이 전부이며 매 순간마다 굶어야 한다는 끊임없는 불안의 연속을 밀어내지 못하는 가난함 즉, 배고픔의 반역을 처단하는 일이다.

일요일 오전 이발소에 다녀오면서 가게 앞에서 남매를 만났다. 누나가 감사하다고 고개를 꾸벅인다. 뽀송해야 할 나이에 몰골이 말이 아니다. 지금 내가 해줄 수 있는 일은 빵 몇 개와 우유 몇 개를 사서 쥐어주는 일밖에 없다.

망설이며 받는 누나 표정에 마음이 너무 아프다. 겨울이 성큼 올 때까지 석 달 동안 우리는 빵과 우유로 그렇게 만나고 그렇게 지내다가 부모처럼 지켜주지는 못하지만 알 수 없는 정에 빠졌다.

사람은 우연히 만나는 것이 아니라 불교에서는 "인드라망"에 걸린 인연 때문이란다. 우리는 마치 홀로 세계에서 사는 것 같지만 실제는 서로 연결된 밀접한 관계란다. 그렇다면 나와 이 남매는 전생에 무슨 관계였을까.

월남 갔다 온 친구가 소중히 여기는 캐논카메라를 내게 선물로 주고 몇 년간 전기공으로 사우디로 돈 벌로 간다며 떠났다. 이것저것 찍다가 남매에게도 몇 장 찍어주고 가게주인 등 동네 사람들에게도 찍어 줬다. 그리고 재개발이 확정되고 일정거주기간이 만료된 후 나는 동네를 떠난다.

떠나면서 남매에게 들렀다. 그들은 내가 떠나는 줄 모른다. 뭘 먹고 싶으냐고 물었다. 자장면이 먹고 싶단다. 온기 없는 좁은 창고에서 자장면 두 그릇과 탕수육 하나를 시켰다. 허겁지겁 먹는 남매를 보니 가슴이 찡하다. 동생은 배가 불러 소록소록 잠이 들었다. 누나도 억지로 버티다가 기어이 잠들고 말았다. 목덜미에 나야 할 뽀송한 솜털 대신 피곤이다. 다리는 마른 장작개비다. 옆으로 삐져나온 브라자 끈은 비틀거리며 불쌍한 바늘이 지나간 눈물자국이다.

191

내가 왜 눈물을 흘릴까? 너희를 몰랐더라면 얼마나 좋았을까. 이제부터는 나는 너희에게 무책임한 사람이 될 것이야. 바람에 실려 오는 함석문은 덜컹거리며 나의 기억을 잡아매려고 애를 쓰지만 뿌리치고 나왔다.

남매가 곤히 잠든 사이에 20㎏ 쌀 2포대, 라면 1상자, 그리고 지갑을 턴 몇 푼 하고, 내가 덮던 이불도 안에다 놓았다. "희망을 잃지 말고 참고 견디면 반드시 행복한 날이 온다."고 몇 자 놓고 떠났다. 그리고 시간이 지남에 따라 두 남매는 내 머릿속에서 점점 사라지더니 어느새 텅 빈 동굴이 되었다.

우리는 자기세상을 알 때쯤이면 비로소 힘든 고통에서 겨우 눈을 뜨고 머리카락이 희끗거리고 주름살이 찾아오는 육신을 사랑하게 되지만 너무 잠깐이다. 삶의 힘든 여정은 강을 건너는 소떼를 잡아먹는 물속의 악어를 보고도 그냥 건너야만 하는 슬픈 소가 되었으며 강에서 새끼를 잃는다면 강바닥에서 찾아야 한다는 것을 이제야 아는 나이다.

나의 인생도 막연한 기대와 충동에 갇혀 세상을 이렇게 저렇게 살다가 기묘한 웃음을 지으며 오늘에 이르렀다. 며칠 전 공무원 시절 퇴직 동기들과 약속을 위해 서울시청 앞 호텔 커피숍으로 갔다. 6개월에 한 번씩 모여 서로 늙어가는 모습을 보이는 자리다.

호텔 로비를 지나 커피숍 입구로 막 들어설 때 웬 새내기 중년여성이 나오다가 나를 바라보면서 멈칫 놀란 듯 망설이면서 말을 건넨다.

"혹시 저 모르시겠습니까?" 순간적으로 암만 생각해봐도 모르겠다. 중년 여인의 얼굴은 만족을 알면서 세상을 살아온 아주 환한 얼굴이다. 내 세상과 달리 살아온 사람이다. 그리고 아는 사람이 아니다.

"모르겠습니다. 아마 잘못 보신 것 같습니다."라고 정중히 대답했다.

"혹시 도원동에서 자장면 두 그릇과 탕수육 한 그릇 기억하세요?" 가슴이 덜컥 내려앉으며 30여 년 전의 꿈이 현기증을 들고 도원동으로 달려간다.

이산가족 상봉 장면이다. 가슴에 파고들어 우는 여인의 어깨는 너무나 애틋한 그리움의 오열이다. 우리는 과거 어떤 경험이나 추억을 기억했을 때 비로소 현실을 단절시키는 의식을 거행한다. 나도 함께 눈물이다.

쌀 두 포대와 라면, 그리고 몇 자의 글이 굳센 인간으로 성장하는 계기를 낙인 했던가. 남동생은 여섯 살 때 뉴질랜드로 입양되었다. 이름도 모르는 나를 죽은 아빠가 환생한 사람이라며 세월이 갈수록 사진을 보고 또 보고, 비슷한 사람만 보면 뒤쫓아 갔단다.

지갑 속에서 빛바랜 흑백사진 한 장을 꺼내 보인다. 캐논 카메라로 찍어준 그 사진이다. 나를 찾기 위해 그때 찍은 사진을 30년 동안이나 고이 간직하고 있었다니 가슴이 너무 저려온다.

인연이란 과연 이런 것일까? 스님 한 분이 "존재 일체는 인연에 따라 잠시 모였다가 흩어질 뿐 그 만남의 근본은 결국 하나"라고 말했다. 우리 사이는 바람 따라 물 따라 각기 흐르다가 결국은 바다에서 만나는 물의 인연인가.

그 후 관세통관회사에 잡일을 하다가 경리를 배웠으며, 오퍼상을 운영하는 남편을 만나 결혼했단다. 환하게 웃는 모습에서 어렴풋 창고에서 목에 솜털도 없이 볼품없던 장작개비소녀의 모습이 되살아 오른다.

뉴질랜드에서 신발사업 하는 동생에게 전화를 걸어 아빠를 찾았다며 바꿔준다. 그때 그 녀석은 나를 아빠라고 불렀다. 수일 내로 서울로 오겠단다. 식사대접을 하겠다며 내 손을 꼬옥 잡고 중식당으로 향할 때, 소리 없는 바람에 짙은 연둣빛 숲의 향내가 배어나오고 마음은 물처럼 가볍다.

"저기요, 자장면 두 그릇과 탕수육 하나 주세요."

호텔 중식당 참 시원하다.

빨간 넥타이 ━━━━━━━━━━━━━━━

대구역에서 동인로터리를 지나 경부선 굴다리를 지나면 바로 왼쪽에
대구 최고의 명물인 칠성재래시장이 있다. 여기에는 내가 아는 많은 친척
들이 장사를 한다. 농기계를 파는 오촌, 옷가게를 하는 외숙모, 그리고 촌
수는 모르지만 건어물을 파는 아저씨, 밥집을 하는 아줌마 등등 많은 사
람들이 장사를 하고 있다. 학교 갔다 돌아오면 여기에 들러 국화빵과 떡
도 먹고, 만화방에서 하루 종일 만화책도 공짜로 실컷 본다. 그래서 칠성
시장은 언제나 나를 기다리는 친구 같은 내 마음의 쉼터다.

재래시장이란 일반적으로 백화점에 대응하는 말이다. 칠성시장은 대구
인근 지역을 기반으로 하는 도소매업이 가장 밀집된 상가 집단지역이다.
시설이 노후하고 주차 및 모든 환경이 불편하지만, 백화점에서는 찾아 볼
수 없는 전통과 향내가 묻은 정으로 사람과 사람이 만나며 웃음소리가 끊
이지 않는다.

오늘은 외숙모 가게 옆집이 이사 오는 날이다. 지난번에 아저씨는 임대
기간이 끝나자 서문시장으로 옮겼고, 새로 온 아주머니는 처음으로 옷 가
게를 한다며 외숙모에게 잘 부탁한다고 한다.

외숙모보다 젊고 예쁘게 생긴 아줌마는 아저씨가 술을 너무 많이 마셔
서 재산을 탕진하여 장사를 시작하게 됐단다. 그래서 외숙모는 예쁜 아줌
마를 친동생처럼 여기며 장사하는 방법도 잘 가르쳐주곤 하였다.

재래시장에서 장사하는 사람들은 대부분 어려운 사람들이 많이 있다.
따라서 오후 4시가 되면 시장은 웅성거린다. 과일가게 쪽에서부터 고함
소리가 들리면 상인들은 얼른 돈을 끄집어낸다. 빨간 넥타이를 매고 모자
를 쓴 험상궂게 생긴 아저씨가 뚱뚱한 몸을 거들먹거리며 손바닥에 침을

탁탁 뱉으며 손가방을 열고 돈을 받아 넣고 수첩에다 무엇을 적는다.

사람들이 제일 무서워하지만 없어서는 절대로 안 되는 일수쟁이다. 일수쟁이는 하루만 늦어도 난리다. 고함을 지르고 떠들어대면 사람들은 가슴이 벌렁거리고 다리가 후들거린단다.

외숙모도 물론 예쁜 아줌마도 일수 돈을 쓰며 원금과 이자를 매일매일 갚아나간다. 일정액수의 돈이 모자라면 부리나케 옆집 가게에서 빌려서라도 막아야 한다. 그렇잖으면 이자가 많이 붙을 뿐만 아니라 일수쟁이의 거친 욕설에 간이 떨어지기 때문이다.

그래서 오후 4시가 되면 항상 웅성거리는 여기는 도덕이나 예술이나 정치와는 전혀 무관하며 또한 상대를 특별히 열 받게 하는 일도 없는 그저 그렇게 분주하게 작은 하루를 살아가는 서민들의 집단이다.

우리가 가난을 만나는 것은 처음에는 대수롭지 않았을 것이다. 태어날 때는 누구나 똑같기 때문이다. 그러나 삶을 헤아리는 몇 가지 경험이 편해지려고 지혜가 정연되지 못한 채 두뇌와 육신이 수작을 부려 부와 가난을 만들어 전쟁을 부축인 것이다.

어리석게도 우리는 본모습과는 달리 욕망의 굴레에서 살다가 죽어야 하는 부를 향한 고통을 스스로 선택했기 때문에 요 모양 요 꼴이며, 장터 바닥은 임금님의 즐거운 사냥터가 아닌 죽기 살기로 표적을 향해 활시위를 마구잡이로 당기는 고난과 슬픔의 어둠속이다.

학교 갔다 돌아와 예쁜 아줌마에게 인사를 하면 언제나 웃으시면서 아이스 케이크를 하나 건네주신다. 외숙모도 잘 안 사주는 케익이 너무 좋아 언제나 아줌마 옆을 빙빙 돈다. 그런데 어느 날 웬 아저씨가 나타나 예쁜 아줌마더러 돈을 내 놓으라고 고함친다. 일수쟁이 아저씨는 아닌데 누군지 잘 모르겠다.

그런데 아줌마는 치마폭에서 얼마의 돈을 꺼내준다. 그러나 아저씨는 더 내놓으라고 난리다. 그때 외숙모께서 아저씨더러 호통이다. 상인들이 몰려들어 다함께 호통이다. 알고 보니 예쁜 아줌마의 남편이었다.

여자팔자 뒤웅박팔자. 좁은 모가지 속에 한번 갇히면 빠져나올 수 없는 신세. 예쁜 아줌마는 남편으로부터 아무리 빠져 나가려고 애를 써도 구멍 앞에서 쥐가 나오기를 기다리는 뱀과 같다. 갈 곳이 없는 불쌍한 쥐의 전도顚倒는 끊임없이 죽음의 나락으로 떨어지는 삶의 기울기를 얼마나 원망을 할까.

우리는 날마다 하루라는 날짜로부터 정리 당하면서 살고 있다. 세상에 단 하루만 있다면 얼마나 소중하겠냐마는 365일 수도 없는 하루 때문에 우리는 작은 점에 불과하며 고통의 방에서 몸부림치고 있는 것이 우리의 인생이다.

가끔씩은 예쁜 아줌마얼굴에 멍이 들어있고 팔목에도 퍼렇게 물들어있다. 그러나 아줌마는 내색은커녕 일부러 환한 얼굴로 손님을 맞이하며 물건을 판다. 외숙모를 비롯해 시장사람들도 예쁜 아줌마를 가엾게 여겨 많은 응원을 해주자 아줌마는 더욱 열심히 일하며, 한가할 때는 다른 사람의 일도 재빨리 도와준다. 그래서 시장에서 아줌마를 싫어하는 사람은 한 사람도 없으며 호칭도 "예뻐야"로 통한다.

인간은 태어날 때부터 착하고 정직할까? 아니면 삶의 과정에서 선악으로 변하도록 설계되었을까? 아무려나 인간은 태생보다 삶의 과정에서 "보편적 인식"으로 참되지 않으면 안 된다. 태생도 중하지만 경험과 함께 묶는 후천적 "참"이 있어야만 할 것이다. 그래서 공자는 밥만 먹고 진리를 노래했고, 맹자는 굶으면서 글을 가르쳤다면 아무도 믿지 않을 것이며 단, 똑같이 진리의 방아쇠를 당겼다고 할 거야.

며칠 전부터 가게 문이 닫히고 예쁜 아줌마가 안 보인다. 외숙모를 비롯해서 인근상인들이 모두 궁금해 한다. 어디 사는지 몰라 연락할 방법도 없다. 남편한테 맞았을까? 병이 났을까? 도망갔을까? 무려 사흘째 가게는 닫혀 있다. 굳게 닫힌 가게 문에는 예쁜 아줌마의 웃는 얼굴도 사라졌다.

끊임없는 호기심과 기대는 자신의 생활에 행복이나 만족감을 주지는 않는다. 우리는 내 일이 아닐 때, 어떤 사물의 기대치보다 알 수 없는 호기심에 충동을 많이 저장한다. 이런 현실은 결코 자신에게 충족된 만족이 아닌 하루쯤 장롱 위에 앉아 혹여나 하는 마음으로 방바닥을 내려다보는 고양이가 된다.

그런데 더욱 미치도록 펄떡 뛰고 고함치는 사람은 일수쟁이다. 하루도 아니고 사흘이나 감감무소식이라 내 돈 떼먹고 달아났다고 난리다. 다행히 알아본 즉, 본래 허약한 몸매에 힘든 일을 너무 많이 하여 아파서 병원에 입원했단다. 상인들은 안도의 숨을 쉬었으나 일수쟁이는 냉큼 병원으로 달려가 밀린 일수 돈을 당장 내놓으라고 난리다.

퇴원하려던 아주머니는 해쓱한 얼굴로 며칠만 말미를 달라고 사정한다. 그러나 일수쟁이는 병실에서 고함을 치고 난동을 부리는 바람에 아주머니는 창피하고 서러워서 그만 바닥에 주저앉아 엉엉 울었다. 일수쟁이는 다른 사람이 보든 말든 분통을 터뜨리며 이자까지 지금 당장 갚으라며 호통을 치고는 상기된 얼굴로 쿵쿵 돌아갔다. 개한테 물린 어처구니없는 여인은 그저 달아난 개만 쳐다보고 두려움이 있는 이 길은 다시는 오고 싶지 않았을 게야.

삶의 지혜는 무엇인가? 인간행동의 옳고 그름에 있어서, 설사 "옳음"이 아닌 "그름" 쪽을 택했다 할지라도 분별하는 마음이라도 있으면 "그름"을 택한 물질적 생각이 "옳음" 쪽으로 옮길 확률이 높다 할 것이다. 그래서 지혜는 최소한 인간의 탈을 좀 쓰고 다니자는 말이다.

아주머니는 퇴원하려고 원무과에서 퇴원계산서를 달라고 했다. 그런데 퇴원수속이 완료됐으니 그냥 가라고 한다. 누가 수속을 했냐고 물었더니 조금 전에 빨간 넥타이를 맨 험상궂게 생긴 아저씨라고 말한다. "다음에 또 아파서 입원 하게 되면 입원비는 걱정 말고 자기에게 연락 달라"고 했단다. 그리고 일주일치 복용할 약도 여기 있다면서 가지고 가란다. 아주머니는 또다시 바닥에 주저앉아 엉엉 울었다.

푸르게 흐르는 금호강의 깊이는 알아도 사람 속마음은 알 수 없다. 우리는 속마음을 알 때가 편할까, 모를 때가 편할까? 모른다면 화가 나고, 안다면 서러울까? 우리는 인생을 모르고 살아간다. 화가 나는 것보다 서러움이 더 심할까봐 모르고 살아가겠지.

일수쟁이는 6·25전쟁 때 이북에서 내려와 안 해본 고생이 없으며 죽기 살기로 돈을 모았단다. 이북에 두고 온 가족들 때문에 전쟁고아 둘을 데려다 공부시켜 지금은 건설업과 공무원으로 성장시켰단다. 현재는 소년 소녀가장 5명에게 죽기 살기로 먹이고, 욕하고, 꾸지람을 하며 공부시킨단다. 하늘의 천사는 항상 관조만하고 거리의 천사는 언제나 분주하다.

다시 가게에 나온 예쁜 아줌마는 평소 때와 마찬가지로 사람들에게 환한 웃음과 친절로 일을 한다. 외숙모와 다른 사람들도 모두 즐겁게 일을 하며 웃음꽃을 피운다. 사람은 혼자서는 외로운 법이다. 우리에겐 웃음이란 판결이 있기에 온기라는 벌칙이 주어진다. 그래서 공동체는 개인의 독특한 개별성을 버린다면 잠시 떨어져 있다한들 행복하기만 할 것이다.

오후 4시가 다 되어간다. 여니 때처럼 멀리서 빨간 넥타이의 호통소리가 들려온다. 시장상인들은 또다시 웅성거리면서 오늘의 원금과 이자를 지불한다. 이 돈이 삶과 생활의 진정한 기초가 되는 줄 모르고, 피 같은 돈을 그냥 뺏기는 기분이 든다고 수근 대면 일수쟁이는 정말로 슬퍼할 것이다.

일수쟁이의 고함소리는 비참한 삶은 오늘로 끝내야지 내일까지 연장하면 안 된다며 피를 토하는 울음이다. 고통은 내게 주어진 운명이 아니라 내가 만든 사약이며, 내 목숨을 단명시키려고 스스로 만들어낸 재앙이다. 이 재앙을 떨쳐내기 위해서는 땀이 아니라 피눈물을 짜내며 최선을 다하는 하루가 되어야 한다고 일수쟁이는 칠성시장을 누비며 오늘도 고래고래 고함을 지른다.

우정

    안양교도소의 육중한 철문이 열리고 오랜만에 쳐다보는 햇살에 찡그린 얼굴을 야윈 손으로 반쯤 가린 채 석방자들이 나온다. 그들은 마중 나온 가족과 친구들을 서로 부둥켜안고 악수를 나누며 두부를 먹는 등 의식을 행사하며 다시는 교도소에 들어가지 않을 것을 다짐한다.

    우리는 갑자기 어떤 속박에서 벗어나면 고통의 경험을 바탕으로 한 돌연변이가 방어기제가 생긴다. 자신을 보호하려는 정연된 지혜라기보다는 잘못된 과거를 외면하려는 거짓해석으로 두뇌와 육신을 회피하려는 행위인 만큼 이러한 방어기제는 햇빛이 사라지면 금방 시드는 지혜일뿐이다.

    그런데 살인죄로 20년 동안이나 복역하고 나온 기수에겐 누구 하나 찾아온 사람이 없다. 혹여나 누가 왔을까 하고 고개를 두리번거리지만 역시 아는 사람은 없어 그 흔한 두부 한 조각조차 먹을 수 없었다. 고개를 숙이고 늦가을의 낙엽이 뒹구는 쓸쓸한 거리에 서성거리다가 사라진다.

    기수는 호계사거리까지 걸어 나와 버스를 타고 군포역에서 다시 1호선 전철로 갈아타고 용산역에서 내렸다. 가게에 들러 소주 한 병을 사들고 따가운 햇살을 받으며 한강대교 쪽으로 걸어갔다. 강변북로 건널목을 건너 이촌 강변에서 출렁이는 강물을 바라보며 회상에 잠기더니 소주 한 잔을 따르고 절을 한다. 엎드린 어깨는 좀처럼 펴질 못하고 흐느끼는 소리는 창덕이의 유해가 뿌려진 강물과 함께 흐르고 하늘에는 하얀 구름 한 점 너무 외롭다.

    "기수야, 학교 가자." 창덕이가 골목밖에서 부른다. 어릴 때부터 기수와 창덕이는 함께 자랐다. 나이도 똑같고 같은 학년이며 학교 갈 때도 매일 함께 간다. 그리고 둘은 공부도 너무 잘한다. 하지만 창덕이는 부잣집

아들이고 기수는 가난한 머슴의 아들이다. 그러나 둘은 부자와 가난이란 환경을 모를 나이 때부터 아주 친하게 지낸 코흘리개 친구 사이였다.

우정이란 두 사람이 사랑하는 마음의 높낮이가 없는 똑같은 평행선에서 함께 하나로 이루는 것을 말한다. 즉 수직이 아닌 직선의 연장선상에서 아름답게 피워 올린 한 송이의 꽃이라고 한다. 따라서 진정한 우정은 이 세상에서 가장 아름다운 소수의 사람들만이 가질 수 있는 아름다운 감정의 영혼이다.

국민학교를 졸업한 창덕이는 대구에 있는 중학교에 진학했고 기수는 아버지 따라 머슴 일을 배워야 했다. 도시로 간 창덕이는 토요일만 되면 고향으로 온다. 저녁이 되면 둘은 정자에서 창덕이는 도시이야기를, 기수는 송아지새끼 받던 이야기를 하며 시간가는 줄 모른다. 창덕이는 기수의 마음을, 기수는 창덕이의 마음을 서로 알고도 모른 체하는 것일까?

세월이 흘러 창덕이는 중고등학교를 졸업하고 서울에서 대학을 다녔다. 한편 기수는 시골에 남아 묵묵히 남의 집 머슴살이를 한다. 이제는 서로가 자신의 세상에서 살다보니 만나는 사이도 점점 줄어들고 마음도 멀어지기 시작했다. 젊음의 피가 거꾸로 솟는 혈기왕성한 질풍노도 같은 시절에 창덕이는 더욱 열심히 공부를 했고, 기수는 아버지가 돌아가신 후 가난이란 고통에 시달리는 자신을 통제하지 못한 체, 세상을 원망하면서 틈만 나면 고난의 세계를 탈옥하려는 범행을 획책한다.

마음이 고통의 극단이라면 고통을 달래주는 의지는 절망의 시작이다. 절망은 체념을 몰고 다니는 고요한 수레이며 수레가 덜컹거릴 때 비로소 마음은 의지를 버리고 욕망이란 어둠의 빛으로 옷을 갈아입는다.

입대영장이 나왔다. 창덕이는 휴학을 하고 바로 입대하여 군복무를 하였으며, 기수는 고향을 떠나 주거지도 일정치 않았음으로 병역기피자가 되었다. 소문에 의하면 기수는 기어이 어둠의 골목에서 거꾸로 사는 화려한 방법을 택하여 힘들지 않고 편히 살 수 있는 멋진 유혹의 편에 섰단다.

그리고 둘의 사이는 스무 살 초반부터 연락은 거의 두절되었다.

헤어졌다고 해서 꼭 멀어진다는 것은 아니다. 허나 어느 한쪽이 삶에서 조화로움을 방해했다면 그것은 비극의 싹이 되어 불행의 동반자가 되는 전초기지를 닦기 마련이지만 아마 둘 사이는 그러하지는 않았을 게다.

창덕이는 진즉 기수의 마음을 잘 알고 있었다. 인간의 신경계완성은 5세부터이고 사리분별은 생리적 욕구가 왕성할 때 부쩍 생성된다고 한다. 창덕이는 중학생이 되면서 기수가 주눅 들지 않도록 언제나 똑같이 나누고 쾌활해하면서도 무척 조심스러워했다.

그래서 대부분 온정을 주는 자는 우월의 어깨를 들먹이는 거만한 자가 되고, 받는 자는 종속의 손바닥을 비비는 열등한 자라 했던가.

창덕이는 군복무 마치고 대학을 졸업하고 대기업에 취직했다. 가끔씩 생각나던 기수의 얼굴도 이제는 구름처럼 흘러갔다. 올바른 의식과 참된 정신으로 당당한 사회인이 되어 장래가 촉망되는 청년대열에서 미래를 멋진 꿈으로 엮는 설계도를 그리기에 항상 바쁘다. 다행스럽게도 대학시절 짝사랑하던 후배 나경이를 만나 아름다운 사랑의 싹도 함께 틔운다.

나경이는 한강이 내려다보이는 동부이촌동에 살고 있고, 창덕이는 갈월동 오피스텔에 살고 있다. 창덕이는 종종 나경이집에서 저녁을 먹고 한강고수부지에서 데이트를 하곤 한다. 상견례를 마친 양가부모들은 두 사람을 11월 달에 결혼식을 올리기로 합의했다. 지금이 10월이라 둘은 하루하루가 꿈만 같은 시간들이다.

이촌 고수부지에는 유월에는 보리가 있고 가을에는 갈대가 강물이 넘실대며 흐르는 모양을 보고 춤을 춘다. 창덕이는 어릴 때 고향에서 보는 금호강물과 비슷한 전경이라 추억을 상상하면서 즐겨 찾는 곳이다.

오늘도 여니 때처럼 저녁을 먹고 한강고수부지에서 데이트를 하다가 11시경에 데려다 주고 돌아가는 길이다. 서늘한 밤기운에 거리를 다니는 사람은 별로 없다. 저만치 취객 한 사람이 비틀거리며 온다. 그런데 갑자기 오토바이 한 대가 취객 옆으로 재빠르게 달려와 순식간에 괴한은 칼로 취객을 찌르고 주머니를 뒤져 지갑을 빼앗는 순간이다.

창덕이는 얼떨결에 달려들어 괴한의 손목을 비틀며 범인과 몸싸움을 벌렸다. 서로 뒹굴다가 가로등 불빛 아래 괴한의 헬멧이 벗겨지는 순간 창덕이는 깜짝 놀랐다.

"너 기수 아냐?"

자신의 이름을 부르는 소리에 화들짝 놀란 범인도 잠시 멈칫거리며 창덕이의 얼굴을 바라보았다. 순간 어쩔 줄 몰라 하던 범인은 창덕이를 밀치고 몸을 날려 오토바이를 타고 달아났다. 그리고 갑자기 저만치서 창덕이를 바라본다.

창덕이는 취객을 흔들었으나 이미 목에서 많은 피를 흘려 죽은 상태나 다름이 없었다. 재빨리 112에 신고를 했다. 그리고 도움을 청하려고 사방을 살폈으나 지나가는 사람은 아무도 없다. 그런데 오토바이가 다시 가까이 다가왔다. 기수였다. 기수는 창덕이를 붙잡고,

"창덕아, 미안하다."

하면서 칼로 창덕이의 배를 깊숙이 찔렀다. 창덕이는 그 자리에서 절명하고 말았다. 때마침 경찰이 사이렌을 울리며 현장에 도착했고 미처 피신하지 못한 기수는 쓰러진 창덕이를 손가락으로 가리키면서 범인임을 지목했다. 창덕이 손에는 취객의 지갑과 범행에 쓰인 기수의 칼이 손에 쥐어져있었다. 현장에 출동한 경찰관은 쓰러진 창덕이를 보고,

"아니, 자신이 취객을 죽은 범인이라고 자수전화까지 하고 왜 자살을 해?"

경찰관은 의아해 하면서 현장정리를 하고 떠났다. 가을의 밤은 아무런 일이 없다는 듯 깊어만 한다.

기수가 달아나다가 다시 되돌아온 것은 살인현장을 아무도 본 사람이 없기 때문에 창덕이만 없으면 완전범죄가 된다고 순간적으로 판단했기

때문이다. 한편 창덕이는 기수가 어려운 세상을 살아왔지만 어릴 때 진정한 친구란 사실이 언제나 가슴에 낙인 되어있었다. 그래서 기수가 범인이란 사실을 숨기기 위해 112에 신고를 할 때 자신이 취객을 죽인 범인이라며 죄책감에 자수한다고 전화를 했던 것이다.

인간의 순간욕망은 보다 더 큰 욕망에 의해서만 잊혀질 수 있고, 우정은 진실이든 거짓이든 타인이 전혀 알 수 없는 둘만이 이해할 수 있는 거대한 마음의 가장 소중한 부분이라고 한다. 벗의 어려운 처지는 비난하는 것이 아니라 그 환경을 이해하고 사랑해줘야 할 것이다. 창덕이의 충분한 우정의 벗은 기수에게 마음을 담보로 하는 평생토록 갚을 수 없는 영혼의 벗으로 남았을 것이다.

살모사 ────────────

한여름 뙤약볕은 사람의 몸을 뜨겁게 달궈낸다. 허나 가슴에 앉았던 마음은 몸 밖으로 나와 무더운 산기슭에서 찬 바람으로 시원한 목욕을 즐긴다. 기진맥진했던 마음은 비로소 깨닫는다. 마음은 필요하다면 언제든지 육체 밖으로 나와 모든 것을 즐기는 상상의 정신적 일체를 이루는 것이라고 말한다면 불교계에서는 말도 안 되는 미친놈이라고 펄쩍 뛸 것이다.

해발 1천 미터가 넘은 강원도 홍천군 두촌면 가리산을 오르는데 35년 만에 찾아온 무더위라며 시원한 노래를 부르다말고 모자에 달린 소형 라디오가 땀을 뻘뻘 흘리면서 말하자 마음은 그만 몸과 함께 가리산 정상 아래 850미터 지점 '무쇠말고개'에서 털썩 주저앉았다. 산에만 사시는 관음사 지주스님도 사실상 속으로는 미친놈이 하는 말이 옳다고 하실 게다.

더위를 피해 잠시 쉬었다가 일어선 우리 일행 셋은 지금부터는 세 갈래 숲을 정해 혼자서 가야 하며 정상에서 만나 점심을 먹도록 약속했다. 우리는 각자 150미터를 혼자서 살피면서 심參을 봐야 한다. 그리고 정상에서만나 소양강 근처까지 내려갔다가 다시 올라오는 일정을 택했다.

숲은 웅장하다. 메말라 죽은 주목나무는 죽은 사람의 넋을 걸어놓은 것처럼 너무 하얗다. 바람소리 한 점 없는 숲속은 발자국을 밟을 때마다 부스럭거리는 썩지도 않는 낙엽은 이 땅도 이미 산성화되어 가는 모습을 상상하니 장차 이 푸른 생명들을 어찌 될지 걱정이 앞선다.

큰 바위를 돌아 다래넝쿨을 잡고 옆으로 도는 순간 간담이 써늘해지며 발길이 주춤거렸다. 큰 소나무 아래 드물게 굵고 큰 살모사 두 마리가 엉켜있다. 한 녀석은 길고 살이 통통하게 쪘으며 또 다른 녀석은 야무진 생김새에 짤막하다. 암수 두 마리가 교미하려는 모양이다. 냉혈동물이 살아가는 데는 필요한 에너지와 번식을 통해서 대를 잇고 인간은 이러한 기저에서 사유의 권리가 함유된 것이다.

나는 어릴 때 팔공산 깊은 산골에서 자랐기 때문에 뱀과는 수도 없이 마주쳤다. 산에서, 들에서, 심지어 집안 부엌이나, 변소 간에서도 보았다. 그래서 아무리 뱀을 봐도 대뇌작용의 혼돈을 주는 중추신경계의 우세 현상은 별로 일어나지 않는다. 하지만 이 독사는 너무나 탐난다. 이렇게 건강하고 아름다운 독사를 만나기는 진짜로 쉽지 않는 일이다.

행운이라 생각하며 맹독을 채취하기 위해 오른손으로 능숙하게 수놈의 목을 잡아 올렸다. 맹독을 잘 활용하면 뱀에 물렸을 때 해독하는 약제로는 더 이상 없는 것이다. 팔을 감는 수놈의 몸통감각이 매우 묵직하다. 독물이 많이 나올 것 같다 이번에는 왼손으로 암놈을 잡아 올렸다. 하지만 왼손으로는 한 번도 잡아본 적이 없었지만 급한 욕심에 녀석의 목을 어설프게 누른 결과 암놈 살모사는 손가락을 비틀어 빼면서 왼손 넷째 손가락을 깨물고 말았다.

순간 물린 손가락을 뿌리치니 매달린 뱀은 저만치 뚝 나가떨어지고 손가락은 찢어지면서 핏물이 튕겨나갔다. 동시에 오른손으로 잡고 있던 수놈도 조이는 몸을 풀고 냅다 던져버렸다. 오른손으로는 수도 없이 많은 뱀을 잡았지만 왼손이 물려보기는 난생처음이다.

얼른 응급처치에 들어갔다. 등산용 칼을 물린 부위를 십자로 더 째고 독을 짜낸 후 배낭에서 맹독성 제거용 소독약을 바르고 나무젓가락을 잘라 손가락에 대고 끈으로 묶은 후 손목과 그리고 혈관이 손상되지 않도록 팔꿈치까지 느슨하게 묶었다. 세게 묶으면 혈관의 피가 통하지 않아 피부가 괴사를 일으켜 썩어 들어가는 것이 보통이다. 이렇게 하는 응급처치는 단순히 독이 혈관을 통해 빨리 들어가지 않고 서서히 들어가게 함이며 응급으로는 최선의 방법이다.

동료들에게 도움을 청하려고 전화를 했으나 높은 지역이라 불통이다.

하늘을 쳐다보니 조금 전에 본 하늘과는 딴판이다. 눈앞이 캄캄하다. 더 위는 한줌도 없이 사라지고 가슴만 서늘해지며 심장은 더욱 쿵쿵 뛰어다닌다. 영혼이니 마음이니 부르짖던 비물질적 실체는 온데간데 없어지고 몸통에 붙은 생명만 존재의 희귀성이라고 볼 때 육체와 영혼은 절대로 하나의 유기적 전체는 아님을 증명한다.

물린 게 찰라 정도인데 얼마나 센 독인지 벌써 왼쪽 겨드랑이가 욱신거려온다. 양쪽 사타구니도 욱신거린다. 이마에는 식은땀이 흐른다. 등골을 타고 내리는 식은땀은 너무 시리다. 바람도 안부는 데 온몸은 사시나무 떨듯 떨린다. 움직이면 맹독이 혈관을 통해 재빠르게 심장 쪽으로 이동하지만 그래도 어쩔 수 없이 산 아래로 몇 발자국 내려갔으나 몸은 이미 양지바른 곳에서 쉬고 싶다고 한다.

따스한 흙 위에 옆으로 누웠다. 떨리는 손으로 다시 배낭을 뒤져 소독약병을 끄집어내어 물린 손가락을 집어넣었다. 손등이 통통 부어 꼭 알맞게 들어갔다. 부은 손등이 너무나 예쁜 모습이다. 내 손이 이렇게 고운 줄 몰랐다. 그러고는 아무것도 몰랐다. 잠 들었을까, 실신했을까…….

조상님이 걸어갔고, 부모님이 걸어갔던 이 길은, 이제 내가 걸어가야 하는 시간이 왔나 보다. 육신이 이 자리에서 숨을 모으면 영혼은 하늘에서 숨을 쉴까. 육체는 죽어도 영혼은 산다는데 죽은 육체는 그것을 알까 모를까 모른다면 모르는 영혼을 어이 나라고 할 수 있는가. 안다면 영혼은 나를 집으로 데려가 죽기 전에 모든 사연을 집사람에게 말해준다면 정말로 고맙겠다.

길을 걸어간다. 아무도 없는 그냥 어둑한 길이다. 걸어가는지 둥둥 떠가는지 알 수 없는 행보다. 그렇다고 답답하거나 속이 시원한 것도 없다. 그저 덤덤할 뿐이다. 환형과 꿈은 육체가 피곤하거나 힘들어할 때 몸을 이끌고 가야 하는 사명이 있나 보다. 나의 영혼도 육체 속에 숨었다가 내가 쓰러지면 먹을 게 없어 자동으로 빠져나가나보다. 우주괴물 '아구아구'

는 썩은 음식만 찾아다니는데 내 영혼은 육체가 썩으면 싫어하는 독특한 괴물인 모양이구나.

길을 가는데 얼마나 흘렀을까. 갑자기 누가 잡아 흔든다. 흔들리는 몸은 걸음을 멈추고 쳐다본다. 흐릿한 얼굴에 형체는 알 수 없으나 돌아가신 조모님이 틀림없는 것 같다. "할매!"하고 소리치며 소매를 붙잡았다. 그러자 할머니는 나를 낚아채듯 끌고 가는 순간 눈을 번쩍 떴다.

산짐승이 내 팔을 물고 당기는 순간이다. 화다닥 놀라 움직이자 겁 많은 짐승은 쏜살같이 도망쳤다. 천만다행이다. 서울 하늘에는 단 한 개도 없는 별들이 이 하늘에는 왜 이리 많은지 총총 박힌 초록별들이 와르르 쏟아진다.

기억을 보존한 육체는 대낮에 일어난 사건을 얘기하며 도망치려는 영혼을 붙잡아 가슴속에 단단히 묶었다고 자랑을 늘어놓는다. 시간을 보니 새벽 세 시가 넘었다. 정오가 되기 전부터 혼수상태에 빠졌다가 지금 깨어났다. 약 열여섯 시간의 알 수 없는 긴 여행이다.

기적이 일어나서 독이 좀 빠졌나 낮에 손가락에 끼워 꼭 맞던 병이 빠져나가 옷에는 소독약이 흘러 젖어있다. 내려가야 한다는 생각에 일어섰으나 휘청거리는 몸은 중심과 거리가 멀었다. 육체로부터 독립되었던 마음은 다시 육체를 달래어 보편적 원래의 모습으로 돌아와 주길 다독이며 발걸음을 재촉한다.

세상은 나 혼자만의 세상이 아니다. 따라서 산山사람도 누구나 흩어져 삶을 먹는다고 하지만 언제나 함께하는 삶의 의미는 내심 향내를 감추고 조용한 골짜기로 퍼지는 범종소리와 같다 할 것이다.

머리 나쁜 나는 숲에 오면 파충류와 동격이라는 자연 섭리의 골격을 잊은 틸 없는 짐승이 되었다. 부모님이 항상 곧게 커라고 당부하신 말씀을 끝내 외면하고 욕망을 퍼 부우면 퍼 부울 수록 더욱 흘러내리는 미끄러운 가슴만 사랑하다가 그만 육체와 영혼까지 헐값에 매각하려는 우를 범한 오늘의 부끄러운 인간이 되었다.

희미하던 달도 없는 어둠의 시간이다. 더듬거리며 걷는 발걸음은 나무뿌리에 걸려 넘어질수록 출렁거리지 않으려고 노력하는 신경 줄은 저 아래 분명 나를 아는 누군가가 있을 것이란 상념으로 더운 흔적을 더듬는다. 점점 더 캄캄해지는 밤으로 향하는 길목은 두고 온 전생에 나쁜 마음으로 앓았던 죄악일까. 새벽을 향하는 시간은 뭇 나뭇잎으로부터 바쁘게 움직이는 숨소리로 들려온다.

머리에 맨 휴대용 전등도 불이 나갔다. 또다시 숨이 차다. 의식이 몽롱해지면서 다리가 풀려 주저앉는다. 현실의 영혼이 죽음의 영혼보다 삶에 강한 것이 빈말이라면 비싸게 산 인생을 죽을 때는 한 푼도 못 받는 게 참 안됐다. 나만의 영역을 주장하면서 미리 말리고 비틀어진 풀은 내년을 또다시 기약하는데 나는 왜 그런 기적조차 만날 수가 없을까.

어둠속에 고요한 만물을 상념 없이 바라본다. 나의 육체와 영혼을 흔들어서 미안하지만 믿기 힘든 황홀한 나를 찾는 구원의 목소리가 들렸으면 얼마나 좋으련만 이 밤 아무래도 영원히 존재하는 곳으로 돌아갈 준비가 된 것 같아 아는 사람들에게 감사하고 작별인사를 해야 할 기회를 놓친 것 같아 아쉬운 생각이 들면서 또다시 깊은 잠으로 빠진다.

얼마가 지났을까. 조모님이 찾아와 급히 팔을 당기며 일어나라고 이끄는 바람에 눈을 떴다. 병실에서 산소호흡기를 끼고 팔목에 링거병의 주삿바늘이 꽂힌 자리가 움직일 때 아팠던 것이다. 실종되자마자 일행이 신고하여 경찰과 소방대원, 지역주민이 온 산을 뒤지다시피 하여 아침나절에 구조해낸 것이란다.

나의 육체와 영혼은 과연 완전한 나의 것일까. 나를 탄생시킨 조상님은 항상 나만의 영역보다 전체의 영역을 소중히 하라고 하셨다. 허나 삶의 의미를 스스로 절멸시키려고 온 산객의 손가락을 물어버린 살모사도 그들의 조상이 하라는 대로 해온 일이라며 나를 깨문 자체도 도를 닦는 수행이라면서 아직 그 자리에서 불공을 드리는지도 모를 일이다.

천왕봉과 용산역 —————————————

　마포구청역에서 6호선을 타고 공덕역에서 다시 5호선으로 갈아타고 종로5가역에 내렸다. 요즘 온몸이 나른하고 맥이 빠져 고교동창 박 원장이 운영하는 한의원에 들러 진맥이나 한번 짚어볼까 하고 나섰다.

　전철을 탈 때 작년까지만 해도 노약자석에 앉으면 뭔가 서먹하고 불편했지만 이제는 아예 노약좌석에 앉으려고 노약자 표식이 있는 바닥에서 기다린다. 자리에 앉으니 맞은편 유리창에서 나닮은 늙은이가 물끄러미 쳐다본다.

　조물주는 인간에게 삶의 단기허가증을 주었다가 종심從心역에 내리게 한 다음 영원히 존재하는 음택陰宅으로 가게 만들었나 보다. 창문에 비친 늙은이는 좀 더 오래 버티고 싶으면 종로5가역에 내려서 무작정 살아온 생각과 욕망을 버리고 누가 달라고 하면 잔명까지도 주고 냅다 뛰라 고 한다.

　역에 내려서 걸어가는데 뒤에서 누가 어깨를 툭 친다. 뒤돌아보니 나이 드신 스님 한 분이 나를 보며 빙그레 웃는다. 아무리 기억을 더듬어도 알 수 없다. "누구시냐"고 물으니 30년 전에 연락이 두절됐던 고교동창 채봉식이다. 깎은 머리에 배가 불룩하고 처진 볼살에 주름이 많아 얼떨결에 분간치 못했으나 호방한 그의 얼굴이 뚜렷해지면서 우리는 얼싸안고 춤을 춘다. 학교에서 중국 역사를 배울 때 춘추전국시대까지는 올라갔으나 제나라를 찾지 못해 관포지교는 찾을 수 없었으나 우리는 진짜로 친했다.

　껴안고, 손을 덥석 만지는 둥 한마디로 말해서 종로증권객장에서 주가가 올라 개미주주 두 마리가 더듬이를 맞대는 난리 블루스다. 우정이란 종로지하도의 시원한 에어컨이며 동대문시장 닭 한 마리 골목보다 더 구수한 냄새다. 따라서 벗은 30년이 지나도 봉식이 옷처럼 케케묵은 우정의 땀 냄새를 풍긴다.

전철도 춤추다가 아쉬운 듯 떠났고 우리도 한의원으로 향한다. 내 몸에는 새로운 맥박이 춤추고 머리카락은 검게 솟고 얼굴에 주름살도 펴졌다. 진맥도 필요 없으며 봉식이가 내 병을 순식간에 고쳤다.

사람 하나 만났는데 거리의 색깔이 왜 이리 금방 달라질까. 노을로 익힌 얼굴의 주름살은 패인골마다 젊은 이야기가 들어있고 암만 닦아도 누런 이빨은 날마다 뛰놀던 금호강 백사장에 박힌 황금돌일 줄이야. 우리는 물처럼 이리저리 흘러가는 세월 속에 둥실둥실 모여드는 구름 따라 종로 5가에서 신들린 무당의 주술로 다시 만났다.

출입문을 열고 들어서자 대관령덕장에서 잘 말린 황태처럼 강건한 몸매의 박 원장은 의자에 앉아 또다시 시원한 에어컨으로 두벌 말림을 한다. 땡볕에 말린 박제 같은 내 얼굴과 포항 앞바다에서 건져 보름간 짠물에 담군 물매기 같이 팅팅 부은 봉식을 번갈아 보며 박 원장의 1.0의 시력도 기억력만큼은 따라잡질 못한다.

먹고 사는 데는 너나 나나 별 수 없는 모양이다. 봉식을 알아보지 못한 박 원장은 내가 한약 지으려고 데려온 귀한 횡재로 착각하며 봉식에게 정중한 웃음과 함께 악수를 청하며 자리를 권한다. 산다는 것은 그저 지하철을 타고 놀러 와서 친구가 엉뚱한 착각에 빠지도록 만드는 일이다. 가까스로 봉식을 알아본 박 원장은 봉식의 어깨를 안으며 둘 역시 가슴 벅찬 얼싸안음이다.

지금의 삶이 지하철에 밀리고 밟히는 처절한 순간이라 해도 한의원에서 휘젓는 진한 탕약 냄새 때문에 아직은 살아봄직 하다. 밖이 보이는 창문에는 아까 보던 노인은 어디로 가고 전선에 걸린 뭉게구름은 색깔마저 시원하다.

한의원 뒷골목에 있는 박 원장 단골 고깃집으로 자리를 옮겼다. 소주잔은 18 청춘부터 말릴 틈도 없이 불혹까지 들이키고 탁자 위에는 빈 병이 고려청자처럼 의젓하다. 못 박힌 얼굴들, 가버린 얼굴들, 따지고 보면 사는 것은 힘든 일은 아닌데 숨 한 번만 길게 참으면 빚도 탕감해준다니 얼마나 멋진 인생인가.

그런데 취기가 오른 박 원장이 '용산역과 천왕봉' 사건을 뱉고 말았다. 천왕봉은 경남 함양군 지리산 1,195m의 최고봉이고, 용산역은 서울 용산구 한강로에 있는 기차역인데, 둘 사이에는 무슨 상관관계가 있을까. 시의 낭송도 속으로만 중얼거릴 때가 있으며 우정도 상대의 부끄러운 속살을 탐험해서는 안 된다.

더위는 밖에서 주춤거리며 우리 이야기를 엿듣는다. 인생이 고난이라면 사랑은 고난의 꽃이다. 고난을 넘는 결심 자체는 의욕이고 꽃을 피우는 사랑은 언제나 용서받는 욕구다. 봉식은 누구에게도 말하지 않은 사랑과 번민 사이에 연명해온 목줄을 식탁 위에 길게 늘어놓는다.

봉식은 성격이 덜렁거려 누구와도 친하다. 사업이 적성에 알맞다며 대학졸업 후 농산물사업을 했다. 운이 좋아 많은 돈을 벌었다. 가락동 농산물도매시장에서 중국과 마늘무역을 하더니 거상이 되었다. 40대 초반까지 황금주머니를 찬 봉식 회장은 이름대로 날마다 우리에게 봉이다.

봉식은 중국에 출장 가면 거의 보름 내지 한 달을 지낸다. 중국과 사업을 하면서 불행하게도 중국어는 한 마디도 못한다. 현지에서 통역사를 구하지만 많은 불편을 느꼈으며 심지어 사기까지 당했다. 언어에 대한 걸림돌은 사업의 많은 불편과 불안을 초래했다.

봉식은 중국어를 배우려고 청량리역 근처 중국어학원에 등록했다. 열심히 수강했으나 새벽시간 탓인지 평소에도 수강생이 별론데 겨울이 오니 겨우 2~3명이 수강이라 폐강되어 학원은 끝났다.

추위가 온 어느 날 청량리역 근처에서 업체 관계자와 식사를 한 후 커피 점에서 우연히 학원 강사를 만났다. 강사는 중국에서 온 25살의 여성이며 이름은 최혜정이다. 우연히 만나도 결국은 예견된 만남인가. 알싸한 커피내음은 창밖에 날아가는 손수건이 되고 대낮인데도 인파행렬의 뒷모습은 추위가 묻은 이유 있는 움츠림이다.

애기 끝에 봉식은 최 강사에게 제안을 한다. 일주일에 2회씩 개인교습을 하고 중국으로 출장 갈 때는 통역사로 대동하는 내용이며 급여는 최 강사가 요구하는 선에서 합의했다. 일거리도 변변찮은 최 강사도 만족했고 봉식이도 흡족했다. 인간은 알게 모르게 끝없는 욕망을 쫓는 무리다. 허나 현실의 괴리감을 주는 욕망은 행복보다 비극을 초래하는 경우가 허다하다.

얼어가는 겨울이라 우리 셋의 만남도 뜸했다. 추위 속에 사는 우리는 가로수에 매달려 언제 떨어질지 모르는 노란 은행잎이다. 그래서 친구들과 재미있게 지내려면 목숨을 봄날까지 잘 연명해야 한다. 하지만 봄날이 와도 봉식은 통 연락이 없다. 통화를 하면 '바쁘다, 중국이다, 나중에 연락할게' 하고는 끝이다.

새해가 지나고 2월 초쯤 증권으로 대박을 터트린 동창 승기와 오랜만에 식사를 했다. 승기는 그룹증권연구소 선임연구원으로 근무하다가 직접 증권을 해서 준재벌이 되었다. 항상 반들거리는 네모난 얼굴은 마그네틱으로 잘 처리된 진짜 증권카드다.

승기는 며칠 전 중국 심양으로 사업차 갔다가 돌아오는 비행기 안에서 우연히 봉식을 만났단다. 문제는 동행한 어린 여인과 매우 다정한 모습이란 사실에 열을 올린다. 우리는 통역사라고 강조했지만 그는 곧이 듣지 않는다. 씁쓰레한 마음이 들었지만 박 원장과 나는 끝내 받아들이지 않았다.

6월 초쯤 봉식이 부인이 초췌한 얼굴로 우리를 찾아왔다. 봉식은 한 달에 한 번도 집에 들어오지 않는다는 엄청난 사실을 듣고 아연질색이다. 창피해서 누구에게도 말도 못하고 처음이자 마지막으로 우리들에게 얘기하는 것이란다. 만물은 봄을 맞으며 피어오르는데 봉식 부인은 매초마다 천왕봉과 용산역을 오르내리는 가슴 아픈 이야기를 한다.

달포 전 봉식 부인은 평택 딸집에 가서 하룻밤을 자려고 가는 도중에 남편이 혹여나 집에 들어올까봐 용산역 계단을 내려서면서 어디냐고 전화를 걸었다. 봉식은 친구들과 지리산 천왕봉에 등산 왔다며 못 들어간다는 말을 듣고 부인이 전화를 막 끊으려는데 남편이 최 강사의 팔짱을 끼고 용산역 계단을 오르다가 딱 마주쳤다.

세상에 이런 일도 있을까. 바람은 갑자기 광장에서 멈추고, 빌딩의 유리창은 우르르 쏟아지고, 모든 열차들도 제자리에서 숨을 죽였다. 그 이후로 봉식은 연락도 없이 사라졌다.

하늘도 외면한 봉식 부인의 가슴앓이는 언제나 천왕봉과 용산역 계단에 서성일 것이다. 소식에 의하면 가슴앓이를 하던 부인은 갑자기 세상을 떠났고, 수년 후에 거지가 되어 온 봉식은 땅을 치며 통곡했으나, 딸애가 엄마가 남긴 유품이라며 뜯지도 않는 봉투 한 장을 쥐어주며 다시는 오지 마라고 한다. 그 이후 수십 년간 봉식을 본 사람은 아무도 없었다.

봉식의 이야기를 듣다보니 측은하다기보다는 화가 치밀어 따귀를 한 대 갈기고 싶었으나 꾹 참으니 땀만 흘리고 찬물만 들이키는 에어컨도 멈추고 더위도 창밖에서 짜증을 내며 열기를 확확 풍긴다.

봉투 속에는 사업이 망하면 다시 시작하라며 5억 원짜리 산업금융채권이 들어있었다. 봉식은 그것을 딸아이에게 편지로 보내고 바람도 없는 거리를 노숙자로 떠돌아다니다가 우연히 스님을 만나 문경 어느 사찰에서 운영하는 복지관에서 일을 한단다. 여러 경로를 통해 부인의 제삿날을 알아 해마다 제를 올렸지만 용서 안 되는 죄는 매일매일 목을 조여 온단다.

오늘은 몇 년 전부터 딸애가 아버지를 찾는다는 소식에 제삿날을 맞춰 부인의 제를 지내고 딸아이에게 용서를 빌며 다시 문경으로 내려가는 중에 공교롭게도 나를 만났으며 피할까 하다가 또 죄를 짓는 기분이 들어 부른 것이라 한다. 투박한 손을 잡으며 많은 후회의 눈물을 닦고 일어서는 그의 등 뒤에서 우리가 찾던 봉식은 또 이렇게 먼 이별을 남기고 사라진다.

인생은 이런 것인가, 저리도 가슴 아픈 울음이 더위에 떨며 마른 낙엽 소리를 내는 우리의 삶이……

213

태풍 사라와 뱀

"으악! 뱀이 떨어졌다!"

갑자기 커다란 버드나무 위에서 집채만 한 구렁이가 털썩하고 떨어졌다. 하마터면 키 작은 순이 머리 위로 떨어질 뻔 했다. 화들짝 놀라 나무 위를 쳐다보니 나뭇가지에는 수많은 뱀들이 주렁주렁 매달려있다. 굵은 뱀 작은 뱀, 노랗고 빨갛고 푸른 뱀 등등 각양각색이다. 모두들 나무에서 내려올 생각 없이 꼼짝도 않은 채 매달려있다.

천일야화千─夜話는 아라비안나이트에 나오는 하룻밤에 천 가지 신기한 이야기로 밤잠을 설치는 격랑의 도가니를 이루었다면, 여기는 영겁의 심산이 밤낮으로 그려내는 많은 그림이 전시된 대형미술관에서 수많은 뱀들을 쳐다보는 도저히 믿기지 않는 실제의 일일주화─日晝話라 하겠다.

그때 영구가 '여기에도 뱀이 있다'라는 고함에 고개를 돌리니, 다른 버드나무 위에도 수없이 많은 뱀들이 매달려 있다. 그러고 보니 개울가에 있는 모든 버드나무에 뱀들이 올라 앉아있다. 믿기지 않는 광경에 우리는 혼 줄이 빠져 입은 벌어지고 가슴은 콩닥거린다.

저 아래 보이는 심연은 산정에 솟은 한 그루의 소나무를 그린다면 내 가슴은 한없이 펼쳐진 바다에 포세이돈이 먹장구름을 앞세워 사정없이 파도를 두들기는 쓰나미다.

우리 동네를 지나는 십리 개울가에는 엄청 큰 버드나무들이 일렬로 쭉 서있다. 우리 또래 두 명이 팔을 벌려 안아도 모자라는 굵기다. 이 길을 따라 우리 동네아이들 열네 명이 학년에 관계없이 모여 시오리길을 걸어서 학교에 간다. 가는 도중에 술래잡기와 땅따먹기를 하고 때로는 개울에서 매기와 가재를 잡는 일이 태반이다.

이처럼 노는 데 정신이 팔려 지각은 밥 먹듯이 하고 어떤 때는 점심 무렵에야 슬쩍 교실에 들어가다가 선생님께 들키는 날이면 여지없이 복도에 꿇어앉아 메기를 쥔 손은 머리 위로 올리고 입에는 가재를 물고 벌을 선다. 내가 좋아하는 아랫마을 영희가 보면 정말 창피한 일이다.

오늘은 태풍 사라로 인해 휴교령이 내려졌다가 해제가 되어 4일 만에 학교 가는 날이다. 집에 있으면 맨날 망태를 둘러매고 소 풀 베고 밭에 가서 콩 따는 일을 안 해도 되기 때문에 학교 가는 날은 언제나 즐거운 일이며 학교는 우리들의 천국이다.

나무 위의 수많은 뱀들은 태풍 사라가 퍼붓는 어마어마한 폭우로 인해 뱀 구멍이 물에 잠기니 숨이 막혀 모두 밖으로 나왔다가 황톳물에 속수무책으로 휩쓸려 떠내려가다가 물에 잠기지 않는 버드나무 꼭대기마다 기어 올라간 것이 분명하다. 모든 생물은 환경에 상관없이 신이 허락한 삶에 대한 본능적이고도 창의적인 생명의지의 귀중함이 확실히 확인되는 순간이다.

사라는 1959년 9월 한반도에 막대한 피해를 입힌 태풍이다. 특히 경상도전역을 강타하여 큰 피해를 남겼다. 팔공산 아래 우리 동네도 산이 무너지고 밤나무와 감나무가 다 쪼개지고 논과 밭이 모두 물에 잠겼다. 특히 추석날이라 조상님 산소는커녕 바람에 날아갈까 봐 대문 밖에도 못나갔다.

이렇듯 사라는 땅 위의 모든 것을 싹 쓸어갔다 해서 '싹쓸바람'이라 불렀으며 중심기압 945hPa, 최대풍속 55m/s로 사망 및 실종자가 2백여 명, 재산 피해는 무려 5조150여억 원이라는 엄청난 금액이었다.

며칠째 밤낮으로 그칠 줄 모르는 거센 바람과 폭우는 깊은 산을 송두리째 흔들고 황톳물이 범람하는 도랑에는 노루, 산토끼, 뱀, 그리고 송아지, 돼지들도 엄청 떠내려가서 온 동네가 난리 났으며 심지어 하늘에서 미꾸라지가 마당으로 떨어지기는 신기한 일도 일어났다.

이렇듯 자연은 우리에게 수많은 삶을 만들어주기도 하지만 때로는 엄청난 파괴로 환경과 생명을 송두리째 빼앗아버리거나 커다란 위협을 주기도 한다. 이것이 우주와 자연의 대 섭리이며 우리는 이에 알맞은 환경과 특성을 잘 파악하여 언제나 자연에 순응하는 삶의 방식을 택해야 할 것이다.

뒷산에는 산짐승들도 많지만 특히 뱀들이 많아 어른들은 사산蛇山 혹은 뱀골이라고 불렀다. 집쥐와 들쥐, 그리고 논밭에는 개구리가 너무 많아 밤낮으로 시끄러워 죽을 지경이지만 뱀들은 마음대로 식사를 할 수 있어 살찐 놈들로 득시글거린다. 나무 위에 이토록 신비스런 광경은 팔공산에 있는 모든 뱀들이 폭우로 떠내려 오다가 죽기 살기로 나무를 잡고 매달렸던 모양이다.

모두들 얼떨떨하게 서 있는데 정수가 느티나무 가지를 휘어잡고 흔든다. 뱀들은 힘없이 털썩 떨어진 채로 꼼짝도 하지 않는다. 배가 고파 그럴까. 헤어진 부모형제를 그리는 슬픔 때문일까. 푸른 숲의 평화스런 서정의 극대화를 자연의 알 수 없는 행패에 조물주에게 구원을 청했다가 외면당한 실망 때문일까. 어느 녀석에게 물어보면 대답을 할까.

뱀은 힘이 없어 물지도 못하고 도망도 못 간다는 사실을 안 우리는, 막대기로 나뭇가지를 두들기며 뱀들을 떨어뜨렸다. 6학년 형 태기가 엿장수 아저씨에게 뱀을 잡아주면 엿을 준다는 말에 우리는 가마니를 들고 와서 뱀을 집어 담았다. 그토록 먹고 싶은 엿가락에 대한 비장함을 감추지 못하며 잠들었던 침샘은 벌써 입안을 흥건히 자극하고 말았다.

시공時空에 구애받지 않는 멋모르는 영혼을 일순간 내가 좋아하는 방향으로 돌리기는 식은 죽 먹기다. 날개달린 상상력도 아닌 등교 길 우연한 현실시계에서 불가사의에 가까운 사건을 메르헨이란 장소를 빌어 동화 같은 이야기와 엿을 맞바꾸는 환상에 사로잡힌다.

가마니를 벌리고 뱀을 막대기에 걸쳐 집어넣고 또 집어넣는다. 어떤 녀석들은 꿈틀거리며 반항하지만 큰 힘을 쓰진 못한다. 물리면 큰일 나는 살무사 같은 독사를 제외하고는 구렁이와 화사같이 물지 않는 뱀들은 손으로 마구 가마니에 쑤셔 넣는다.

버드나무가 산들바람을 안아주며 흔들리는 티 없이 맑고 깨끗한 이 산골에는 지금 생명에 대한 삶과 죽음의 처절한 순간이 아니라 신비의 세계가 펼치는 경이로움을 맛보는 순간이다.

봉수는 팔뚝만 한 구렁이를 목에 매고 시원하다면서 춤을 덩실덩실 추고, 영수는 배고픈 구렁이에게 개구리를 잡아 입을 벌리고 먹으라며 집어넣고, 성호는 뱀이 개울로 내려가거나 숲으로 들어가면 꼬리를 잡아당겨 가마니 속으로 집어던진다.

어느덧 뱀이 한 가마니 가득 찼다. 새끼줄로 꽁꽁 동여매고 또 다른 가마니에 집어넣는다. 순식간에 뱀은 두 가마니가 되었다. 모두들 잠시 망설이고 있는데 태식이가 리어카에 뱀을 싣고 장터에 가서 엿장수 아저씨에게 주고 엿으로 바꿔먹자고 한다.

갈망과 대립에서 나오는 작은 목마름을 닦아내기에는 힘든 고뇌는 아니다. 월사금을 못내는 달이면 아버지와 선생님 얼굴 때문에 오랜 가슴앓이를 하지만 태식이의 말에 망설임은 바람처럼 사라지고 닦지 않아 노랗게 익어가는 이빨들이 콤콤한 냄새를 날리며 활짝 웃는다.

태식은 집으로 달려가서 아버지 몰래 리어카를 끌고 왔다. 뱀 가마니를 리어카에 싣고 태식은 앞에서 끌고 정수와 태기가 뒤에서 밀고 나와 윤구는 리어카 중간을 잡고 따라가고 봉수와 영수, 성호는 교대로 밀며 나머지 여자애들 넷은 올 때까지 기다리라고 했다.

해는 중천에 떠올라 신기한 듯 웃으며 따라오는데 우리는 오늘이 학교 가는 날인지 노는 날인지도 까맣게 잊었으며 설마 알았다 하더라도 복도에서 서야 하는 벌은 엿가락에 비하면 아무것도 아니다.

덜컥거리는 돌밭 길을 잘도 달린다. 모두 씩씩거리면서 마구잡이로 달린다. 리어카를 힘껏 밀던 윤구는 고무신이 벗겨져 발가락이 돌에 찧어 핏물이 흐른다. 씩씩거리는 심장과 달리 입술은 밭둑에 밤알이 빠진 밤송이가 되어 다물 줄을 몰라 계속 웃고 노래하며 달린다.

오늘에 묶인 시간은 자유롭게 던져버리고 들뜬 마음은 목마름을 향해 달리는 격정의 율동이며 내안에도 이렇게 자유로운 영혼이 산다는 것은 사뭇 놀라운 일이다.

읍내에 도착하니 까만 얼굴에는 온통 땀으로 범벅되고 버짐이 핀 머리에 바른 고추장과 된장냄새는 읍내파리들을 불러 모아 떼를 지어 포식을 한다. 읍내는 사람도 많고 상점도 많고 먹을 것도 많고 옷도 많아 전부 신기한 것뿐이다. 아침에는 뱀을 보고 놀랐고 지금은 읍내 광경에 놀랐다.

우리 동네에 자주 오는 엿장수 아저씨를 발견했다. 지게를 받쳐놓고 가위를 요란하게 흔든다. 아저씨는 웬일이냐고 눈을 커다랗게 뜨고 묻는다. 뱀을 본 아저씨는 기겁을 하며 이렇게 많은 뱀을 어디서 어떻게 잡았냐고 묻고 또 묻는다.

오늘은 행운이 엄청 따른다. 꿈에도 그리던 하얀 엿가락이 한 명 당 두 개씩, 오지 않는 아이들까지 합쳐서 도합 스물네 개다. 덤으로 두 개 더 주셨다. 두 가마니의 뱀과 엿 스물여섯 가락의 물물교환은 우리에겐 엄청난 이익이다.

엄마 몰래 냄비를 찌그러트리고, 사이다병과 소주병을 찾고, 검정고무신을 돌에다 문질러 닳게 만들어도 엿을 한 가닥도 아닌 반 개만 잘라주는데 두 개는 우리들에게 목구멍이 웃는다.

해는 머리 위를 훌쩍 넘어갔으나 우리는 엿가락의 달콤함에 배고픔도 잊은 채 돌아오니 다른 동네아이들이 학교를 파하고 집으로 돌아간다. 그제야 가슴이 덜컥하며 겁이 났다. 선생님께서는 우리들 때문에 교문 밖에서 서성거리시다가 맞닥뜨렸다.

텅 빈 운동장의 커다란 버드나무 아래 무릎을 꿇고 손을 들고 엿을 입에 물고 벌을 섰다. 해님이 노래하자 엿이 녹아 구부러진다. 흐르지 않도록 입으로 힘껏 단물을 빨아들이느라 모두들 훌쩍인다. 빙그레 웃으시는 선생님 입에서도 툭! 하고 엿 부러지는 소리가 운동장을 돌아 슬그머니 버드나무에 매달린다.

암자庵子에서 ───────────

"아니? 거기 누구요!"

장마철 소나기가 주룩주룩 내리는 칠흑같이 어두운 깊은 산중 이름 모를 작은 암자 앞에 엎드리고 있는 이상한 사람들을 보신 스님이 화들짝 놀라시며 하시는 말씀이다. 비를 흠뻑 맞은 네 명의 사내들은 그제야 구부렸던 허리를 펴고 일어나 스님을 향해 고개를 숙이면서 깊은 합장을 올리며 말을 건넨다.

"자신에 대한 무거운 죄를 지었습니다."
"이 야심한 밤중에 무슨 죄를 지었단 말씀입니까?"
"배고픔에 대한 죄를 지었습니다."

7월 장마철인데도 불구하고 모처럼 불어오는 시원한 새벽바람을 얼싸안으며 밖으로 나온다. 일요일이면 더 깊은 단꿈을 꾸겠다는 집사람이 깨지 않도록 소리 없이 대문을 나서는 새벽 2시 반이다.

달 없는 밤에 우리는 산속의 선녀를 만나려고 바람을 가르며 영동고속도로를 달려 만종IC에서 중앙고속도로로 올랐다. 풍기IC에서 다시 국도로 접어들면 영주시가 나온다. 죽계천에는 아직도 단종 복위 실패로 수장된 순흥 선비들이 도포를 걸친 채 희미한 새벽별이 되어 서성인다.

부석사에서 부처님께 합장 올리고 멀리 보이는 만석산을 왼편에 둔 채 물야저수지를 지나 여인의 허리 같은 생달길을 올라 큰터골 못 미쳐 용운사 뒤편 아무도 밟지 않는 가파른 동북 골을 비스듬히 당겨 1,239m 선달산을 오르는 여정은 이른 아침 6시부터 시작된다.

선달산은 소백산맥에 속하는 명산으로 강원도 영월군 김삿간면과 경북 봉화군 물야면, 그리고 영주시 부석면에 걸쳐있는 높은 산이다.

침묵하는 거대한 산은 엉큼한 화가가 값싼 색깔로 칠한 가짜 그림도 아니며 한쪽 기슭만 선택하는 간사한 산객의 마음 덩어리도 아니다. 산에서 우리는 모름지기 본질을 꿰뚫는 큰 그림을 그려야 하지만 양팔을 벌려도 그릴 수 있는 손이 없기에 언제나 환영幻影에서 허우적거리는 몸통만 남은 허수아비에 불과하다.

산삼을 점지하려면 산이 내 마음속에 들어있는 것이 아니라 내가 산의 마음속에 들어있어야 한다. 허나 인간은 사물을 우월의 힘으로 점령하려 하고 본질을 오만과 편견에서 보려는 욕망에 대부분 외면당하기 일쑤다.

땀을 흘리던 햇살은 갑자기 먹장구름 속으로 들어가고 흰옷의 안개가 산허리를 감싸는데 숲은 온몸으로 비의 노래를 연주한다. 예고 없는 소낙비의 책임을 따지려면 나무 위에서 내려와 굴속에 숨는 청솔모와 큰 바위 아래 몸을 닦고 있는 황구렁이, 그리고 숲의 친구들에게 물어봐야 한다.

수만 년 동안 이 사건의 책임을 물었지만 말 많은 배심원들의 이견異見으로 소낙비는 해마다 무죄다. 그래서 죄는 누군가의 공로가 아닌 멍에이기에 나도 입 다물고 앞만 보며 걷는다.

비를 피할 수 있는 큰 바위 밑에서 먼저 자리를 차지한 흑갈색 살모사가 몸에 젖은 물기를 닦으며 맹독을 들고 권리의 우선권을 주장하려고 혓바닥을 내밀며 따진다. 비 맞기 싫은 것은 인간이나 뱀이나 마찬가진가 보다.

뱀은 방어를 원칙으로 하므로 잡거나 위협을 가하지 않는 한 공격이 없으니 무서워 할 이유가 없는데 죄 많은 인간은 지레 겁을 먹는다. 살모사와 경계를 두고 적당히 자리를 잡았으나 뱀은 여전히 구시렁거리며 몸을 웅크리고 혓바닥을 내밀다가 재수 없는 날이라 생각하고 슬며시 비를 맞으며 숲으로 사라진다.

정오가 지난 빈 위장에게 성찬은 아니라도 김밥과 과일로 대접하자 위장은 받은 만큼만 위엄부리며 관대해진다. 그래서 인생살이는 적당한 경계와 원만한 대접으로 무리 없이 살 수 있는데 괜히 이유 없는 욕망을 따르지 말자.

선달산과 암묵적 계약에 의해 그림자도 형체도 없는 마음으로 홀로 가는 야생짐승이 된다. 가는 길도 모르면서 마냥 걸어가도 내 몸에 담고 싶은 것만 담을 수 있다면 세상은 결코 어렵게 살지 않아도 된다. 그래서 나의 가장 큰 적은 내 마음이고 나의 가장 큰 친구도 내 마음이다.

능선을 지나자 동북쪽 편편한 계곡에서 속바람이 올라온다. 바람은 산 위로 부는 겉바람과 숲속으로 부는 속바람이 있다. 숲을 치훑고 올라오는 속바람은 탁한 공기를 밀어버리고 신선한 공기와 영양을 듬뿍 제공하므로 숲의 생명체들이 살기에는 최상의 터전이다.

스치는 나뭇잎의 알 수 없는 향내와 발아래 밟히는 낙엽의 의미심장한 전율이 가슴을 파고 들면 심장은 쿵쾅거리고 온몸은 소름이 돋아 영감은 머릿속을 나와 시선과 함께 바람을 따른다.

850m 능선에 이르자 비는 그치고 안개가 자욱하고 새소리도 끊긴지 오래며 들리는 것은 바람소리에 섞인 적막뿐이다. 머리와 마음도 버리고 두 발만 데리고 한 시간 가까이 살펴도 산삼은 보이지 않는다. 아무래도 이산과의 인연은 여기까진가 보다.

영삼靈蔘을 보기 위해 욕심의 눈을 버려야 했지만 나도 알고 보면 어쩔 수 없이 인간의 피가 흐르는 나쁜 디엔에이DNA를 가졌는지라 버리지 못하는 난잡한 손발을 아무리 감춰도 발각되는 모양이다.

이 산의 절경만 보고 돌아가라는 명일까. 심을 포기하고 홀가분한 마음으로 숲의 끝까지 나가자 갑자기 까마득히 높은 낭떠러지가 나오고 절벽 건너 멀리보이는 광경은 세상 어디에도 볼 수 없는 신비의 절경이다. 마음을 빼앗긴 경치를 바라보는데 시계는 벌써 오후 5시가 넘었다. 산골의

해는 빨리 지므로 빈 것과 채움의 혼돈을 버리고 눈에 저장한 절경만 가지고 내려와야 한다.

물기 젖은 바지를 다시 추스르려고 혁대를 풀고 고개를 숙이는 순간 불어오는 바람결에 바로 옆에선 싸리나무가 흔들리더니 그 사이로 아주 작은 빨간 열매가 언뜻 보였다. 순간 정신이 번쩍 들어 혁대를 매지 않는 엉거주춤한 상태로 얼어붙었다.

'심 봤다!'

마음과 정신은 허공으로 던지고 눈은 아래로 봐야 한다. 몸을 낮추고 고개를 숙이라는 말이다. 산은 내가 마음에 들지는 않았어도 종일 데리고 놀기에는 괜찮았나 보다. 산바람이 춤을 추자 참나무는 노래 부르고 저녁 해도 걸음을 멈추고 긴 그림자를 드리운다.

키 큰 싸리나무 사이에 한 뼘 정도 키 작은 5구 산삼이다. 빨간 열매가 없었다면 도저히 찾을 수 없는 형태다. 산삼을 캐려다가 난감한 상황이 벌어졌다. 산삼 뿌리가 공교롭게도 바위의 갈라진 틈새로 싸리나무뿌리와 함께 들어가 있어 제대로 크질 못해서 줄기가 한 뼘 정도이며 빨간 열매 몇 알도 힘겹게 맺혔다.

곡괭이를 금이 간 바위 틈새로 박아놓고 다른 곡괭이와 돌로 두들겨 바위를 벌리고 깼다. 언제 해가 넘어간 지도 모르고 전등을 켠 채로 바위가 벌어지면 그 속에다가 나무를 넣고 다시 곡괭이로 깨면서 무려 두 시간이나 넘게 실오라기 하나 다치지 않고 캤다. 바위에 눌려 납작한 약통으로부터 실뿌리까지 길이가 무려 75㎝나 된다. 어려운 환경에서 살기 위해 물기를 찾아 아래로 아래로 뻗어 내려간 것이다.

세상에 이런 약삼藥蔘은 없다. 명산 선달산의 신령님이 내린 약삼이다. 비바람이 멈춘 산은 이미 검은 적막에 휩싸였지만 우리는 산 꿈을 꾸고 산은 우리에게 또 다른 꿈을 제공하는 밤 아홉 시다. 아무래도 인간은 꿈 속에 사는 모양이다.

올라왔던 길을 더듬어 내려가니 온천지가 흑막이라 도저히 분간할 수 없는 숲이다. 위성용 가민GARMIN(내비게이션)도 작동불능이다. 능선을 따라가면 오르막과 내리막이 있어 방향을 잃어 제자리에 맴돌 때가 많다. 무조건 골짜기로 내려가야 한다. 흐르는 물길을 따라 내려가자. 가장 현명한 사람은 자신이 정한 방향으로만 간다고 한다. 산은 아무 계산도 없이 모든 것을 다 내어줄 줄만 알았는데 그만 길을 잃어버렸다.

자정이 넘었다. 시간을 놓친 실수를 인정해야 하는데 마음은 내심 어두운 길에게 불평이다. 얼마나 내려왔을까, 빗속에 불빛이 언뜻 보인다. 지친 몸은 몸서리치는 흥분과 기쁨이 솟아오른다. 어둠이 가득한 세계에서 보이는 불빛은 동면 상태에서 120년간이나 있다가 깨어난 패신저스의 오로라 짐일까.

불빛을 따라 기슭을 올랐다. 불빛만 봐도 사람이 있다는 증거다. 이 깊은 산속에 집이 있을 리는 만무하다. 어렴풋이 보이는 건물은 어릴 때 파계사 뒷산에 있는 작은 성전암(암자)처럼 생겼으며 뜨락에는 흰 고무신 한 켤레가 놓여있다.

헛기침을 하려다가 문득 기묘한 생각이 들었다. 그리고 우리는 문 밖에 엎드린 기이한 행동을 하지 않으면 안 되었다. 한참 후 노스님 한 분이 기침을 하며 문을 열고 나오시려다가 우리를 보고 깜짝 놀라신 것이다.

중노릇한 지 꽤 됐는데 배고픔에 대한 죄를 사하려고 한밤중에 부처님께 매달리는 중생은 처음 본다며 우리를 방 안으로 안내했다. 거짓이라도 간절한 소망이 담겨있으면 그것 또한 부처님의 초월적 도움이라고 잔기침을 쿨럭이시는 것 바로 선달산을 빼닮은 명승의 말씀이다.

스님과 함께 밤을 새우고 깜빡 잠이 들어 새 소리에 눈을 뜨자 벌써 준비한 아침 공양을 감사한 마음으로 들고 암자를 나섰다. 절 밤을 보냈는데도 팔만 사천 가지 번뇌를 한 개도 지우지 못하고 사심 없는 바람만 안고 내려오는데 스님의 다급한 목소리가 들린다. 해소가 가라앉고 만수무

강하시라며 산삼을 몰래 방 안에다 둔 것을 보셨기 때문이다.

　나는 뒤돌아보며 합장을 한 후 두 손을 높이 흔들어 고개를 숙이고 다시 발걸음을 돌렸다. 늑대가 죽은 새끼를 동굴로 물고 들어가 품고 있는 것을 보고 깨달음을 얻었다는 지난밤 스님의 이야기가 바람이 되어 숲에서 웅성거린다.